First Comes Scandal
by Julia Quinn

『幼なじみの醜聞《スキャンダル》は結婚のはじまり』

ジュリア・クイン
村山美雪・訳

ラズベリーブックス

アビ、そして彼女のがんばりと決意と立ち直りの一年に。

さらにまた、ポールにも。

家族に医師がいるに越したことはないけれど、それがあなたであることのほうがありがたい。

幼なじみの醜聞《スキャンダル》は結婚のはじまり

主な登場人物

ジョージアナ（ジョージー）・ブリジャートン……ブリジャートン子爵令嬢。
ニコラス・ロークズビー……マンストン伯爵の四男。医学生。
ブリジャートン子爵……ジョージーの父。
アレクサンドラ・ブリジャートン……ブリジャートン子爵夫人。ジョージーの母。
マンストン伯爵……ニコラスの父。
ヘレン・ロークズビー……マンストン伯爵夫人。ニコラスの母。
エドモンド・ブリジャートン……ブリジャートン子爵の長男。ニコラスの親友。
ヴァイオレット・ブリジャートン……エドモンドの妻。
アンソニー・ブリジャートン……エドモンドの息子。
ベネディクト・ブリジャートン……エドモンドの息子。
コリン・ブリジャートン……エドモンドの息子。
ジョージ・ロークズビー……マンストン伯爵の長男。ニコラスの兄。
シビラ（ビリー）・ロークズビー……ジョージの妻。ジョージーの姉。
メアリー・ロークズビー……ニコラスの姉。
フレディー・オークス……ニザーコット男爵の長男。

1

一七九一年
イングランド、ケント

ともかく、誰も死んではいない。

それ以外に、ニコラス・ロークズビーがケントの本邸に呼び戻された理由についての手がかりはなにもなかった。

誰かが死んだのなら、エディンバラにいたニコラスに父がよこした書付にそうとわかる文言があったはずだからだ。その書付は馬を早駆けさせた使者により届けられたので、急ぎの用件であるのは確かだとしても、誰かが死んだのであれば、わが父、マンストン伯爵からの手紙がこのようなものですまされるはずがない。


できるだけ急いでクレイク館《ハウス》へ帰宅されたし。母さんと私とおまえとで一刻も早く話し合うことが肝要だ。

勉学の邪魔をして申しわけない。

おまえを愛する父
マンストン

ニコラスは見慣れた樹木の林冠を眺めやり、旅の最後の道のりを進みだした。エディンバラからロンドンへは郵便馬車で、ロンドンからは乗合馬車でケントのメイドストンまで来て、残りの十五マイルはこうして馬を駆り、もうすぐたどり着こうとしていた。

雨はさいわいにもすでにやんでいたが、馬はとんでもない量の泥を蹴り上げつづけ、その合間には花粉まで舞い、クレイク館に着く頃にはおそらく虫刺されから皮膚がただれたかのような姿になってしまっているに違いなかった。

クレイク。本邸のあるその地所まであと一マイルもない。

到着すれば、熱い湯に浸かって、温かい料理を食べられるし、父がいったいなぜそれほど急いで息子を呼び戻したのかも判明する。

重大な用件であってほしい。むろん人の死に関わる話ならべつだが、もし兄たちの誰かが国王から勲章を授けられるといった程度のことで国境を越えてはるばる呼び戻されたのだとしたら、誰かの腕をもぎ取ってやりたくもなるだろう。

どうすればもぎ取れるかはわかっている。医学生はみな、機会があれば必ず手術を見学させられる。ニコラスにとってはけっして得意な学習課程ではなかった。医学のなかでももっと頭脳を働かせる分野、たとえば症状を見きわめて、変化しつづけるパズルを解くかのように診断を導きだすことのほうがずっと興味深く取り組める。とはいえ、このご時世では、手脚を切断する方法を知っておくのは重要だ。医師にとっては感染による病への唯一の対処法となる場合も多い。たとえ治せなくても、それにより食いとめることならできる。治せるに越したことはないのだが。

いや、予防できればもっといい。患うまえに問題を阻止できるなら。

ようやくマンストン伯爵家の所領クレイクが見えてきて、ニコラスは思わず空を仰ぎたい気分になった。どのような問題が起こってこうして雨空の春の日にケントへ呼び戻されたにしろ、もうとうに事は決していているのではないだろうか。

それにやはり、兄たちが国王から勲章を授かったとも思えない。三人とも堂々たる紳士といえども、ありえない話だろう。

ニコラスは馬の歩調を緩めて屋敷への最後の角を曲がった。周りを取り巻いていた木々が消え、二百五十年まえに石灰岩の女神のごとくこの地に生みだされた威風堂々とした邸宅が、突如として姿を現した。いつもながら、このように壮麗な建物がすぐそばに来るまで周りの風景に完全に隠されていることに感心させられる。すっかり身になじんでいたはずのものに毎回驚かされているとは、それだけ情緒あふれる風景なのだろう。

母が育てている赤とピンクの薔薇が咲きほこり、ちょうど華々しい見頃を迎えていて、ニコラスが近づくにつれ、湿った空気のなかでその香りが自分の服からもふんわりと漂ってきて、鼻をくすぐられた。薔薇の香りが格別に好きなわけでもなかったし、そもそも花の好みにさしてこだわりもないが、このように薔薇と霧と湿った地面といったあらゆるものがいっきに押し寄せてくると……。

帰ってきたと実感した。

なんのためにここに来たのかは、いずれにしても何週間もいるわけでなければ、どうでもいいことのようにも思えた。ここは家で、自分はそこに帰り着き、いったいどんな大問題が起きて呼び戻されたのかと頭は困惑させられていても、安らぎを覚えた。

屋敷の末息子がそろそろ到着することは使用人たちにも知らされていたらしく、車寄せで待ちかまえていた馬丁が馬をあずかり、ニコラスが玄関前の踏み段を上がるより早く執事のウィーロックが玄関扉を開いた。

「ニコラス様」執事が言った。「旦那様がすぐにお会いしたいとのことです」

ニコラスは泥が飛び散っている身なりを手ぶりで示した。「それはそうだろうが――」

「すぐにとおっしゃられています」ウィーロックはほんのわずかながらも顎を引いて、屋敷の奥へとそれとなくせかした。「金《きん》と緑の間《ま》で奥様とお待ちです」

ニコラスは困惑から思わず眉根を寄せた。もともと形式にはあまりこだわらない一家で、田舎の本邸ではなおさらそうなのだが、さすがに泥だらけの外套姿で母のお気に入りの客間に入るのは気が咎める。

「そちらはおあずかりします」ウィーロックが申し出て、外套に手を伸ばした。いつもながら心情を読みとることに異様なほど長けている人物だ。

ニコラスは自分のブーツを見下ろした。

「どうぞこちらへ」ウィーロックが言う。

いや、まさか、やはり誰かが死んだのだろうか。

「どういうことなのか知っているのか？」ニコラスは尋ねて、外套を脱がせてもらうために背を返した。

「私からはなにも申しあげられません」

ニコラスは肩越しに執事を見やった。「つまり、知っているんだな」

「お急ぎを」ウィーロックの顔に困惑が表れている。

「ぼくは一カ月もこちらにいられるわけじゃない」

ウィーロックはニコラスの視線にはかまわず、外套から乾いた泥汚れをこれ見よがしに払い落とした。「時間がものを言うものと存じます」

ニコラスは目を擦った。ああまったく、疲れはてている。「謎めかした物言いは楽しいか？」

「さほどには」

真っ赤な嘘だ。ウィーロックは信頼されている執事たちのみに許される独特なほのめかしを口にするのが好きだ。ただし、今回にかぎってはウィーロックが面白がっているようにはとうてい思えなかった。

「申しわけない」ニコラスは言った。「こんなふうに問い詰めるのはよくないよな。教えてくれなくてもかまわない。このまま泥だらけのブーツで両親に会うとしよう」

「金と緑の間です」ウィーロックが念を押した。

「そうだったな」ニコラスはつぶやいた。忘れていたかのように。

金と緑の客間は廊下の突きあたりにあり、ほんのそれだけの距離を歩きだすまでに両親の耳にはもう末息子の到着の物音が届いているのは間違いなかった。床は大理石で、つねに完璧に磨きあげられている。靴下を履いた足は氷上でスケートをしているように滑りやすく、靴が小さな楽団の打楽器並みの音を響かせていた。

ところが、ドアがあけ放された戸口に着いて部屋のなかを覗いても、両親はふたりともこちらを見向きもしなかった。父は窓辺で新緑の芝地を眺めているし、母はミントグリーンのソファのお気に入りの場所に腰を沈めていた。

昔から母はそのソファの右側より左側のほうが落ち着くのだと話していた。五人の子供たちが次々に坐る位置を変えて母の仮説を確かめようとしたが、誰ひとりとして同じ結論には至らなかった。より正確に言うなら、誰もその仮説を立証できなかったわけだ。姉のメアリーは両端とも坐り心地は変わらなかったと言い、エドワードはおおやけには許されないが足を上げなければほんとうにはくつろげないと指摘し、アンドルーは何度も跳び移るように両端に坐りなおしているうちにクッションの縫い目をほつれさせてしまった。ジョージはおざなりに一度試しはしたが、そもそも試そうとすることすらばからしいと言い放った。そしてニコラスはといえば……。

きょうだい総出の実験に加わってはいたものの、ソファの両端に腰をおろしてみてすぐに立ちあがって、こう告げた。「そもそも、母上が間違っているのを証明することなんてできない」

人生の多くの場面で同じことが言えるのではないかとニコラスは思うようになった。なにかが正しいと証明できたとして、その反対のことが間違っているのが証明できるわけではない。

だから母がソファの左側に坐るのが心地よいと言うのなら、そうではないとどうして自分が否定できるだろう?

ニコラスは戸口でいったん足をとめて、両親のどちらかが自分に気づいてくれるのを待った。気づいてもらえそうにないので部屋のなかに踏みだし、敷物の端に立ちつくした。すでにもう廊下に泥の筋を付けてしまっている。

咳ばらいをすると、ようやく両親が振り返った。

まず母が口を開いた。「ニコラス」腕をこちらに伸ばして言う。「帰ってきてくれたのね」

ニコラスは用心深く両親を交互に見やった。「なにかよくないことでも?」

どうしようもなくばかげた質問だ。よくないことが起きたに決まっている。とはいえ、誰も喪服を着てはいないし、そうだとすれば……。

「かけてくれ」父がソファを手ぶりで示した。

ニコラスは母の隣に腰をおろして、その手を取った。そうするのがふさわしいように思えた。ところが、意外にも母は息子に取られた手を引き戻して立ちあがった。

「わたしは失礼するから、ふたりで話して」母はニコラスの肩に手をかけて、立つ必要はないことを暗に伝えた。「わたしがいないほうが話しやすいでしょうから」

どういうことだ？　母が話を進める役どころを手放したどころか、わざわざ席を立ちたがるような解決すべき問題などなにがあるというのだろう？

ただごとではない。

「さっそく駆けつけてくれてありがとう」母はささやいて、腰をかがめてニコラスの頬に軽く口づけた。「言い表せないくらいにほっとしたわ」夫のほうを振り返る。「自分の書物机にいるから、必要があれば……」

その先の言葉が見つからないらしい。ニコラスはこれほど落ち着かなげな母を見たおぼえがなかった。

「必要があればだけれど」母は結局そう締めくくった。

部屋を出ていく母をニコラスが無言のまま口があきそうなほどぼんやり見ているうちに、ドアが閉まった。父のほうに向きなおる。「いったいどういうことなんです？」

父がため息をつき、長く重苦しい間をおいて、口を開いた。「ある問題が生じている」

昔から父は如才なく遠まわしに語る達人だ。

「飲み物があったほうがいいな」

「父上」ニコラスは飲み物などいらなかった。欲しいのは説明だ。だが相手は父なので、手渡された酒を受けとった。

「ジョージアナのことだ」

「ブリジャートン家の？」ほかにも父の知り合いにジョージアナという名の女性がいるかのように、ニコラスは疑わしげに訊き返した。

マンストン伯爵はいかめしくうなずいた。「では、聞いていないのだな？」

「ぼくはエディンバラにいたんです」ニコラスは念を押すように答えた。

父がブランデーを口に含んだ。午前中の早い時間だというのにやけに大きなひと口だ。それを言うなら、いつ飲むにしてもだ。「それなら、とりあえずは、よかった」

「失礼ながら父上、もう少しわかりやすく話していただけないでしょうか」

「あることが起こった」

「まだわかりづらいんだよな」ニコラスはつぶやいた。

そのつぶやきが聞こえていたとしても――正直なところ、聞こえているとしかニコラスには思えなかった――父はそれについてはなにも反応を示さなかった。代わりに咳ばらいをして言った。「誘拐されたのだ」

「なんだって？」ニコラスはとっさに立ちあがり、手からブランデーのグラスが高価な絨毯に滑り落ちた。「どうしてそれを真っ先に言ってくれなかったんです？　どうして誰も――」

「落ち着け」父がぴしゃりと言った。「もう戻っているんだ。彼女はぶじだ」

「それなら……」

「危害を加えられてはいない」

ニコラスはなにかなじみのない感覚が体内を流れたように感じられた。安堵なのだろうが、それ以外のものも混じっていた。苦々しく酸っぱいようなものが。

意にそぐわない性行為を強いられた女性たちをニコラスは目にしていた。そうしたことは人体に様々な影響を及ぼす。肉体に生じる変化については少しはわかっているつもりだが、心のほうに及ぼす影響は自分にはまったく理解できていないことも承知している。

たったいま感じたのは……安堵よりも痛烈なものだった。歯が生えていて、その歯でゆっくりと怒りを逆撫でされているかのような。

ジョージアナ・ブリジャートンは自分にとって妹のような存在だ。いや、妹とは言えない。少し違う。でも、彼女の兄のエドモンドとは兄弟のような間柄で、じつのところ、自分の兄たちとよりも近しい。

マンストン伯爵夫妻にとってはもう子作りは終えたと思っていたところに授かったのがニコラスだった。いちばん歳の近いきょうだいとも八つ離れている。おむつをして這いはいする以外のことができるようになったときにはもう、兄たちはみな学校へ入って家を出ていた。でも、ほんの数マイル離れたオーブリー屋敷《ホール》に住むエドモンド・ブリジャートンがそばにいた。ふたりはほとんど同時期に、二カ月違いで生まれていた。

以来、離れがたい親友だ。

「なにがあったんです？」ニコラスは父に訊いた。

「卑劣な財産目当ての男につきまとわれていた」父が苦々しげに言った。「ニザーコットの息子だ」

「フレディー・オークスですか？」ニコラスは少なからず驚きを込めて訊き返した。学友だった。少なくとも数年は。フレディーは卒業できなかった。人気があり、親しみやすく、クリケットがめっぽう強かったのだが、試験をしくじるよりも愚かな唯一の行ない、つまりカンニングをしていたことが発覚し、十六歳でイートン校を追われたのだ。

「そのとおり」マンストン卿はぼそりと答えた。「おまえもよく知っている男だったか」

「たいして知りません。友人だったわけではないので」

「そうなのか？」

「友人とは呼びようがない」ニコラスは明言した。「フレディー・オークスはみんなとうまくやっていたので」

マンストン卿は鋭い眼差しを向けた。「あの男をかばうのか？」

「いいえ」ニコラスは即座に否定したものの、なにも根拠があるわけではなかった。実際になにが起こったのかまるでわからない。それでも、ジョージアナのほうになんらかの落ち度があって巻きこまれた可能性はとうてい考えづらい。「ただ、つねにとても好かれていたということです。いやなやつではないにしても、なるべく揉めたくない相手でした」

「いじめっ子だったわけか」

「そうではなくて」ニコラスは目を擦った。とんでもなく疲れている。それに、その場に居合わせなかった相手に学校での複雑な人間関係の序列を説明するのは不可能に近い。「ただ……わかりません。先ほども言ったように、友人というわけではなかったので。彼は……軽薄だったんだと思います」

父が興味深そうな目を向けた。

「いや、そうとも言えないのかな。正直なところ、答えようがないんです。朝食がなんだったかとか、学期の狭間の休みに誰が家に帰るといったことくらいしか彼とは話したおぼえがないので」ニコラスはイートン校時代の記憶をたどって、しばし考えこんだ。「クリケットを熱心にやってたな」

「おまえもクリケットをしていた」

「それほどでも」

父がすぐさま正そうとしないことこそ思い煩っているしるしだった。マンストン伯爵の記憶には、四人の息子たち全員が、イートン校の競技場で活躍する優れた運動選手として刻まれている。

つまり、その記憶の四分の一は誤解だ。

ニコラスは運動が不得手ではない。それどころか、フェンシングはむしろ得意だし、銃でも弓でも、兄たちの誰より腕前は勝る。ただし、ほかの人々とともに行なう球技（どんなものでも）となると、お手上げだった。みんなのなかでの役割を察知する能力が必要だ。直感とでも言うのだろうか。ともかく、ニコラスにはそれが欠けていた。クリケット、イートン校伝統のフィールド・ゲームとウォール・ゲーム……。

どれも、からきしへただった。学生時代の最悪な思い出はどれもその競技場での出来事で占められている。観察され、はじきだされたときのあの思い……選手が決定されるまでの時間が長引けばそのぶんつらさは増す。誰がボールを蹴るのがうまいのか、クリケットで巧みに投げられるのは誰かを仲間たちが見きわめるのにそう時間はかからない。

誰がうまくできないかについてもそれは同じだ。

学業にも同じことが言えるだろう。ニコラスはイートン校に入学して数カ月後には、理系の科目では満点の成績を取れる生徒だと全員に知られていた。フレディー・オークスにも時どき手助けを求められていたほどだ。

ニコラスはいまさらながら床に膝をつき、先ほど落とした平底のグラスを拾い上げた。グラスを何秒か見つめつつ、頭をすっきりさせるべきなのか、反対に過敏な神経をやわらげるべきなのかと思案した。

その中間にもまだなにかできることはありそうだ。

父を見つめる。「なにがあったのかを聞かせてもらったほうがいいと思うんですが」ニコラスはグラスにお替わりを注ぎに向かった。それを飲むのかどうかはまたあとで考えればいい。

「いいだろう」父は自分のグラスをがたんと音を立てて置いた。「いつ出会ったのかは知らんが、オークスは明確に意思を示していた。彼女に好意を寄せていた。彼は求婚しようとしていたと母さんは見ていたようだ」

どういうわけで母によりにもよってフレディー・オークスの意思が読みとれたのかは見当もつかないが、いまはそこを指摘すべきときでないのは確かだ。

「求婚されたらジョージアナが承諾していたかどうかは私にはわからない」マンストン卿は続けた。「誰もが知ってのとおり、オークスは無類のギャンブル好きだが、いずれは男爵位を継ぐ男で、ジョージーはもうそう若くもないしな」

ジョージーは自分のひとつ下なので二十六歳だが、女性の場合には少なくともこの国の慣習と結婚についての道徳観に照らせば、年齢を男性と同等に見なされないことはニコラスもよく承知していた。

「ともかく」父が言葉を継いだ。「レディ・ブリジャートンとおまえの母さんがロンドンに出かけるというので――尋ねていないが買い物に行ったんだろう――ジョージアナも連れていったのだ」

「社交シーズンのためにではなく」ニコラスはつぶやいた。自分の知るかぎり、ジョージアナはロンドンの社交シーズンを一度もまともに過ごしたことがないはずだ。過ごしたいとは思わないと本人が話していたし、ニコラスもそれ以上深く尋ねもしなかった。ロンドンの社交シーズンなど歯が浮くようなものにしか思えない自分に尋ねる資格があるだろうか？

「ちょっと出かけたに過ぎない」父が言う。「催しにもひとつやふたつは出席しただろうが、正式なものではなかったはずだ。いずれにしてもいまからでは遅いだろうし。ところが、オークスが何度も訪ねてきて、ジョージアナを連れだした」

ニコラスはグラスにブランデーを少しだけさっと注いで、父のほうに向きなおった。「レディ・ブリジャートンの許しを得られたのですか？」

マンストン卿はいかめしくうなずき、ごくりとブランデーを飲んだ。「然るべき手順は踏んでいた。侍女も同行した。それで書店へ向かった」

「ジョージーらしいですね」

父がうなずいた。「その帰りにオークスが彼女を連れ去ったのだ。いや、誘拐したと言うべきだろう。ジョージーがみずから馬車に乗りこんだところまではしごく当然のことだからな」

「侍女はどうしたんです？」

「あとから馬車に乗りこもうとしてオークスに歩道へ押しやられた」

「なんてことです、ぶじなんですか？」頭を打ちでもしたら、大事になりかねない。

父が目をしばたたかせたので、侍女のけがについては考えもしなかったのだろうとニコラスは察した。「父上がなにもお聞きになっていないのなら、その侍女は大丈夫なんでしょう」

父はいったん沈黙し、少しおいて言った。「いまは帰っている」

「ジョージーですか？」

父がうなずく。「あの男に囚われていたのは一日だけだが、打撃を被った」

「先ほどはそんなことはなかったと――」

父は側卓にグラスを叩きつけるように置いた。「危害を与えられなかったからといって評判を損なわずにすむわけではない。いいか、頭を働かせればわかるだろう。あの男が彼女になにをしようと、しなかったとしても問題ではないのだ。彼女は貶められた。しかもその話は誰もが知るところとなった」呆れたような顔つきで息子を見やった。「どうやら、おまえだけはべつにして」

侮辱の響きも感じとれたが、ニコラスは聞き流すことにした。「ぼくはエディンバラにいたんですよ」こわばった声で言った。「そんなことが起きていたなんて知るはずもない」

「わかっている。すまない。きわめて痛ましいことであるものだから」マンストン卿は髪を搔き上げた。「知ってのとおり、私は彼女の教父だしな」

「知ってます」

「彼女を守ると誓ったのだ。教会で」

父はさほど信仰心が篤いわけでもないので、その誓いを立てた場所にどれほどの重みがあるかは定かでないが、ニコラスはまたうなずきを返した。グラスを口もとに持ち上げはしたが、飲まずに、それでさりげなく自分の表情を隠すようにして父を見つめた。

このような父を見たことはなかった。どのように解釈すればいいのかわからない。

「彼女が貶められるのは見ていられない」父が断言した。「われわれが彼女を貶めさせてはならない」

ニコラスは息がつかえた。そうして、頭が呑み込めていないことをこの胸は察しているのだと気づかされた。自分の人生が急転しようとしていることを。

「やれることはひとつだけだ」父が言った。「おまえに彼女と結婚してもらいたい」

2

父がそう告げたのと同時に、ニコラスの頭のなかであらゆることがめぐった。

なにを言ってるんだ？

頭がどうかしているのか？

どうかしているに違いない。

そうとも、どうかしているんだ。

待てよ、聞きまちがえじゃないよな？

つまるところ、このひと言に尽きる。頭がどうかしちゃったんじゃないですか？

それでも実際にはこう口にした。「なんて言ったんです？」

「彼女と結婚してもらいたい」父が繰り返した。

ふたつのことはあきらかとなった。ひとつは、聞きまちがいではなかったこと。もうひとつは、父がまさしくどうかしてしまっていること。

ニコラスはブランデーをいっきに飲み干した。「ジョージアナとは結婚できません」

「どうして？」

「どうして――どうしてかと言うと――」理由はいくらでもあって、ひと言ではとうてい要約できない。

父が片方の眉を上げた。「ほかの誰かと結婚してしまったのか？」

「してませんよ！」

「ほかの誰かに結婚する約束をしているとか？」

「父上、いいかげんにし――」

「それなら、おまえが自分の務めを果たせない理由は見当たらんが」

「ぼくの務めではありません！」ニコラスは大声で言い返した。

父に黙って見つめられ、なにかささいな約束を破って叱られている子供に戻ってしまったように思えた。

だが、これはささいなことではない。なにしろ結婚だ。それにジョージアナ・ブリジャートンを娶ることがもし――仮にだ――高潔な正しい行ないだとしても、自分の務めではありえない。

「父上」あらためて口を開いた。「ぼくは結婚できる立場にありません」

「そんなことはない。おまえは二十七歳で、健全な心と身体の持ち主だ」

「エディンバラで下宿している身ですよ。近侍すらいない」

父は片手を振った。「容易に解決できる問題だ。新市街《ニュータウン》に家を用意しよう。あの街の開発に関わっている建築家をおまえの兄さんが何人も知っている。有望な投資になるはずだ」

ニコラスはしばし見つめ返すことしかできなかった。父は不動産投資の話をしているのか？

「結婚祝いと考えてくれていい」

ニコラスは額に手をやり、親指と中指でこめかみを揉んだ。集中力が必要だ。考えろ。父はなおも高潔さと務めと九十九年の賃借権について話しつづけていて、こちらは頭が痛みだした。

「医学の勉強に支障が出るとは思いませんか？」額にあてた手の下で目を閉じて尋ねた。

「妻と過ごす時間はありません」

「おまえが時間を費やす必要はない。彼女に必要なのはおまえの名だ」

ニコラスは顔から手をはずした。父を見る。「本気ですか」

父はなにを聞いていたのだと言わんばかりの目を向けた。

「相手に時間を割けないことを前提に結婚などできません」

「実際にそうなるとはかぎらないことを願っている」父はそう返した。「私はただ、この重大な局面に際して、今回の問題の解決に尽力することがおまえの人生に不利に働くわけではないと指摘したかっただけのことだ」

「それではほとんど、ぼくに好ましくない夫になれと説得しているようなものですよね」

「いや、むしろ、若い女性の英雄になれと説得しているようなものと言えるだろう」

父をいぶかしげに見つめはじめてから、もうどれくらい時間が経っているのだろう。そう気づいてニコラスはようやくゆっくりとかぶりを振り、どうにか顔をそむけた。窓辺に歩いていき、それをきっかけにべつのことに意識を振り向けようとした。いまはもう父を見ていいたくなかった。父のことも、その常軌を逸した提案についても考えたくない。

いや、提案ではないよな？　命令だ。父は「ジョージアナと結婚してもらえないだろうか？」とは尋ねなかった。

こう言ったのだ。「彼女と結婚してもらいたい」

そのふたつは同じではない。

「ケントに彼女をおいていけばいい」当然のごとく長々と続いた熟慮の沈黙を父がどのように解釈したのかは知らないが、そう言った。「エディンバラに連れていく必要はない。そもそも彼女もエディンバラに行きたいわけでもないだろうしな。行ったことがあるとは思えんし」

ニコラスは振り返った。

「むろん、おまえしだいだが」父が言う。「犠牲を払うのはおまえなのだから」

「こんなことをぼくに納得させられると本気で思っているとしたらどうかしている」ニコラスは言った。

だが、互いの話が嚙み合っていないのはあきらかだった。なにせ父はさらにこう言葉を継いだのだから。「たかが結婚だ」

そのひと言に、ニコラスは憤懣をほとばしらせた。「母上にもそうおっしゃってから、ここに戻ってきて同じ言葉を口にできますか」

父が不愉快そうな顔をした。「いまはジョージアナの話をしている。どうしてそう反抗的なのだ？」

「さあ、どうしてでしょうね……たぶん、勉強していたところを国境の向こうから呼び戻されて、やっと帰り着いてみたら、難題を解決する策はないかと相談されたわけではなかったからではないでしょうか。結婚することについてどう思うかとも父上は尋ねなかった。ぼくを坐らせて、妹も同然の女性と結婚しろと命じたんです」

「だが、彼女はおまえの妹ではない」

ニコラスは顔をそむけた。「やめてくれ。お願いですから黙ってください」

「母さんも最善の解決策だと賛成している」

「なんてことだ」結託して息子を追いつめようとしているとは。

「唯一の解決策だ」

「待ってくれ」ニコラスはつぶやいた。もう一度こめかみを押さえた。また頭がずきずきしてきた。「ちょっと時間をください」

「そんな時間は――」

「お願いですから、ちょっとくらいおとなしくして、考えさせてくれませんか？」

父は目を見開いて、一歩あとずさった。

ニコラスは自分の両手を見下ろした。ふるえている。これまで父にこのような物言いをしたことは一度もない。できるとも思っていなかった。「飲み物が必要だ」いまこそ酒を飲むのにふさわしいときだ。大股で食器棚へ歩いていき、グラスの縁まで注いだ。

「スコットランドからここに着くまでずっと考えてたんです」思いめぐらすそぶりで続けた。「こんなふうに秘密めかして、しかもやけに強引に呼び戻すとはいったいどんな理由があるんだろうと。誰かが死んだんじゃないかって」

「そんなつもりは――」

「いや」ニコラスは遮った。父に言葉を差し挟まれたくない。いまは自分が話していて、自分が皮肉を言う番で、せっかく与えられた機会を無駄にしてたまるものか。

「いや」繰り返した。「誰かが死んだわけがなかったんだ。父上はそのようなことをわざとあいまいに書きはしない。でも、ほかになにが考えられるというんです？　このようにとんでもなく間の悪い時期にわざわざ呼び戻す理由なんて思い浮かびますか？」

マンストン卿は口をあけたが、ニコラスはまたもきつい眼差しで黙らせた。

「じつのところ、間の悪いどころじゃない。ぼくが試験を受けられなくなるとわかってたんですか？」ニコラスはひと息ついたが、本気で尋ねたと誤解を与える間もなく続けた。「戻ってから再試験を受けることを教授たちは認めてくれましたが、むろん、ぼくはいつ戻れるかについてはわからないと答えざるをえなかった」ブランデーを大きくひと口飲んだ。「まったくもって、気まずい話し合いでした」

ニコラスはなにか言ってみろとでも挑むかのように父のほうを見やった。「ほんとうはそのような追試は認めたくなかったのでしょうが、これも伯爵の子息に生まれた恩恵というわけです。当然ながら、友達作りには役立ちませんが。特権を利用して試験を逃れるようなやつを好ましく思う者はいませんよ。たとえあとですべての試験を受けるつもりだったとしても、先ほども言ったように、いつ受けるかは明言できなかったわけですから」

「勉学を中断させたことについてはすでに詫びただろう」マンストン卿は硬い口調で言った。「ええ」ニコラスはあっさりと返した。「いとも詳細なお手紙で」

父はしばし黙って息子を見つめてから言った。「不満は吐きだせたかな?」

「ひとまずは」ニコラスはブランデーをひと口含み、あらためて考えてみた。言うべきことがあとひとつ残っていた。「ですが、これだけは言っておきます。家に帰り着くまでにあらゆる可能性がぼくの頭をめぐっていたわけですが、まさか父親に自分が結婚するお相手を勝手にほぼ決定されていようとは夢にも思いませんでした」

「おまえが結婚するお相手」父はややばつが悪そうに鼻息を吐いて繰り返した。「小娘みたいな言いぐさだな」

「いまはまさにそんな気分ですよ。言っときますが、いい気はしない」ニコラスは首を振った。「指図するわれわれ男たちに我慢しているご婦人がたにはあらためて敬服します」

マンストン卿は鼻で笑った。「私がこれまでおまえの母さんや姉さんに指図できていたと思っているのなら、とんでもない勘違いだ」

ニコラスはグラスを置いた。もうじゅうぶんだ。まだ正午にもなっていない。「それなら、なぜぼくにはそんなことをおっしゃるんです?」

「なぜなら、ほかに選択肢がないからだ」父は語気鋭く言い返した。「ジョージアナにはおまえが必要だ」

「ご自分が教父となった令嬢のためなら息子に犠牲を払わせると」

「そんなつもりは毛頭ない。おまえもそれはわかっているはずだ」

だが、似たようなものだ。父にはお気に入りの子供がいて、それは自分ではないとしかニコラスには思えなかった。

しかもその子供はロークズビー家ですらない。

ただし、ロークズビー家とブリジャートン家がきわめて密接に関わりあっていることはニコラスも認めざるをえなかった。両家はもともと何世紀にもわたり隣り合う土地で暮らしてきたが、現世代でその絆が揺るぎないものに築かれた。両家の夫妻は親しい友人同士となり、互いに子供たちの洗礼式に立ち会って名を授け合ってきた。

しかもロークズビー家の長男がブリジャートン家の長女と結婚してからは正式に親戚関係となった。さらにロークズビー家の三男がブリジャートン家の子供たちの従姉妹にあたる女性と結婚した。

まったく、まるで誰かが毛糸玉で複雑な家系図の綾取りでもして楽しんでいるみたいではないか。

「考えさせてください」ニコラスは言った。父の求めにとりあえず待ったをかけるために言えることがそれしかないのはあきらかだったからだ。

「もちろんだ」父は応じた。「驚くのは無理もないことだと承知している」

それでも控えめな表現だ。

「だが急ぐことが肝心だ。あすまでに決意を固めてほしい」

「あす？」

父は一応少しばかり申しわけなさそうな口ぶりで言った。「仕方がないのだ」

「ぼくは二週間近くも旅をして、そのうち少なくとも六日は大雨に降られたし、勉強も中断させられてやってきたというのに、一方的に隣人と結婚しろと命じられて、考える時間をほんの数日も与えてもらえないというのですか？」

「これはおまえの問題ではないのだ。ジョージーのためなのだから」

「どうしてこれがぼくのことではないんです？」ニコラスはほとんどわめいていた。

「おまえは結婚してもなにも変わらんわけだからな」

「ほんとうに頭がどうかしちゃったんじゃないですか？」ニコラスは父にこのような口を利いたことはおろか、利こうとしたことすらなかったが、父の口からそんな言葉が出るとは信じがたかった。

父はどうかしてしまったとしか思いようがない。ジョージアナ・ブリジャートンとの結婚を提案するのはドンキホーテじみた騎士道精神からだとしても、息子が彼女と結婚してもそれは形式ばかりのもので、そしらぬふりで暮らせばいいなどと考えているとしたら……。

息子のことをまるでわかっていないのか？

「いますぐには答えられません」ニコラスは言った。戸口へすたすたと歩きだし、ふいに泥だらけのブーツをまだ履き替えずにいてよかったと思った。

「ニコラス……」

「いや。いまはけっこうです」ニコラスは戸枠に手をおいて、いったん呼吸を整えた。振り返ろうとまでは思えなかったが、言った。「教父としての責任感はごりっぱです。せめてその願いを頼みごととして口にしてくださっていたら、もしかしたら――もしかしたら聞き入れることもできたのかもしれません」

「腹を立てているのだな。気持ちは理解できる」

「そうは思えませんね。ご自分の息子の気持ちなど、あなたはまったく考えようとも――」

「誤解だ」父が遮って言った。「おまえを思う気持ちが最優先であるのに変わりがないことは断言できる。そうではないように聞こえたのなら、私がいま案じているのがおまえではなく、ジョージアナのほうだからだろう」

ニコラスは唾を飲みこんだ。全身の筋肉がぶちぶちと切れかかっているように思えた。

「長年のあいだにそのように考えるのがあたりまえのようになっていた」父が静かに言う。

「時とともに変わるものなのだ」

ニコラスは父に向きなおった。「これがぼくのためだというんですか？　愛もなければ交わりもしない結婚が？」

「そうではない。おまえの場合はすでに愛情を抱いている。それに、ジョージアナはすばらしい娘だ。すばらしく相性のよいふたりであるのはそのうちにわかることだと私は確信している」

「あなたのほかの子供たちは愛する人と結婚している」ニコラスは静かに言った。「四人とも」

「おまえにも同じことを願っている」父は微笑んだが、哀しげな憂いを帯びた笑みだった。

「私は分け隔てはしない」

「ぼくはジョージアナと恋に落ちるとは思えない。ひょっとして、そんなことが起こったとしても、いますぐにそうなるわけがありませんよね?」

父は愉快げな笑みを浮かべた。からかうふうでもなく、ただ愉快そうなだけだ。

だがニコラスはそんな気分にはなれなかった。「彼女とキスをすることすら想像できない」

「キスをする必要はない。結婚すればいいだけで」

ニコラスはぽっかり口をあけた。「なにを言ってるんです」

「熱情を抱いて結婚する人々はごくわずかだ」マンストン卿は一転してすっかり気さくに、父親ぶった助言を口にした。「おまえのお母さんとは――」

「母上とのなれそめなんて聞きたくもありません」

「意固地になるな」父は鼻で笑った。

その瞬間にニコラスは、やはりいま話しているのはすべて夢なのではないかと思った。父が母との交際についてちらりとでも明かすような日が来るとは想像もつかなかったからだ。

「おまえは医者になるんだろう」父が淡々と言葉を継いだ。「それならむろん、わかっているだろうが、私とお母さんが五人の子をもうけることができたのは――」

「やめろ！」ニコラスは吼えるように声を張りあげていた。「そんな話は聞きたくもない」

父が含み笑いをした。なんと、くっくっと笑っている！

「考えてみます」もはやニコラスは不機嫌な声をとりつくろおうともせずに言った。「でも、あすにはお返事できません」

「してもらわなくては困る」

「ほんとうに、ぼくの話を聞いてましたか？」

「おまえの話に耳を傾けている時間などないのだ。ジョージアナが身を滅ぼしかねないのだから」

このまま話していても堂々巡りだろう。ふたりとも芝地に出たものの同じ道を行き来しているようなもので、そのうちに草がすり減ってなにもない地面になるだけのことだ。だがニコラスはもうすでに疲れはてていて、堂々巡りを断ち切る気力もないので、こう尋ねるにとどめた。「あと数日考える時間をもらったからといって、なにが変わるんです？」

「おまえが彼女と結婚しなければ」マンストン卿が言う。「彼女のご両親がほかの結婚相手を見つけなければならない」

おのずと恐ろしい考えに行き着いた。「ブリジャートン子爵夫妻とこの件について話し合ったということですか？」

父は一瞬ためらってから答えた。「話していない」

「この件についてぼくに嘘をつくのは……」

「私の道義心を疑うというのか？」

父上の道義心を疑いなどしません。良識についてはもはやまるで理解できませんが」

父は気詰まりそうに唾を飲みこんだ。「提案してもよかったのだが、おまえに撥ねつけられた場合も考えて、先方に期待を持たせたくなかった」

ニコラスは疑わしげに父を見つめた。「拒む選択肢を与えられたようには思えませんでしたが」

「私がおまえに結婚を強いることができないのは、互いに承知のうえだろう」

「拒めば、あなたはぼくにひどく失望するわけですよね」

父はなにも答えなかった。

「それだけでもうお返事はじゅうぶんでは」ニコラスは低い声で言った。疲れきって、椅子にどっかりと腰を戻した。いったい自分はなにをしようとしていたんだ？

父ももうじゅうぶんだと気づいたらしく、何度か咳ばらいをしてから言った。「母さんを呼んでこようか？」

「どうしてです？」

そこまでけんか腰に言うつもりはなかったのだが、母がここに来てなにができるというのかほんとうにわからなかった。

「私が困ったときには彼女が必ずほっとさせてくれる。おまえにも同じことをしてくれるだろうから」

「それはよかった」ニコラスは唸るように答えた。疲れすぎていて言い返す気にもなれない。

ところがマンストン伯爵が出ていくより先にドアが開き、レディ・マンストンが静かに部屋に入ってきた。「話はついた？」

「考えたいそうだ」伯爵が答えた。

「出ていく必要はなかったんですよ」ニコラスは言った。

「わたしがいないほうが話しやすいかと思って」

「どちらにしても話が進むわけがない」

「それはそうね」母はニコラスの肩に手をかけて、軽く握った。「いまさらだけれど、あなたをこのような立場に追いこんでしまってごめんなさい」

ニコラスは母にできるかぎり笑みに近いものを浮かべてみせた。

母が咳ばらいをした。いかにもぎこちない。「今夜はオーブリー屋敷《ホール》で晩餐会があることも知らせておきたかったの」

「ご冗談ですよね」ニコラスはそう返した。オーブリー屋敷はブリジャートン家の本邸だ。ブリジャートン家の全員が勢揃いすると考えてまず間違いないだろう。

母が申しわけなさそうな笑みを浮かべた。「ごめんなさいね、冗談ではないわ。少しまえから決まっていたことで、レディ・ブリジャートンにあなたが帰ってくると伝えていたから」

ニコラスは唸り声を洩らした。母までがどうしてこんなことをするんだ?

「あなたが学んでいることについてとても聞きたがっているわ。みんなが。でも、疲れているわよね。あなたが決めて」

「では、出席しなくてもいいんですか?」

母が穏やかに笑った。「全員が揃うのよ」

「なるほど」ニコラスは苦虫を嚙みつぶしたような声で言った。「つまり実際には選択肢はないと」

まるでこれからの自分の人生と同じように。

3

ジョージアナ・ブリジャートンはこれまでにたくさんの物を失ってきたが――とりわけ気に入っていた革装の帳面、姉ビリーの宝石箱の鍵、二足の靴のそれぞれ片方だけ――評判を失うのはこれが初めてだった。

帳面をなくすのとはわけが違って取り戻すのがはるかにむずかしいことがわかってきた。靴をなくしたときよりも。

宝石箱の鍵をなくしても金槌を使う手があった。それによって生じた惨状は誰にとっても喜ばしくないものだったとしても、ビリーのエメラルドのブレスレットはぶじに取り戻せた。以来、ジョージーは二度と姉に宝石類を貸してもらえなくなってしまったけれど、自分のせいなのだから仕方がない。

でも、評判については……。

不安定で、移ろいやすく、容易に修正して回復できるものではなく、宝石箱の鍵をなくしたときとは違って、たとえ自分がなにかしたわけではなくても、そんな事実は問題ではない。自分が生きている社会は慣習を破った女性に冷たい。

女性には冷たい、それだけのこと。

ジョージーはベッドの下に並んだ三匹の猫をじろりと見やった。ジュディス、ブランシェ、キャットヘッド。「不公平よね」

ジュディスが銀色っぽいグレーの前脚をジョージーの足首に掛けた。三匹ともおおむねそっけないので、これだけでもずいぶんと思いやりにあふれたしぐさに感じられる。

「わたしのせいではないのに」

まったく同じ言葉をもう何度も口にしている。

「あの人と結婚するなんて言ったおぼえはないわ」

この言葉も。

ブランシェがあくびをした。

「ええそう」ジョージーは猫に返した。「わたしは慣習を破ってもいない。慣習を破ったことなんてないんだから」

事実だ。そんなことはしていない。だからこそフレディー・オークスはこの女性にならたやすく慣習を破らせることができるとでも考えたのだろう。

たしかに、もっと誘拐しづらい態度をとれたのかもしれないが、ジョージーは若い独身紳士から関心を示された若い令嬢にふさわしい振る舞いで応じていた。いずれにしても、彼を思いとどまらせられなかったわけだ。レディ・マンストンが開いた夜会でフレディーと一度ダンスを踊り、さらに地元の社交場でもまたダンスをして、母とロンドンへ出かけたときにも、ブリジャートン館でしごくあたりまえにフレディーの訪問を受けた。

フレディーの振る舞いには、道徳心を欠いた卑劣な愚か者のようなところはまるで見受けられなかった。

だからペンバートン書店へ出かける誘いにも、ジョージーは喜んで応じた。本屋さんは大好きだし、そこは誰もが認めるロンドンで最上の書店だ。

ジョージーは未婚の令嬢がそのような場所へ出かけるのにふさわしい身なりを整えた。オークス家の馬車でフレディーが迎えに現れると、笑みを浮かべて、侍女のマリアンとともに乗りこんだ。

未婚の令嬢は付添人《シャペロン》と一緒でなければ密室となる馬車に紳士と同乗してはならない。ジョージーはそうした慣習を破りはしない。

書店を出ると〈ポット・アンド・パイナップル〉へ移動し、おいしいお茶と菓子を味わった。それもまた若い令嬢が快く応じて然るべき振る舞いと行動だ。

その点はともかく明確にしておきたいものの、聞かせる相手は猫以外にここにはいない。なにも間違ったことはしていない。

なにひとつ、間違っていない。

帰る段になり、フレディーはいたって礼儀正しく細やかな気遣いを見せて、ジョージーに手をかして丁重に馬車に上がらせてから自分も乗りこんだ。さらにオークス家の馬丁が同じようにマリアンが乗りこむのに手をかそうとすると、フレディーはふたりの鼻先で扉をばたんと閉めて、げんこつで天井を打ち、馬車はいきなりバークリー・ストリートを走りだした。

危うく一匹の犬を轢きかけた。

マリアンはあわてふためいていた。それはオークス家の馬丁も同じだ。彼はこのたくらみを知らされていなかったわけで、これで仕事を失い、路頭に迷うのかと脅えていただろう。

馬丁は解雇されなかったし、もちろんマリアンも然り。オークス家とブリジャートン家はどちらも今回の不祥事の責任が誰にあるかは承知していて、その責めを使用人に負わせるような不公正なことをする人々ではない。

とはいえ、それ以外の上流社会の人々は……ああ、どうせ、有り余る時間をこの一件について語ることに費やしているのだろう。ジョージアナ・ブリジャートンはあのような目に遭っても仕方がないというのが大半の見方だ。

高慢な老嬢。

ぞっとする不美人。

むしろあの男に感謝してもいいくらいだ。ほかに言い寄ってくる男たちが列を成しているわけでなし。

当然ながら偽りだらけだ。ジョージアナは高慢な老嬢でもなければ、ぞっとする不美人でもないし、もちろんこれまでに求婚されたことだってあるけれど、承諾できないのだから、その事実をわざわざ吹聴して当の男性に恥をかかせることもしたくなかった。

ジョージアナはそんなふうに善良に生きてきた。少なくとも、善良に生きようと努めている。

老嬢と呼ばれるのは仕方がないとしても。露のごとくみずみずしい娘と年増を分ける年齢が何歳なのかは知らないけれど、二十六歳はその境界線を越えているだろう。

でも、みずから選んだ道でもある。ロンドンの社交シーズンには登場したくなかった。内気ではないし、ともかく自分ではそう思っていないけれど、明けても暮れても大勢の人々のなかにいるのかと思うだけでジョージーはげんなりした。姉からロンドンでの話を聞いても、そんな気持ちを変えてくれるほどの魅力はなにも感じられなかった(ロンドンで姉のビリーはわざとではないとはいえ、文字どおりの意味で人に火をつけてしまったという)。

ビリーがマンストン伯爵位を継ぐ男性に嫁いだのは事実だが、簡潔に語り聞かされたロンドンの社交シーズンでのその災難とはまるで関係がない。ジョージ・ロークズビーはほんの三マイル離れたところに住んでいて、はじめから互いによく知っていた。姉のビリーがイングランドの南東部から出なくても花婿を見つけられたのなら、自分にもできるはずだとジョージーは思った。

慣例どおりにロンドンの社交界に登場しなくてもすむよう両親を説得するのはむずかしいことではなかった。子供の頃は病弱で、しじゅう咳をして息切れを起こしていた。成長するにつれ、もうほとんどそのような症状は引き起こさなくなったものの、母はいまでも気を揉んでいるので、一度か二度はそれを都合よく口実にしたこともあったかもしれない。それに嘘をついたわけではない。汚染され、人いきれもするロンドンの空気が肺に好ましいとは思えない。誰の肺にも。

でもいまとなっては、社交シーズンに登場しなかったのは、高慢なせいだとロンドンの大半の人々に思われていて、残りの人々には、ジョージアナには両親が隠そうとするほどの恐ろしい難点があったのだとでも勘繰られているに決まっている。

ロンドンへ行きたくないから行かないことにした令嬢がいるとは、誰にも想像すらつかないのだろう。

「頭のなかで、考えごとをわざわざ文字にせずにはいられないなんて」ジョージーは声に出して言った。でも頭がすっかり変になっていたらできないことよね。足もとに手を伸ばし、ブランシェを抱きあげた。「わたしは身を滅ぼすの？」ほとんど黒毛の猫に問いかけた。「当然よね。だけど、それってどういうこと？」

ブランシェが肩をすくめた。

正確には自分がそう見えるように猫を抱いているだけのことだろうけれど。「ごめんなさい」つぶやいて、ブランシェを床におろした。でも、ちょうどうまく寄りかかれるようにそっと背中を押してやった。ブランシェはその合図を察してすぐそばに身を丸め、ジョージーが首の後ろを掻いてやると喉を鳴らした。

これからどうすればいいの？

「あの人はなにひとつなくしてない」ジョージーは言った。

フレディー・オークスは寝室に閉じこもって、息子が不憫で泣いている母の声に耳をふさいでいるわけではなかった。

「紳士の倶楽部で祝杯をあげているかもしれないわ。でかしたぞ、なんて」ジョージーは上流紳士らしいもったいぶった口ぶりで言い放った。つまりは自分と同じ世界で生きる人々なのだけれど、わざと滑稽に誇張して真似しやすい喋り方だ。

「ブリジャートン家の生意気娘をかっさらってしまえ」芝居がかった口調で言う。「そうすれば未来は明るいぞ。年に四十万ポンドは確保されている令嬢だとか」

そんなことはない。

年に四十万ポンドだなんて。そんな令嬢はいないだろう。だけど、大げさなほうが話は面白くなるし、勝手に面白くする権利のある人がいるとすれば、それは自分だ。

「彼女とやったのか？　うまくやれたのか？　よかったか？」

ああもう、こんな言葉を母に聞かれたらどうなることやら。

それに、そんな質問にフレディーがどう答えられるというのだろう？　嘘をつくとか？そうだとしたらどうだというの？　たとえ彼がふたりのあいだにはなにもなかったと否定したとしても――

現になにもなかった。ジョージーの膝が彼の股間に入ったことだけは確かだけれど。

とはいえ、フレディーが事実を話し、ふたりは同じベッドで寝てはいないことを認めたからといってなにも変わらない。ジョージーは十時間もフレディーと同じ馬車のなかにふたりきりでいて、さらに同じ部屋で三時間を過ごしてから、いうなれば彼を叩きのめした。だから正真正銘の無垢な身でありながら、それでも純潔を奪われたと見なされている。

「わたしの処女膜に一メートルもの厚みがあったとしても、誰も処女とは見てくれないってことよね」

ジョージーは猫たちを見やった。「お嬢さんがた、そういうこと？」

ブランシェは前脚を舐めている。

ジュディスはそしらぬふりだ。

そしてキャットヘッドは……いいえ、雄猫だったわね。そもそも、年寄りの茶トラ猫にわかりようがない。

けれども世間への憤りはジョージーの妄想をとめるどころかロンドンの紳士の倶楽部へと舞い戻らせた。そこでは国家の未来を担う紳士たちが、ジョージアナ・ブリジャートンの身の破滅についていまだ噂話に花を咲かせているのは間違いない。

恐ろしいし、心底ぞっとして、彼らはたぶんもうそんなことは話していないし、フランスでの革命や、北部の農業事情といったもっと重要なことに話題は移っているはずだとジョージーは自分に言い聞かせようとした。むろん、そこにいる人たちの半数はそのうち貴族院の議席を得るのだから、頭を悩ませるべきことはほかにある。

でも、そうではないだろう。彼らが自分についてまだ噂しているのはジョージーにもわかっていた。きっと、いまわしい賭け帳に自分の名が記されていて、今月中にオークス夫人となるかどうかが賭けられているのだろう。軽薄な小歌をこしらえて騒々しく笑い声をあげる青二才の若者たちがいることくらいは知っている。

ジョージアナ・オークス、好色なお嬢様《プリンセス・オブ・ポークス》。

なんて、恐ろしい歌。でも、たぶん、想像は当たっている。そのような歌が口ずさまれているはずだ。

ブリジャートン家のお嬢ちゃんは、そうね……ええと……。

ブリジャートンとうまく韻を踏める言葉が見つからない。その点については救いに思うべきなのだろう。

〝彼女はもう、おまえと結婚しなけりゃならない、やれ、ほう、ほう〟

ジョージーは目を狭めた。「いい出来ね。いやだけど」

「ジョージアナ？」

ジョージーはドアのほうに耳をそばだてた。母が廊下をこちらに近づいてくる。あら、すてき。

「ジョージアナ？」

「部屋にいるわ、お母様」

「ええ、それはわかってるんだけど――」母がドアをノックした。

あたりまえに自分がどうぞと言わなければ、どうなるのだろうとジョージーは思いめぐらせた。

またノックの音がした。「ジョージアナ？」

ジョージーは吐息をついた。「どうぞ」

ほんとうに応じたくなかったわけではない。たぶんその気力が出なかっただけのことで。

レディ・ブリジャートンは部屋に入って、ドアを慎重に閉めた。いつもながらきれいで、紫がかった青色のシルクのショールを肩に掛けているせいか、よけいに青い瞳がきわだって見える。

ジョージーは母が大好きで、それは本心に違いないのだけれど、たまにそれほどもともと優美でいてくれなくてもよかったのにと思うこともある。

「どなたと話していたの？」母が訊いた。

「独り言よ」

「まあ」どうやら母が求めていた返答ではなかったようだけれど、それならどのような言葉が望ましかったのかはじつのところジョージーにも見当がつかなかった。猫たちと話し込んでいたと言えとでも？

母がうっすらと笑みをこしらえた。「調子はどう？」

正直な返答が求められているわけではないのは確かだ。ジョージーは少し間をおいてから口を開いた。「どう答えればいいのかよくわからない」

「そうよね」レディ・ブリジャートンはベッドの端にそっと腰をおろした。母の目が少し腫れぼったいことにジョージーは気づいた。唾を飲みこむ。もう一カ月近くになろうというのに、いまだに母は毎日泣いている。

自分のせいだと思うといたたまれない。

自分が悪いわけではなくても、自分のせいだ。どのような理由にしても。その理由を突き詰めて解き明かしたいとは思わない。

ジョージーはジュディスを抱きあげて差しだした。「猫はいかが？」

母は目を瞬いて、ジュディスを受けとった。「ええ、そうね」

ジョージーはブランシェを撫で、母がジュディスを撫でた。「楽になるわ」ジョージーは言った。

母がぼんやりとうなずいた。「そうね」

ジョージーは咳ばらいをした。「わたしになにかどうしても話したいことでも？」

「あ、ええ。晩餐にお客様がいらっしゃるわ」

ジョージーは唸り声をこらえた。ひとまずは。「そうなの？」

「そんなふうに言わないで」

「こういうときにどんなふうに答えろと言うの？」

母がジュディスを床におろした。「ジョージアナ、とてもむずかしい状況にあるのは承知しているけれど、前に進まなければいけないでしょう」

「あすからではいけないの？」

「ねえ、聞いて。いつもの家族の晩餐なの」母はジョージーの手を取った。

「お腹がすいてないの」

「だからどうだと言うの？」

ジョージーは母を見つめた。「食事をする以外になんのために出席するの？」

レディ・ブリジャートンは唇を引き結んだ。それでも瞳をぐるりと動かさずにいられる母には状況が違えばジョージーはすなおに感心していたかもしれない。

「ジョージアナ、今夜の晩餐には全員が揃うのよ。あなただけがいないのは、あきらかにおかしいでしょう」

「全員とはどういう意味かしら」

「あなたを心配している全員よ」

「わたしを心配してくださっている方々なら、わたしがお腹をすかせていない理由も理解してくださるはずよね。身を滅ぼしたんだもの、お母様。食欲が湧かなくて当然でしょう」

「ジョージアナ、やめなさい」

「なにを？」ジョージーは強い調子で訊き返した。「気楽に考えろとでも？　わたしにできるのはそれくらいのことだものね」

「いいえ、そうはいかないわ」

「お母様はそうする必要はないでしょう。だけど、わたしにはそうさせてほしいの。だってそうでもしないと、泣いてしまいそうだから」

「それでいいのよ」

「泣くの？　いやよ。そんなことはしない」それにもう、とうに泣いていた。そんなことをしていても目を痛めるだけだった。

「気分が楽になるでしょうから」

「楽になんてならなかった」ジョージーは言い返した。「わたしがいましたいのは、自分のベッドに坐ってフレディー・オークスを罵ることだけ」

「腹立たしい思いを静かに吐きだすのもいいことだけれど、いずれは動きださなくてはいけないわ」

「きょうの午後からでなくてもいいじゃない」ジョージーはつぶやいた。

レディ・ブリジャートンは首を振った。「彼のお母様とはお話しするつもりよ」

「それでどうなるというの？」

「わからないわ」母は認めた。「だけど、息子さんにどれほど問題があるのかを誰かが母親に伝えておかなくてはいけない」

「とうに知っているかもしれないし、お母様の話を向こうは信じないかも。どちらにしても、どうせわたしを彼と結婚させるようにと勧められるだけのことだわ」

問題はそこだ。そうすれば、今回の一件はすべて片がついてしまうことはジョージーにもわかっていた。自分の人生を台無しにした男性と結婚すればいいだけのこと。

「わたしたちがあなたにミスター・オークスとの結婚を無理強いするわけがないでしょう」レディ・ブリジャートンが言う。

でも、心苦しくて言葉にはできない含みも聞きとれた。ジョージー本人がもし彼との結婚を望むのなら、誰も反対はしないと。

「とりあえず、みなさんが知りたいのは、わたしが身ごもっているかどうかなのよね」

「ジョージアナ！」

「もう、やめてよ、お母様。みなさんがなにを考えているのかなんてわかってるくせに」

「わたしは考えてないもの」

「それはわたしが彼と一緒に寝てないと言ったからでしょう。お母様はわたしの言葉を信じてくれる。でも、ほかの人たちはそうじゃない」

「それは違うわ」

ジョージーは母をまじまじと見やった。すでにまえにも同じ話をしていて、レディ・ブリジャートンはけっして認めようとしないにしても、それが違わないことは互いによくわかっている。ジョージーがなにを言おうと関係がない。社交界は、フレディー・オークスがジョージアナを意のままにしたものと見なしている。

それに、そうではなかったことをどうやって証明できるというのだろう？　できない。誰もが、九カ月後に赤ん坊を抱いて現れる姿を見て、やはりブリジャートン家の娘についての憶測は正しかったのだと喜びたがっているだけのことで、ジョージアナがずっとほっそりしたままだからといって、そうしたことがなかったとは言いきれないとみな言うのだろう。多くの女性が初めての交わりでは身ごもらないのだと。

身ごもってても身ごもらなくても、汚れていると見なされるわけだ。

「さてと。晩餐は二時間後よ」どうやら母はこれ以上の会話は続けられないと判断したらしく、立ちあがった。率直に言って、ジョージーも母の気持ちはよくわかる。

「出席しなくてはだめ？」

「ええ。あなたのお兄さんも来るのよ、ヴァイオレットと一緒に。男の子たちも連れてきて、うちの子供部屋で遊ばせておくつもりではないかしら」

「あの子たちと食べちゃだめ？」ジョージーは冗談半分に尋ねた。自分が社交界の除け者だとしても、アンソニーとベネディクトにはどうせまだそんなことはわからない。子供部屋では、ただのジョージーおばさんでいられる。

母は冷ややかな眼差しを向けて、いま耳にした言葉は聞き流すことを暗に告げた。「マンストン伯爵夫妻も来るわ。ジョージとビリーも。それにニコラスもちょうど帰っているそうだし」

「ニコラス？　エディンバラにいるはずなのに？」

レディ・ブリジャートンはさりげなく片側の肩を上げた。「ヘレンからそう聞かされたんだもの。早めに帰ってきたのかしらね」

「それにしてもおかしいわ。学期末は来月でしょう。試験があるはずなのに」

母がけげんそうにこちらを見ている。

「わたしは細かな点まで憶えているから」ジョージーは言った。そもそも、自分のそういったところに母はいままで気づいていなかったのだろうか？

「ともかく」レディ・ブリジャートンは言い、ドアノブに手をかけた。「いまさら出席しないなんて言わないで。ニコラスがはるばる帰ってきたのだから」

「わたしに会うためじゃないわ」

「ジョージアナ・ブリジャートン、ずっと自分の部屋で老いていくわけにはいかないのよ」

「そんなつもりはないもの。男の子たちとチーズトーストを食べてるほうがずっと楽しそう。一緒に砦を作るの。猫たちも連れてくわ」

「猫たちを連れていってはいけません。赤ん坊にくしゃみをさせてしまうでしょう」

「わかったわ、猫たちは連れていきません」ジョージーはにっこりと笑った。「だけど、砦は作るわ。ニコラスも仲間に入りたければ、来てくれていいし。たぶん、晩餐会よりずっとそっちのほうが好きでしょうから」

「ばかなことを言わないで」

「言ってないわよ、お母様。ばかじゃないもの」

「あなたは大人よ。大人同士で夕食をとる。わかったわね」

ジョージーは母を見つめた。

母が見つめ返した。

ジョージーは根負けした。というより、あきらめたというほうが正しいのかもしれない。

「わかったわ」

「よかった」母はドアを引き開けた。「あなたにとってもそのほうがいいのよ。きっとわかるわ」そう言って部屋を出ようとした母をジョージーは引きとめた。

「お母様？」

レディ・ブリジャートンが振り返った。

ジョージーはいまさらながら、どうして呼びかけたのかがわからなかった。母と話していてどうしようもなくいらだたされていたはずなのに、どういうわけか母を見送る心積もりがまだできていなかった。

「お母様は……」

ジョージーは沈黙した。なにを訊こうとしているの？　自分にいま必要なのはなに？　どんなこと？

母が黙って待っている。辛抱強く。

ようやくまたジョージーが話しだした声は小さかった。弱々しいわけではないけれど、声が小さい。それに疲れている。「お母様は、男性が女性にこんなことをできない社会がどこかにあると思う？」

母がそれまで動けていたとはとても信じられないくらいに微動だにしないので、ジョージーは妙な感覚におちいった。どういうわけかその静寂が広がっていくように思えた。自分の身体じゅうに、さらに目や心のなかにまで。

「わからないわ」母が答えた。「あってほしい。少なくともこれから生まれるはずだと信じたい」

「でもいまはない」ジョージーは言った。それが事実なのは互いによくわかっている。「ここには」

「ええ」母が言う。「いまはまだ」部屋を出ようと背を向けて、踏みとどまって、肩越しにちらりと振り返った。「晩餐会には出席する？」

命じるのではなく、尋ねられて、ジョージーはなじみのない、つんとする涙がこみあげてきた。ただの涙ならもうすっかり身になじんでいた。この数週間泣きつづけて、一生ぶんくらいの涙は流したのだから。哀しみや、いらだちや、怒りの涙を。

でも、ジョージーはほんとうに久しぶりに感謝を覚えていた。なにかを言われるのではなく、尋ねられるのがこれほど心地よいものだとは思わなかった。晩餐会といったささいなことについてだろうと、みずから決断をくだす権利のあるひとりの人間として認めてくれる相手がここにいる。

「出るわ」母に告げた。

ひょっとしたら楽しめてしまうかもしれない。

母が部屋を出ていくと、ジョージーは猫を抱きあげた。本気で思ってるの？　楽しめるはずがないでしょう。それでも、試してみないことにはわからない。

4

ジョージーが晩餐のために身なりを整えてから階下へ向かうのをあとどれくらい引き延ばせるだろうかと決めかねているあいだに、走りたがりの狐の小さな群れが部屋の前を駆け抜けていったような音が聞こえた。

ジョージーは笑みを浮かべた。本物の笑みを。甥たちがやってきた。

急いでベッドをおりてドアを開くと、ちょうど兄の妻が通りすぎたところだった。ヴァイオレットはくるりと向きなおり、赤ん坊のコリンを抱いてそそくさと部屋のほうに戻ってきた。「ジョージー！」声を張りあげた。「また会えてほんとうによかった。どうしてる？ なんでも話して。わたしにできることはない？」

「わたし――ええと……」どこから話せばいいの？

「さあ。赤ん坊をお願いできる？」ヴァイオレットからコリンを突きだされ、ジョージーは受けとらざるをえなかった。

コリンはさっそく泣き叫びだした。

「お腹がすいてるのかしら」ジョージーは言った。

「この子はいつもお腹がすいてるの。正直なところ、どうしたらいいのかわからなくて。きのうも、わたしのミートパイを半分も食べちゃったのよ」

ジョージーは小さな甥を驚嘆の目で見つめた。「そもそも歯はもう生えてるの？」

「いいえ」ヴァイオレットが言う。「とにかくぜんぶ、くちゃくちゃにしちゃうのよ」

「ちっちゃな怪物ね」ジョージーは親しみを込めて言った。コリンがどうやら褒められていると受けとめたらしく喉を鳴らした。

「しばらく来られなくてごめんなさい」ヴァイオレットが言う。「コリンが病気だったの。深刻なものではなかったんだけど、咳をしていて、それもぜいぜいとかすれたひどい声だったから、そばを離れられなくて」

「あたりまえよ、ヴァイオレット」ジョージーはきっぱりと応じた。「子供たちが最優先だもの」

「それに、あなたのお母様から、あなたはひとりでいたがっていると聞いていたし」

「間違いではないわ」

「だけど、四週間もひとりでいたらもうじゅうぶんよね。そうじゃない？」

「今夜、わかることね」

ヴァイオレットは訳知りふうの笑みを浮かべた。「ほかのみなさんはもう来てるの？　こんな言い方はおかしいわよね？　わたしはどなたが来られるのかも知らなくて」

「ビリーとジョージ。マンストン伯爵夫妻。それにアンドルーとポピーも来るのかしら？」

「いいえ、ふたりはサマセットのポピーのご家族を訪ねているはず。ごきょうだいが結婚されたのよ」

「あら、知らなかった」

ヴァイオレットが肩をすくめた。「ごきょうだいのどなたなのかは、わたしも知らない。たくさんいらっしゃるから。そんな大家族は想像もつかないわ」

そのときを待っていたかのようにアンソニーとベネディクトがまた戸口の前を走り去り、そのあとを乳母が急いで追いかけていった。

「三人でも大変そうだものね」ジョージーは言った。

ヴィオレットが椅子にぺたりと腰を落とした。「あなたにはきっと想像もつかないくらいに」

ジョージーは微笑んだ。兄嫁のヴァイオレットが子供たちとの暮らしを何物にもかえがたいものだと思っているのはわかっていた。夫のエドモンドとともに、まだいまは三人の兄弟をさらに増やすことになったとしても意外でもなんでもない。ヴァイオレットはいつも忙しそうだけれど、つねに幸せそうでもある。彼女を見ていると気分が上がるものの、ふと、いまとなってはもう自分はこのような人生を送れそうにないとジョージーは思い至った。

フレディー・オークスとこんなことになってしまったからには。

「この子は誰似かしら」腕に抱いた赤ん坊のコリンを持ち上げて言った。髪はまだたいして生えていないけれど、ヴァイオレットの濃いブロンドよりもさらに暗い色になりそうな気がする。

「エドモンドね。三人ともエドモンドに似ているわ」

「いいえ、そんなことない。三人とも、両親の特徴が混ざりあってるんだわ」

「あなたはやさしいからそう言ってくれるけど、ほんとうなんだもの」ヴァイオレットは大げさにため息をついてみせた。「わたしはブリジャートン家を生みだす母なる器というわけ」

ジョージーは笑い声を立てた。「だけどほんとうに、三人ともよく似てる」

「そうでしょう？」ヴァイオレットはふっと笑った。「そっくりな三兄弟なの。どうしてなのか、それがわたしにはとてもうれしくて」

「わたしも」ジョージーはコリンを少しだけ自分から離して、顔をじっくりと眺めた。「このほっぺたを見て。それに目も。この子の目は緑色になりそうね」

「食いしん坊の色」ヴァイオレットがつぶやいた。

「妬みの色ではなく？」

「それもあるわね」ヴァイオレットがぶるっと身をふるわせた。「いくらでも食べられそう」

ジョージーはにっこりしてコリンの鼻にキスをした。「ひとりくらい、ジョージーおばさんのために赤毛っぽくなってくれるようお願いするのは欲ばりかしら？　ちょっとだけでも。一族のなかでもうひとりくらい赤毛がいてもいいわよね」

「あなたは一匹狼だものね」ヴァイオレットが冗談めかして言った。「赤毛の人はがいして怒りっぽいのかと思ってた」

「あら、とんでもない。わたしは平穏そのものよ」

ヴァイオレットがジョージーに指を突きつけた。「わたしの言葉をよく憶えておいて、ジョージアナ・ブリジャートン。いつかあなただって怒りを噴きあげる。そのときには、わたしはそばにはいたくないけど」

「見物だけでもしたくない？」

「わたしに火の粉が降りかかりさえしなければ」

ジョージーは赤ん坊に目を戻した。「あなたのお母さんがわたしを怒らせるなんてことがあると思う？　ないわよね。わたしも同感」

コリンが跳ねあがらんばかりにげっぷをしたので、ジョージーは体勢を崩しかけた。しっかりと抱きかかえなおすと肩をしゃぶられた。「やっぱりお腹がすいてそうよ」

「まさか」ヴァイオレットが片手を振った。

「そんなあなたが信じられない」ジョージーは笑いながら言った。「アンソニーがまだ赤ちゃんだったときには磁器のお人形みたいにちやほやしてたのに」

「どうしたらいいかわからなかったんですもの。いまではすっかり逞しくなっちゃって」

ジョージーは小さな甥に笑いかけた。「でもほんとに、あなたは愛らしい」そう話しかけると、コリンが笑い返した。

「わたしを見て笑ったわ！」ジョージーは声をあげた。

「ええ、ほんとうに愛嬌を振りまくのが上手なの」

「これくらいの赤ちゃんが笑えるなんて知らなかった」

「アンソニーは笑わなかった。ベネディクトは……」ヴァイオレットは眉をひそめた。「憶えてないわ。わたしはひどい母親ということ？」

「あなたがひどい母親のわけがないじゃない」

「あなたはやさしすぎる。そんなところが大好きなんだけど」ヴァイオレットが腕を伸ばしたものの赤ん坊に届きそうになかったので、ジョージーのほうから歩み寄った。兄嫁は赤ん坊ではなくジョージーの手をつかんで、そっと握った。「あなたには生まれたときからお姉さんがいた」ヴァイオレットが言う。「でも、わたしにはいなかった。いまはあなたを姉妹だと思っていいのよね」

「やめて」ジョージーは洟をすすった。「わたしを泣かせようとして。もう泣くのは飽きあきなんだから」

「泣いてなぐさめになるとすれば、あなたにはまだ足りないのかも」

「先週のわたしを知らないから」ジョージーはドアが開いたままの戸口のほうに頭を傾けた。話し声が聞こえたような気がした。「みなさんが到着したみたいね。そろそろ下りていったほうがいいかしら」

ヴァイオレットが立ちあがり、コリンを引き取った。「なにがあったのか、エドモンドはわたしに詳しく話してくれなかった」そう言うと、子供部屋のほうへ歩きだした。「あんなに怒った彼を見たことはなかったわ。ミスター・オークスに決闘を申し込むのではないかと思ったくらい」

「エドモンドお兄様はそれほど愚かじゃないわ」ジョージーは言った。

「あなたは彼の妹で」ヴァイオレットが言う。「その妹の名誉が脅かされているんだもの」

「エドモンドお兄様が脅かされているなんて言葉は使わないわよね」

「もっとはるかに口汚い言い方だった」

「さすがはわたしの兄ね」ジョージーは瞳をぐるりと動かした。「でも、わたしが自分で決着をつけられることはわかっていてもらわないと。現に、そうしたわけだから」

ヴァイオレットが愉快げに目を輝かせた。「なにをしたの？」

ジョージーはスカートを絡《から》げ持ち、少しだけ引きあげて、フレディー・オークスの股間を膝蹴りしたときの動作をしてみせた。

「それなのに怒りっぽくないなんてよく言うわ」とヴァイオレット。「やるわね。向こうは泣いた？　泣いたと言って」

フレディーは泣いたが、そのあとでジョージーが評判を守るには自分をさらった男と結婚するしかないことを思い知って流した涙に比べればたいした量ではなかった。

「それでどうなったの？」ヴァイオレットが訊く。

ジョージーは兄嫁のあとについて子供部屋に入っていった。「彼を縛りあげたわ」

「すてき」ヴァイオレットは感嘆して言った。コリンを乳母にあずけてから、廊下に頭を突きだした。「アンソニー！　ベネディクト！　来なさい！」そうしてほんの一拍とおかずにジョージーを脇に引き寄せた。「それからどうなったの？　なんだかもう血が騒いできちゃった」

「窓から抜けだした」

「頭がまわるわね」

ジョージーは内心では逃げられた自分をとんでもなく誇らしく思っているのだけれど、控えめにうなずいた。

「でも、ふつうに玄関からは出られなかったの?」

「一階にいたから、いずれにしてもそんなに大変ではなかったのよ。それにそこの宿屋には野蛮そうな男の人たちもいたし。ひとりで表側の居間を通るのは避けたかった」

「賢明だわ」ヴァイオレットは感心して言った。「怖くなかった? わたしだったらびくびくしてたはずだもの」

「怖かったわ」ジョージーは認めた。「自分がどこにいるのかもわからなかったんだもの。北へ進んでいたことだけはわかってたけど──あの人はグレトナ・グリーンへ行くんだと言ってたから──何時間も馬車を走らせていたし」

「エドモンドはあなたがベッドフォードシャーにいたと言ってたけど」

「正確にはビグルズウェイド」ジョージーは答えた。

「ビグルズ──なんですって?」

「グレート・ノース・ロード沿いにある村よ。そこには馬車宿がたくさんあるの」ジョージーは唇を慎ましく引き結んだ。「いまだから知ってるわけだけど」

ヴァイオレットが考えこんだ。「これまで北へ旅する理由なんてなかったでしょうし」

「そうなのよね」

「だけど待って……エドモンドはあなたがよりにもよって、あのレディ・ダンベリーに助けられたと言ってたわ」

「彼女も同じ宿屋に来ていたのよ。北へ向かうはずだったんだけど、わたしをロンドンに連れ帰ってきてくれた」宿屋の外で見憶えのあるレディ・ダンベリーの顔を目にしたときのほっとした気持ちは言い表しようのないくらいだった。相手は社交界の中心人物で、ジョージーはこれまでにふた言も話したかどうかという程度だったけれど、抱きつかんばかりに近づいて助けを求めた。

「彼女がいなければ、どうなっていたかわからない」ジョージーは言った。さらに正直に言うなら、レディ・ダンベリーと会えなければ、どうなっていたのか考えたくもない。

「わたしにとっては恐ろしいご婦人だけれど」ヴァイオレットが言う。

「誰にとってもそうだわ」

「でも、誰もが知るところとなったのが彼女のせいではないことだけは確かね」ヴァイオレットが言い添えた。「このような噂話を広める人ではないもの」

「ええ」ジョージーは苦々しく言葉を継いだ。「ミスター・オークスがしでかしたことよ。ロンドンに戻ってから友人たちに触れまわったの。わたしから、つまり、情けない痛手を受けたことだけは省いて」

「それなら縛りあげられたことも」

「ええ、そこも省いて」

ヴァイオレットは呆れたように鼻息を吐いて夫の妹にじゅうぶんなねぎらいを示した。

「だけどあの人が触れまわらなかったとしても」ジョージーは続けた。「バークリー・スクエアでマリアンを馬車から押しやってちょっとした騒ぎを起こしていたんだもの。日暮れまえにはもう街じゅうに噂が広まっていたんじゃないかしら」

ヴァイオレットは奥歯を噛みしめるようにして口を開いた。「言葉にできないくらい腹が立ってきたわ。ご存じのとおり、わたしはいままで誰も、ともかく故意には、殴ったことなんてないけど、その――そのろくでなし男と顔を合わせたら――」

乳母が息を呑んだ。

「目に痣をこしらえさせてやる」ヴァイオレットが締めくくった。

「ええ」ジョージーはゆっくりと言った。「あなたならやれるわ」

ヴァイオレットはまた戸口の外へ顔を突きだした。「アンソニー！　ベネディクト！」なおも女主人がめずらしく口にした罵り言葉への驚きから立ち直れていない乳母を振り返る。「あの子たちがいったいどこへ行ったのか知らない？」

乳母が首を振る。

ヴァイオレットはため息をついた。「こんなふうにまかせてしまって申しわけないんだけど、そろそろ晩餐に下りていかなければいけないの」

「従僕の誰かに捕まえるように頼んでおいたらいいいわ」ジョージーは乳母を励ますように

言った。「彼らなら男の子たちが隠れそうな場所をよく知ってるでしょうから」

「乳母にじゅうぶんなお給金を払っているとは言えないのかも」廊下に出るとすぐにヴァイオレットが言った。瞳の色を引き立てる藤紫色のドレスの皺をなでつける。「ちゃんとしてるかしら？」

「きれいだわ」

ヴァイオレットは顎を引いて襟ぐりを確かめようとした。「ほんとうに？　馬車のなかで赤ちゃんが吐いてしまって。マントを羽織っていたんだけど……」

「完璧よ」ジョージーは請け合った。「大丈夫。それに、もしそうではなかったとしても、誰も気にしないわ」

ヴァイオレットがうれしそうに微笑んだ。「もう訊いたかもしれないけど、ほかのみなさんは到着されてるの？」

「してるんじゃない？」ジョージーは答えた。わからない。少なくとも馬車が車寄せに入ってきた音は聞こえたけれど、窓から覗いたわけではなかった。到着したのはふたりかもしれないが、五人は乗れる馬車だ。「あ、言うのを忘れてた。ニコラスも来るんですって」

「ニコラス？　どうして？　いま帰ってくるのはおかしいわよね。試験の真っ最中でしょうに」

「ケントにいるということは試験の真っ最中ではないんでしょう。お母様からきょうの午後に聞いたんだもの」

「それは妙な話だわ。なにかあったのではないといいんだけど。先週、いえ、もう少しまえだったかしら、ともかく、エドモンドがニコラスからの手紙を受けとったばかりなのに、そこにはそのようなことはなにも書かれていなかったのよ」

ジョージーは肩をすくめ、ヴァイオレットの後ろから階段を下りていった。「わたしは母から聞いたことしか知らないのよね。それに母も彼のお母様から聞いたことしか知らないのでしょうし」

「みんな、噂話ばかり」

「わたしたちは違うわ」ジョージーは力を込めて言った。「わたしたちはお互いを愛し、思いやっているからこそ、おのずとそれぞれの行動に関心が向く。噂話ばかりの人たちとはまるで違う」

「ごめんなさい」ヴァイオレットが顔をゆがめて言った。「お互いを愛し、思いやっているからこそ、おのずとそれぞれの行動に関心が向く人たちにはもっと好ましい呼び方があるはずよね」

「家族かしら?」ジョージーが提案した。

ヴァイオレットが大きな笑い声を立てたところで、ふたりはちょうど客間に入った。エドモンドが愉快そうな笑みを浮かべて、すでに注いでいたシェリー酒を妻に手渡した。「なにがそんなに可笑しいんだ?」

「あなたよ」ヴァイオレットが答えた。「正確には、この部屋にいる全員」

エドモンドが妹のほうを向いた。

「そのとおりよ」ジョージーは言った。

「ぼくは女性陣ではないほうへ退散したほうがよさそうだな」エドモンドがいたずらっぽく返した。

「ええ、どうぞ」ヴァイオレットも切り返して、夫の腕に手をかけた。「家では少数派みたいな顔はできないものね。四対一なんだもの」

エドモンドが妻の手にキスをした。「きみなら相手が五人になろうとたやすいだろう」

ヴァイオレットがジョージーを見やった。「誉め言葉と受けとっていいのかわからない」

「どういうつもりで言ってるのにしろ、わたしなら誉め言葉と受けとっておくわ」

「わが妹にも、こんばんは」エドモンドが言い、いつものようにいたずらっぽく笑いかけた。

ジョージーも挨拶代わりに兄の頰にさっとキスをして返した。「先ほどの言葉は撤回するわ」ヴァイオレットに言う。「どういうつもりで言ってるのにしろというのは、兄に意図があるのが前提だもの。この人が話すときはたいがい、言葉が勝手に出てくるのよね、なんていうかこう……」顔の前で両手をまわし、口から言葉がこぼれだす感じを伝えようとした。

「言ってくれるな」エドモンドが得意顔で言う。

「達人から学んだので」

「ああ、たしかに、そうだろうとも」

「ニコラスは到着してるの？」ヴァイオレットが尋ねた。「ジョージーから彼も出席すると聞いたの。どうして帰れたのかしら？」

エドモンドは首を振った。「ビリーとジョージは来てるが、マンストン伯爵夫妻とニコラスはべつの馬車で来ると言っていた」

ジョージ・ロークズビーは伯爵家の跡継ぎで、妻のビリーと三人の子供たちとともに所領のクレイクで暮らしている。ビリーが嫁いでくれたのは一六七二年にロークズビー家が伯爵位を授けられたとき以来の最上の出来事だというのが、マンストン伯爵の口癖だ。ビリーは農場と所領管理の仕事に熱心で、クレイクの農業生産高は彼女がジョージと結婚してからの十年でほぼ二倍に増えていた。

姉のビリーはジョージアナよりだいぶ年上で、それほど近しい間柄ではなかったものの、大人になるにつれ関係が変化しているように感じていた。ジョージーが十六歳だったときにものすごく大きかった九つの歳の差が、二十六になってみるとさほどにも思えなくなってきた。

「ビリーに挨拶に行かないと」ジョージーはそう言って、兄夫妻がいつものようにうっとりと見つめ合えるようにその場を離れた。ふたりのそばにいづらくなるときもある。エドモンドとヴァイオレットは心から愛しあっている。こんなにも相性の合うふたりは見たことがないくらいに。

ジョージーは兄夫妻を本心から愛しているものの、今夜はふたりを見ていると自分にはもう手に入らないものを思い知らされずにはいられなかった。

つまりは夫を。（フレディー・オークスとの結婚に同意しないかぎり。しかも同意することはありえない）

子供も。（子をもうけるには夫が必要だ）

結婚して子をもうけられていたら得られるはずのあらゆるほかのものも手に入らない。とはいえ、自分がほとんどの人々より恵まれているのは確かだ。愛情深い家族がいて、次の食事にありつけるかどうかといった心配もいらず、じっくりと時間をかけて考えさえすれば、新たな人生の目標も見つけられるに違いない。

母の言うとおり。永遠に部屋に引きこもっているわけにはいかない。あと数週間くらいは自分を哀れむことが許されるとしても、その後は前へ踏みださないと。

「あら、ジョージー」ビリーが、そばにやってきた妹に呼びかけた。「調子はどう？」

ジョージーは肩をすくめて返した。「ええまあ」

「お母様にいらだたされてる？」

「ちょっとだけ」

ビリーがため息をついた。今回の騒動が起きてから、姉は母が心配しすぎてジョージーを息苦しくさせないようにと、ただ気をまぎらわせるだけのために何度か訪れてくれていた。

「娘を思ってのことなのよね」

「わかってる。だからこそ耐えられてるの。それに、たまにはなぐさめられもするし」

ビリーは妹の手を取って、きゅっと握った。「ミスター・オークスから連絡はあった？」

「いいえ」ジョージーはふいに不安を覚えて答えた。「ひょっとして、なにか聞いてるの？」

「そういうわけではないわ。あの方がまだ強引に求婚しようとしているのではないかといった程度のことで」

「それは目新しい知らせではないわね」ジョージーはぶすっと唇を引き結んだ。ケントの本邸に戻った翌日にフレディー・オークスから手紙を受けとっていた。そこには言いわけがましいことがだらだらと書き連ねられていて、不滅の愛と献身を誓うその言葉から、機嫌を取ろうとするあの男性の声がいまにも聞こえてきそうだった。どうしてもジョージアナ・ブリジャートンを自分のものにしなければならないという思いが滲みでていた。

的外れだ。完全に。自分のものにしたいのなら、まずはちゃんとお願いするべきでしょう。

「今夜はあなたが気晴らしできるように最善を尽くすわ」ビリーが言う。「ロークズビー家とブリジャートン家の大集合ほど笑いを引き起こせるものはないんだから」姉は考えこんだ。

「叫び声もかしら。でも今夜は笑いよね」

「大集合と言えば、どうしてニコラスが帰ってきたのか知ってる？」

ビリーは首を振った。「まだちらっとしか会ってないの。やけに暗い顔をしてた」

「あら、そうなの。なにかあったのではないといいけど」

「そうだとしても、心積もりができたら自分の口から話してくれるでしょう」

「お姉様にしてはずいぶんと辛抱強いじゃない」

「そんなに深刻なことではないはずだもの」ビリーが言う。「学校で問題が起きたとは考えづらいし――昔からほんとに賢かったものね。それにしても、ほかにわざわざ帰ってくる理由なんてあるのかしら？」

ジョージーは肩をすくめた。この数年はニコラスとはあまり顔を合わせていなかった。それでもほんとうに互いに愛し思いやっている家族同士らしく（それゆえにおのずと行動に関心が向く）ジョージーもニコラスがどうしているのかはだいたい耳にしていた。

「到着したのではないかしら」ビリーが肩越しに玄関広間のほうへ通じるドアを見やった。

「マンストン伯爵夫妻」テムズリーがまるで誰もが思いがけない人物が到着したとでもいうように告げた。「そして、ミスター・ニコラス・ロークズビー」

この少々形式ばった知らせのあとにエドモンドのひときわ陽気な声がした。「ロークズ！」大きな声で続けた。「いったいケントになにをしに戻ってきたんだ？」

ニコラスは笑って、どうとも解釈しようのない声を洩らした。それだけでエドモンドが満足しているらしいことがジョージーにはふしぎだったものの、ふたりは何事もなかったかのように話しだした。

「あれを見た？」ジョージーは姉に尋ねた。

「なんのこと？」

「ニコラスは訊かれたことにまったく答えなかった。それなのにエドモンドお兄様は気づいてもいないみたいだった」

「あら、気づいてたわよ」ビリーが言う。「気づいていないふりをしてるだけだわ」

「どうして？」

ビリーが肩をすくめる。「わからない。たぶん、気にかけてないからでしょう」

「気にかけてるわよ。ニコラスはお兄様の親友だもの」

「それなら、あとで訊くつもりなんでしょう。だいたい、ジョージー、どうしてそんなにあなたは知りたがりなの？」

「どうして知りたくないの？」

「たぶん、すぐにわかるに決まってるからではないかしら。誰かが死んだわけでもあるまいし」

「それはそうだけど」ジョージーはつぶやいた。ほかに言えることがあるだろうか？　たまに姉のことがまったくわからなくなる。

「シェリー酒を取ってくるわ」ビリーが言う。「あなたもいる？」

「いいえ、ありがとう。わたしはニコラスに挨拶してくる」

ビリーがちらっと見返した。「問いただすようなことをしてはだめよ」

「しないわよ！」

でも姉はあきらかにジョージーの言葉を信じていなかった。唇をきゅっと引き結んで、指を振ってから歩き去っていった。まだしてもいないことを叱られてしまったような気分だ。

ジョージーはふくれ面を返した。生来の幼さを発揮できる相手は姉をおいてはほかにいないし、それも当然ながらせっかく顔を合わせられたとなれば――

「ニコラス！」ジョージーは大きな声で呼びかけた。

じつのところ、大きな声で呼びかけたでは、だいぶ控えめな言い方かもしれない。およそ人の口から出たとは思えないような声だった。

「ジョージアナ」ニコラスは応じて、礼儀正しく頭を垂れた。でも、どことなく警戒しているかのような顔つきだ。

「ごめんなさい」ジョージーはすぐに言った。「あなたがいてびっくりしたから」

「申しわけない。驚かせるつもりはなかったんだけど」

「いいえ、そんなことはいいの。いったいどうしたの？」

ニコラスは答えてくれなかった。それに考えてみれば、いったいどうしたのなんて、ばかげた質問だ。

「ごめんなさい」ジョージーは続けた。「始めからやり直しね。会えてうれしいわ」

「ぼくもだ」

これをニコラスといままでに交わしたなかでもっともぎこちない会話と言わずして、なんと呼べばいいのだろう。どうすればいいのかジョージーにはさっぱりわからなかった。ニコラス・ロークズビーは親友とは呼べないまでも、友人であるのは確かで、こんなにも話しづらい思いをしたことはなかった。

「元気そうだな」ニコラスが言った。

ニコラスのほうは疲れているようだ。それもずいぶんと。瞳は彼の兄たちと同じ青色だけれど、目の下に紫がかった隈があるせいでいつもの輝きが失われているように見える。

とはいえ、一年近くぶりに再会してそんなことを言えるはずもなく、ジョージーは元気そうだと言ってくれたことにしとやかにお礼の言葉を返した。「ええまあ、ありがとう。ここのところ……」ああ、当然ながら、自分の身に起きたことはニコラスも耳にしているはずだ。「何週間かは大変だったんだけど」どうにかそう締めくくった。

「ああ、まあ……」ニコラスは咳ばらいをした。「そうだよな」

またも気詰まりな間があき、さらにまた間があいて、このふたつの間は続けてあいたのだから正確にはひとつの長い間と数えるべきではないかとジョージーは考えた。

だけど、どちらかが重心をずらすといった言葉を発しない動きでその間を破った場合にはどうなのだろう？　やはりふたつの間があったと数えるべき？　というのも、ジョージーはそのあいだにたしかに重心を移していたからだ。

現に、またもジョージーは重心を片方の足からもう片方の足に移した。

ああそれでも、今度は正真正銘の史上いちばん長い間だ。

「ええとあの……」

「ああ、うん……」

「スコットランドは気に入ってる？」ジョージーは唐突に訊いた。

「気に入ってる」あたりさわりのない問いかけにニコラスはほっとしたようだった。「もちろん、ずいぶんと寒くなることもあるけど、今年はそれほどでもないかな」

「だいぶ北だものね」

「ああ」

退屈な質問ばかり続けることを期待されているとは思えないので、ジョージーはなにか尋ねてもらえないかと待ったけれど、ニコラスは落ち着かなげな面持ちでただ立っているだけで、おまけにたまに両親のほうへちらりと目をくれた。

なにかおかしい。

マンストン伯爵夫妻はジョージーの両親と話していて、それはおかしなことではなかった。マンストン伯爵もあきらかにちらちらとこちらに目を向けていることを除けば。しかも、伯爵がこちらに目を向けていないときには伯爵夫人のほうがこちらを見ていた。

そうだとすればやはり、この全員のやりとりがまぎれもなく不自然だ。

ジョージーはもう一度だけ礼儀正しい会話を続ける努力をしてみようとニコラスに精いっぱい明るく笑いかけた。「今朝、着いたばかりなのよね？」

「そうなんだ」

「それなら、晩餐に出席してもらえて、わたしたちはほんとうに幸運だわ」

ニコラスがほんのわずかながら眉を上げた。

ジョージーはつぶやきくらいにまで声を落とした。「それとも、選択の余地を与えられなかったというほうが正しいのかしら？」

「そんなことはないさ」ニコラスが口もとをゆがめて苦笑し、ジョージーは今夜初めて彼の作り物ではない表情を見た気がした。

「心から同情するわ」ジョージーは続けた。「わたしも母に子供部屋でアンソニーとベネディクトと一緒にチーズトーストを食べさせてほしいとお願いしたの」

「ふたりはチーズトーストを食べるのか？」ニコラスはどうみてもうらやましそうだった。

「あの子たちはいつだってチーズトーストを食べてるわ」ジョージーは答えた。「どうしてわたしたちは食べられないのか訊きたいくらい。だって、みんながほんとうに食べたいものはそっちでしょう」

ニコラスが顎を掻いた。「ぼくはきみのうちの料理人がこしらえる絶品の仔羊《ラム》のあばら肉《ラック》が大好物だけど……」

ジョージーは身を寄せた。「でも、チーズトーストと一緒に食べたらもっとおいしいわ」

ニコラスが笑った。そう、その調子よ、とジョージーは勢いづいた。なんとなく妙な目つきで彼に見られているように感じたのは思いすごしだったのかもしれない。

チーズトーストがすべてを解決する。もう何年もまえから自分が言いつづけていることだ。

5

つまるところ、チーズトーストですべてが解決されるわけではなかった。

なぜそんなことがわかったかというと、母がどういう風の吹きまわしなのか慣例を破ってスープにチーズトーストを付けるよう指示していたので、誰もがなんてすてきな心安らぐ思いがけないもてなしで、どうしてそもそも晩餐にいつもチーズトーストはないのかなどと語り合いながら、楽しく食べることとなったからだ。

愉快なひと時となるはずだった。

実際に愉快なひと時ではあったのだが……。

ジョージーはそれとなく右隣に目をくれた。

彼がまたもこちらを見ていた。

ジョージーは自分がいったいどうしていらだたされているのかよくわからなかった――ニコラス・ロークズビーが妙な面持ちで自分を見つづけているからなのか、妙な面持ちでこちらを見ている彼が気になってしまって仕方がないからなのか。

なにしろ、相手はニコラスだ。

ロークズビー家の。

自分が気まずさや居心地の悪さを感じずにいられると言いきれる紳士がいるとすれば、それはニコラスをおいてほかにいない。

ところが、そのニコラスが横目でちらちらとこちらを見つづけていて、自分が紳士たちと関わった数少ない経験からしても、見惚れているような眼差しではないことだけはあきらかだった。

フレディー・オークスからはそのような眼差しをさんざん向けられていた。誠意を感じられるものではなかったとはいえ。

でも、ニコラスの場合には……またまるで違う目つきだ。見定められているようにも感じられる。

つくづく眺めている。

どうしようもなく落ち着かない気分にさせられる。

「スープは味わえてる？」ジョージーは思わず訊いた。

「えっ？」

「スープよ」にこやかにさりげなく問いかけたつもりだったが、ニコラスの顔つきを見るかぎり、思ったようにはできなかったらしい。「いかが？」

「ええと……」ニコラスは戸惑い顔で自分の深皿を見下ろした。叱りつける指揮官のようにしか聞こえない口ぶりで尋ねられては困惑するのも無理はない。

「おいしいよ」ようやくニコラスが答えた。「きみは……味わえてるかい？」

そもそも尋ねてよいものか自信がないかのように、語尾が不自然に上がった。

ジョージーにはニコラスがいったいなにを考えているのかさっぱりわからなかった。どうして会話しようとしないの？　ちょっと野良猫じみた態度をとってしまったかしら？

いっそ歯を剝きだしてみせたらニコラスはどうするだろうとジョージーは想像した。身を滅ぼした話を聞かされているからなの？　そうなのかもしれない。マンストン伯爵夫妻が息子に黙っていられるとは思えない。それにそもそも伯爵夫妻が事情を知らないはずもなかった。自分の両親であるブリジャートン子爵夫妻がマンストン伯爵夫妻に話さないことは考えられないからだ。

つまり、ニコラスは事情を知っている。間違いない。それで、自分を見定めようとしているわけだ。

自分の人生はこうなる定めだということ？　ニコラス・ロークズビーにまで見定められなければいけないの？

そう思うとジョージーは無性に腹が立った。

「ジョージー、大丈夫？」

顔を上げると、ヴァイオレットがテーブル越しにどことなく不安げな顔で自分を見ていた。

「元気よ」ジョージーはきびきびと答えた。「すばらしく」

「いや、そうではないのはみんな知ってる」エドモンドが言った。

ヴァイオレットが夫を肘で突いた。強く。

「なんだよ？」エドモンドが唸った。「ぼくの妹だぞ」

「それなら、なおさらもっと気遣えるはずよね」ヴァイオレットがぴしゃりと言い返した。

「わたしは元気よ」ジョージーは歯の隙間から吐きだすように言った。

「すばらしい」ブリジャートン子爵があきらかに会話の後半部分だけを聞いて口を挟んだ。

「このスープはおいしいではないか」

「そう？」レディ・ブリジャートンが嬉々として応じた。「料理人によれば新しいレシピなんですって」

「チーズトーストだな」エドモンドが口のなかで嚙み砕きながら言う。「それでスープがよけいにおいしく感じられるんだ」

「あなたがどう思おうと、それを料理人には言わないで」母が釘を刺した。「それと、チーズトーストを付けたのはジョージーの提案よ」

「さすがだな」エドモンドは妹にウインクした。

「念のために言っておくと、わたしはお兄様の子供たちと子供部屋でこれを食べたかったの」ジョージーは兄に告げた。

「恐ろしく手の焼けるちびどもでも愉快には過ごせるからな、仕方がない」

「やめて」ヴァイオレットが言葉を挟んだ。「あの子たちは完璧なんだから」

「都合の悪い点はころりと忘れる」エドモンドがつぶやいた。

「あの子たちはおまえに似ている」ブリジャートン子爵が息子に言った。「自分の首を絞めるとはこのことだ」

「自分とそっくりの子を持つことがですか？　もう何年おっしゃりつづけていることやら」

「愛らしくて恐ろしく手の焼ける完璧なおちびちゃんたちということね」ヴァイオレットが言う。

そんな具合に微笑ましくも辟易する話が堂々巡りのように続いているあいだに、ジョージーはニコラスに目を戻した。今回はこちらを見ていなかった。それとも見ていないふりをしただけのことなのかもしれない。ただし、やはりどこかが……妙だ。

「大丈夫？」ジョージーは尋ねた。自分とは関係がないかもしれないからだ。ひょっとしてニコラスは病気なのかも。

ニコラスはたじろいだ。いいえ、物音ひとつ立てなかったので、たじろいだわけではないのかもしれない。でもそのように思えてしまう変化が生じていた。ニコラスは口角の片側を上げたのに笑みを浮かべているようには見えなかった。「大丈夫だ。長旅だったから」

「そうよね」

ジョージーは調子を合わせたものの、ニコラスが嘘をついているのを察した。疲れていることについてではない。疲れているのは確かだ。だけど、ともかく、そのように様子がおかしい原因は睡眠不足のせいではないだろう。

率直に言って、ジョージーはもうこの晩餐会自体にうんざりしてきていた。それでも自分が顔に笑みを貼りつけて、きちんと会話を続けていられるのだから、どうしてニコラスにそれができないわけ？　今回ふたりが再会するまでに変わったのは、自分がもう世間では淑女とは見なされなくなった点だけだ。

そのせいで不愉快に思っているわけではないわよね？

ニコラスにかぎって。


ニコラスはまるで世界がもともと十度も斜めに傾いていたことに自分だけが気づいてしまったかのような感覚だった。

一見したところ、まったくいつもどおりのように思えた。いや、すべてがいつもどおりだったのだとニコラスは悟った。

ところが、どうにも落ち着かなかった。

テーブルを囲んでいるのは自分がこの世でいちばんよく知っていて、一緒にいてもっともくつろげる人々だ。両親、長兄のジョージと妻のビリー、ビリーの弟のエドモンドと妻のヴァイオレット、ブリジャートン子爵夫妻、それにジョージアナも。

それなのに、なにもかもが間違っているという感覚を抑えきれなかった。いや、間違っているとまでは言えないのかもしれないが、ともかく、なにかがほんの少し正しくないように思えた。

ほんの少し正しくない。

もともと科学的思考の自分からすれば、考えられるかぎりもっともばかげた表現だ。

だが、そうとしか言いようがない。すべてがずれている。どうすればまっすぐに正せるのかがわからない。

周りにいるロークズビー家とブリジャートン家の人々はみないたって自然に振る舞っている。ジョージアナが自分の左側の席についているのもしごくあたりまえのことだ。これまでに晩餐の席でジョージアナ・ブリジャートンが自分の隣に坐った回数は数える気にもなれないほどにのぼる。とはいえ、そちらを見るたび――

つまり、いつもよりだいぶ頻繁にジョージアナを見ていたわけだ。

それも、ずいぶんと頻繁に見てしまっているのは自分でも痛いほどよくわかっていたので、並はずれてすばやく瞳を動かしていた。

おかげで、とんでもなく居心地が悪くて仕方がない。

「ニコラス？」

そんなふうに考えつづけずにはいられず――

「ニコラス？」

目をしばたたいた。ジョージーが自分に話しかけていた。「失礼」唸るように答えた。

「ほんとうに気分がすぐれないわけではないのね？」ジョージーが訊く。「どうみても――」

妙なのか？

おかしいのか？

妙に、おかしいのか？

「ちゃんと眠れてる？」

　それならば、おかしいほどに、妙なのだろう。

「ものすごく疲れているのかしら」ジョージーにそう言われ、ニコラスはどちらの問いかけにも答えようがなかったので、そのように訊かれるからにはいったい自分はどのような目をしているのだろうかと考えずにはいられなかった。

　ジョージーは首をかしげたが、その目の表情の変化にニコラスは気づいた。もうやたらと覗きこむようには見られていなかったので胸をなでおろした。

「エディンバラからケントまでの旅はどれくらい時間がかかるの？」ジョージーが尋ねた。

「旅の仕方による」ニコラスは事実に基づいて答えられることを問いかけられてほっとした。

「今回は十日で帰れたが、エディンバラからロンドンまで郵便馬車を使った」

「乗り心地は悪そうね」

「そのとおり」

　たしかに乗り心地はよくなかった。だが山ほどの懸念を抱きながらも、結局は結婚しなければならないのだろうと思っている相手の女性とこのように会話しているいまよりはまだ気楽だった。

「今夜あなたもいらっしゃると聞いて驚いたもの」ジョージーが言う。「それを言うなら、いまここにいるだけでも驚きよね。来月帰ってくる予定だったんでしょう？」

「ああ、でも――」ニコラスは頬が熱くなってきた。「――父と話し合わなければいけないことがあったから」

ジョージーがいかにも興味津々にこちらを見ている。

「それで父に呼び戻された」そう言い添えた。

「そうだったのね」と、ジョージー。動揺している様子はみじんも窺えない。もし顔に赤みが差していたとしても、蠟燭の灯りではまったく見分けられない程度のものだった。

それで、はたとニコラスはいちばん肝心な点を父に尋ね忘れていたことに気づいた。自分が彼女と結婚するためにスコットランドから呼び戻されたことをジョージアナ本人は聞かされているのかという点を。

「それだけ重要な用件があったということよね」ジョージーがのんびりと言う。「わたしが医学のような奥深いことを勉強していたら、家族のささいな面倒ごとで邪魔されるのはいやだもの」

やはり、そうなのか。ジョージーは聞かされていない。

「どんなところがいちばん面白い？」ジョージーは尋ねて、先ほど話題の的となっていたスープにスプーンを差し入れた。「つまり、医学を勉強しているなかで。とても興味深いものなのでしょうね」

「そうとも」ニコラスはどう答えるべきかを少し考えた。「つねに新しい発見がある。ずっと同じではありえないものなんだ」

ジョージーが興味深そうに目を輝かせた。「先月、アンソニーが傷口を縫ってもらうところを見てたの。ものすごく恐ろしかった」

「順調に治ってるのか？　感染症を引き起こしたりしなかったんだよな？」

「そのはずよ」ジョージーが答えた。「晩餐が始まるまえにも見かけたけど、元気いっぱいだったわ。なにか問題が生じていれば、ヴァイオレットが話してくれていたはずだし」

「晩餐が終わったら、ぼくが傷の具合を確かめておこう」

「もう寝ちゃってるんじゃないかしら。ヴァイオレットに早寝を言いつけられているから」

「では、あすにでも」医療の話題は、自分の人生にもほかの人々から尊敬される部分があるのだと思い起こさせてくれるのでありがたかった。そうしたことなら発言できる立場にあり、その言葉を信頼して耳を傾けてもらえるからだ。

エディンバラでは自分らしく生きられている。

むろん、まだ学生の身だ。もう学ぶべきことがないほど豊富な知識を身につけたなどと思いあがってはいない。あとどれほど学ばなければいけないのかすら判然としない。だからこそ探究することを心から楽しめているとも言える。

ニコラスはジョージーより向こうのテーブルの上座に目をやった。ヴァイオレットがビリーと話していたが、エドモンドの注意を引くのはたやすかった。「アンソニーが――」

ジョージーを見やる。

「手を」ジョージーが暗黙の問いかけに答えた。

「手を」ニコラスはおうむ返しに繰り返した。「縫ったとジョージーから聞いたが」

「すっかり治った」エドモンドがにやりとして答えた。「ともかく、ぼくはそう思ってる。

きのうもベネディクトを殴ろうとしていたし、こぶしをこしらえるのに不自由な様子は見えなかった」

「あなたがそのこぶしをつかんでけんかをとめたときにはと言うべきね」ヴァイオレットが男の子たちの母親らしい笑みを浮かべて言い添えた。

「よければ、あす、ぼくに診せてもらえないかな」ニコラスは言った。「感染症の兆候はわかりづらいこともあるので」

「どう見たって馬より跳ねまわってるくらいだけどな」エドモンドが言う。「でも、ぜひ頼む」

「家族にお医者様がいるのはほんとうにありがたいわ」ヴァイオレットが誰にともなく言った。「そう思わない?」

「ビリーが小さかった頃に家族にお医者様がいればありがたかったんだけど」レディ・ブリジャートンが言葉を挟んだ。「なにしろ、両腕を骨折したんですもの」

「同時にではないわ」ビリーが冗談っぽくいかにもうんざりしたように言い、毎度繰り返されている話題であるのをみんなに思い起こさせた。

「骨折の手当てもしたことがある?」ジョージーが訊いた。

「何度か」ニコラスは答えた。「ひと通り学ばなければいけないからね。とはいえ、哲学みたいに本を開いて学べるようなものじゃない。手当ての仕方を身につけるために、実際に骨を折ってみるわけにもいかないし」

「ものすごく恐ろしいことだものね」ジョージーがつぶやいて目を細く狭めた。そうして考えている顔をニコラスはしばしばしただ見つめた。昔からちょっと変わったところのある女性だとは感じていた。

「どうしたの？」ジョージーが訊いた。

「なんのことだ？」

「わたしを見てるから」

「きみはぼくの隣に坐っている。ほかにどこを見ろと言うんだい？」

「ええ、だけどあなたは――」ジョージーが唇を引き結んだ。「なんでもないわ」

ニコラスは思わず笑みをこぼしてしまったが、従僕たちがスープの深皿をさげ終わるまで待ってから口を開いた。「どうすれば骨が折れるかなんてことを考えてるんじゃないか？」

ジョージーは驚いたように目を輝かせた。

「いや、だって、見えみえだから」

「あなたたちふたりはなにを話してるの？」母が声高らかに尋ねた。

ニコラスはじろりと母に目をくれた。その声の調子には聞き憶えがあった。兄たちや姉もそんな声で問いかけられていた。ジョージーの年上のきょうだいたちも。

母は男女の取り持ち役を務めようとしているが、同時に取り持ち役を務めていないふりを装おうとしている。だが、なにか起きていると見るや好奇心が強すぎて黙ってはいられないので、どう装おうと思惑を隠しきれない。自分があいだに入れば、事はうまく運ぶものと思いこんでいるからだ。

　母のことならわかっている。じゅうぶんに。

「どうしたら骨が折れるのかについて話してるんです」ジョージーがあっけらかんと答えた。

　ニコラスは笑いを隠そうともしなかった。

「あら」母はがっかりしたようだった。それにいくらか気味悪く思ったのかもしれない。

「木から落ちるのがお勧めね」ビリーが言い放った。「できれば二度」

「でも同時にではないわよ」レディ・ブリジャートンが言う。

　ビリーがややむっとして母親に顔を振り向けた。「誰が二本の木から同時に落下できると言うの？」

「できるとしたら、その方法を考えだせるのはあなただと確信してるわ」

「長女への信頼は絶大ね」ビリーは乾いた声で言った。「なんて励まされるお言葉かしら」

　コース料理の次の皿が供されて会話が鎮まった。仔羊のあばら肉のミントゼリー添え、ジャガイモの香草焼きとインゲンマメのバター炒め、鴨のテリーヌと細長い瓜。

　ジョージーがニコラスに屈託なく親しみのこもった目を向けた。「チーズトーストと仔羊のあばら肉。今夜はわたしたちにとっては最高の組み合わせよね」

　ニコラスはひと口食べただけで至福の唸り声を洩らしかけた。「こんなうれしい食事はいつ以来か思いだせないくらいだ」

「スコットランド料理はそんなにひどいの？」

「ぼくの下宿のスコットランド料理は」

「まあ」ジョージーが言う。「それはお気の毒」

「ぼくが料理人《シェフ》を連れていってるとでも思ったのかい？」

「いいえ、そうではないけど。わたしは――いいえ、正直に言うと、そんなことは考えたこともなかったかも」

ニコラスは肩をすくめた。考えたことがあったと言われたらそれこそ驚いていただろう。ジョージーがゆっくりと肉を切ってから、ナイフでゼリーを少しのせた。だがその肉を口に運びはせず、遠くを見るような目をしている。「考えずにはいられないわよね」

ニコラスのフォークも皿の五センチほど上でとまっていた。「ぼくの味覚が失われるかもしれないと？」

「いいえ、そんなことではなくて。それについてはあなたの準備不足というだけのことでしょう。わたしはまだ骨折について考えてるの」

「どういうわけか驚きはしないな」

「あなたが言ったように、医療の問題は本を開いただけでは探究できない」

「実際には本を開くことにもかなりの時間を費やしているが」

「ええ、でも実用的な知識が求められるときが必ずあるわけでしょう。これもあなたが言ったように、人々の腕を折ってみるわけにはいかないんだもの。そういったことが起こるまで待たなくてはいけない」

「たしかにそうだが、病人や負傷者が足りなくなるなんてことはまずありえない」

その説明にジョージーはどことなくいらだたしそうだった。「だけど、あなたたちが必要とする病人や負傷者が必ずいるともかぎらないのよね？」

「いったいきみはなにを言いたいのか尋ねたら、ぼくは後悔することになるんだろうか？」

この（ほとんど）形ばかりの問いかけをジョージーは手を振って払いのけた。「とても興味深い倫理的な葛藤があるわけよね」

「きみの話が見えないんだが」

「たとえば、あなたが誰かの骨を折ることができたとしたら？」

「ジョージー――」

ジョージーが遮って続けた。「知識の探究のためよ。お金を払えばできるとしたら？」

「金を払って骨を折らせてもらうのか？」

ジョージーがうなずく。

「人にあるまじき行為だ」

「そう？」

「道義に反するのは間違いない」

「同意も得ずにすればそうでしょうけど」

「腕を折らせてもらう許しを得ることなどできない」

「そうかしら？」ジョージーは小首をかしげた。「たとえばの話よ。わたしが未亡人だとして、あまりお金がなかったとしたら。それどころか、ほとんど一文無しだとするでしょう。それなのに養わなければいけない子が三人もいる」

「ずいぶん悲惨な境遇におちいってるわけだな」ニコラスはつぶやいた。

「ここからが肝心なの」ジョージーは見るからにいらだっていた。

「失礼」

ジョージーは一拍おいて、おそらくはニコラスがまた口を挟まないか確かめてから言葉を継いだ。「あるお医者様から、腕を折ってそれを治すことに同意してくれたらお金を払うと提案されれば、わたしは承諾するでしょうね」

ニコラスは首を振った。「どうかしている」

「そう？　わたしはお腹をすかせた三人の子をかかえた、貧しい未亡人なのよ。あとは娼婦になる以外に選択肢がないくらい追いつめられている。むしろ、ぜひ腕を折ってもらいたいくらいではないかしら」ジョージーは眉をひそめた。「そうなると子供たちの世話が大変になってしまうでしょうけど」

ニコラスはフォークを置いた。「娼婦になるのがほかの唯一の選択肢ではない」

「今度はなにを話しているの？」母が問いかけた。やけに気遣わしげな面持ちなので、〝娼婦〟という言葉も含めて会話を断片的にでも母に聞かれていたのではないかとニコラスはいぶかった。

「まだ骨折のことです！」ジョージーがにっこり笑って答えた。

そしてたちまち冷ややかな目つきに様変わりしてこちらに顔を戻した。「娼婦になるのが唯一の選択肢ではないなんて簡単に言えるのは、あなただからよ。あなたには教養がある」

「きみだってそうだ」

ジョージーが鼻息を吐いた。「わたしは女性の家庭教師から教わっただけ。比べものにならないわ。はっきり言って、あなたにそんなふうに言われるだけでも侮辱されているようなものだもの」ジョージーのフォークがジャガイモには気の毒なほど勢いよく突き刺さり、ニコラスはたじろいだ。

「それは失礼」礼儀正しく詫びた。

ジョージーは払いのけるように手を振ったので、これも形ばかりの言葉と受けとめられてしまったのかもしれない。

「とにかく、大事なのはそこではないの」ジョージーが続ける。「ほんとうのわたしではなくて、架空のわたしについて話しているんだから。架空のわたしには助けてくれる愛情深い豊かな家族はいないわけ」

「では、こういうことだな」ニコラスはとりあえず調子を合わせた。「架空のきみには三人の子供がいる。三人は働ける年齢ではないのか？」

「まだ生計の足しになる賃金を稼げる年齢ではないわ。炭鉱にでも送りださないかぎりは。言わせてもらえば、そちらのほうが骨折よりも身体に悪そうよね」

「いったいなんの話をしているんだ？」エドモンドが訊いた。

その問いかけをニコラスは聞き流した。「待ってくれ、それはつまり、きみの子供たちの骨をぼくに折らせたいということか？」

「そんなことは言ってないわ。わたしの骨を折ってくれさえすれば」

「そこがまさに問題なんだ。きみはお金が払われなければ、そのようなことはけっしてさせないわけだよな」

「わたしは愚かではないもの」

「自暴自棄になっているだけか」

ジョージーの目になにかが、痛々しそうなものがよぎった。傷ついたような表情が。

「架空のきみは自暴自棄になっている」ニコラスはやんわりと指摘した。

ジョージーが唾を飲みこんだ。「選択肢がないのは好ましいことではないわ」

「そうとも」ニコラスはナプキンを口もとに持ち上げた。ちょっと間をおいたほうがいい。もはやなにを話しているのかわからなくなってきた。互いに同じことについて話しているのかどうかも。

「だからこそ、お金を払ってしてもらうようなことではないんだ」ニコラスは静かに言った。

「同意とは強いるものではない。架空のきみは子供たちを養うお金をもらうのと引き換えに腕を折ることに同意すると言う。でも、きみにほかの選択肢が身を売ることしかないとしたら、ほんとうにそれを同意と言えるのか？」

「どちらにしても身売りとも言えるわよね」

「たしかに」ニコラスは認めた。

「あなたの言いたいことはわかるわ」ジョージーが言う。「少しは共感できるところもある。お金と引き換えにしてはいけないものもあるとは思うの。だけど、誰かのためにそれを決断するのはわたしよね？　自分がするはずもない決断を咎めるのは簡単だけど、それって不公平ではないの？」

「あなたたちはまだ骨折について話してるの？」ヴァイオレットが訊いた。「そんなに深刻そうな顔をして」

「わたしたちの会話は哲学的な方向に転じたのよ」ジョージーが答えた。

「病的な方向にも」ニコラスは言い添えた。

「困ったわね」ヴァイオレットは夫を肘でそっと突いた。「ふたりにはワインが足りないのではないかしら？」

「間違いない」エドモンドが従僕に顎をしゃくると、ただちにニコラスとジョージーのグラスにワインが注がれた。

　それでもじゅうぶんとは言えないとニコラスは見定めた。自分もジョージーも呆れるほどにしらふそのものだ。

「どうだろう」ニコラスはゆっくりと、ジョージーにだけ聞こえる程度の声量で続けた。

「ぼくたちのようにそのような選択を迫られることはありえない人々が、どのような決断をするべきなのかについて、とやかく言う権利があるんだろうか」

「そのとおりね」

ニコラスはいったん押し黙った。「たしかに哲学的な方向に転じている」

「わたしたちは同意に達したってこと？」

「たぶん結論は出しようがないという点については」ジョージーがうなずいた。

「今度はふたりともいまにも叫びだしそうなんだけど」ヴァイオレットが指摘した。

ジョージアナが先にわれに返った。「哲学のせいだわ」

「よくわかるとも」エドモンドが言う。「ぼくにとってはだんとつに嫌いな教科だ」

「だけど、いつも優秀な成績をとっていた」ニコラスは言った。

エドモンドがにやりとした。「ぼくはほとんどどんなことでもうまく言い逃れられるからな」

その発言には全員が瞳をぐるりと動かした。まぎれもない事実だからだ。

「赤ちゃんのコリンがそんなところを受け継いでいそうね」ジョージーが言った。

「まだ生後四カ月だ」エドモンドは笑った。「話すこともできない」

「そんな感じでわたしを見るのよ」ジョージーは続けた。「いま言ったことを憶えておいて。あの子は愛嬌がばつぐんの男性になる」

「けらけら笑っていなければ」ヴァイオレットが言う。「あとはほんとうにもう食べてばかり。おかしいわよね」

「今度はなんの話をしているの？」あきらかにレディ・マンストンは自分の座席からではほとんど聞きとれないことにいらだちをつのらせていた。

「けらけら笑う赤ん坊について」ジョージーが答えた。

ニコラスは食べていたものをテーブルの向こうまで吹き飛ばしかけた。

「あら」母が胸に手をおいた。「それは大変」

ニコラスは笑い声をあげた。

「特定の赤ちゃんについてです」ジョージーは手首を優美にひらりと返し、皮肉っぽさを完璧に表現してみせた。「一般論として、けらけら笑う赤ん坊について話してるわけではありません」

ニコラスは息苦しくなるほど笑いがとまらなかった。

ジョージーはというと……いたって平然としている。にこりともせず、ほんのわずかにこちらに身を近づけてささやいた。「ひんしゅくをかうわ」

ニコラスは部屋に響きわたるような笑い声をぴたりととめた。

「なにがそんなに可笑しいのかしら」母が言う。

おかげでニコラスは椅子から転げ落ちかけた。

「席をはずしたほうがいいかも」ジョージーが手で口を隠すようにしてささやいた。「だって、わたしの場合には笑いすぎると……」

「大丈夫だ」ニコラスは息を呑みこんだ。正確には大丈夫どころではなかった。肋骨が痛くて、それがなんとも心地いい。

ジョージーは姉からの問いかけに答えようとそちらを向いた——おそらく、ニコラスはどうかしてしまったのかとでも尋ねられたのだろう。そのあいだにニコラスは呼吸を整えつつ、いま起こったことにあらためて考えをめぐらせた。

束の間、自分がどうしてここにいるのかを忘れていた。

父に家に呼び戻され、その理由が子供の頃から知っていて恋愛感情などみじんも抱いたことのない女性と結婚するよう、ただ命じるためだったことを知らされた。

公正を期して言うならば、ジョージーのほうも自分に恋愛感情をみじんも抱いていたとは思えない。

だが、そんなことは問題ではなかった。笑いすぎてしまったのかどうかはともかく、ジョージーの助言どおりに退席すべきだったのかもしれない。なにしろニコラスはいまや、いい、それもまったく悪くない考えだとしか思えなくなっていたからだ。

ジョージーと結婚するのもありかもしれない。愛しあえるかどうかはべつとして、ジョージーとなら、考えられるかぎりほかの誰とよりもはるかに楽しい人生を歩めそうだ。

ジョージーはビリーになにか言われて笑っていて、その口もとにニコラスは自然と目が向いた。ジョージーは姉のほうを向いているが、横顔からだけでも下唇がふっくりとして口角が上がっているのもちゃんと見てとれる。

彼女とキスをしたらどのような感じがするのだろう？

これまで多くの女性とキスをした経験があるわけではない。同年代の男たちが飲み騒いでいるときに自分はだいたい勉学のほうを選んでいたし、一緒に酒を飲んで愚かなこともしでかしかねなかった唯一の相手、エドモンドは若くして結婚してしまった。独身紳士ならではの道楽にうつつを抜かしもせずに。

しかもニコラスは医学の道に進んだので、男性が自制しなければならない理由については揺るぎない教訓も学ぶこととなった。ジョージーに語ったように、病人が不足することはめったにないのは事実だ。梅毒で脳までやられてしまった病人もいやというほど見てきた。

そんなわけで、性行為については幅広い経験はない。

でも、ずっと考えてはいた。

もし愚かな行動に出てしまったとしたらとか、運命の女性にめぐり遭えたらするであろうことも想像していた。空想のなかの女性たちはたいがい名前もなく、顔すらあやふやだったが、時には実在する女性を思い浮かべることもあった。通りですれ違った上質な装いの貴婦人や、酒場でエールを給仕してくれた女性だ。

とはいえ、ジョージアナ・ブリジャートンを思い浮かべたことはただの一度もなかった。

これまでは。

6

その晩遅く、クレイク館にて

どう考えてみたところで、ジョージアナ・ブリジャートンと男女の関係になるというのはニコラスにとって当惑させられるばかりのことだった。うろたえていると言ってもいいだろう。

ジョージーが愛らしいのは確かだが――尋ねられればそうとしかほかに答えようがない――それ以上の感情を抱いて彼女を見たことは……やはり一度もなかった。

相手はジョージアナ・ブリジャートンだ。母親と同じように瞳は青く、家族のなかではひとりだけ赤みがかった髪をしている。ニコラスが彼女について言えるのはその程度のものだった。

待てよ。いや、ジョージーは歯がきれいに揃っている。そのことも知っていた。身長は女性としては低くも高くもない。その点については知っていたとまでは言えないが、誰かにジョージーはどのくらいの背丈なのかと尋ねられることがあれば、おおよその大きさは答えられていただろう。

だがあのとき、ふたりはけらけら笑う赤ん坊について冗談を飛ばし、ジョージーが皮肉めかして手首をちらりと翻したのだった。ニコラスはどういうわけかその手に目が釘づけになっていた。

ジョージーの手首に。

自分は笑っていて、ジョージーを見ていたら、彼女がそうしたのだ……手首をなめらかにひらりと返すしぐさを——女性たちはがいして、そのようなちょっとした動きで、ふんわりした細かな霧に包みこむようにして多くのことを表現する。ジョージーはいかにも無邪気に、皮肉の効いた冗談を強調するだけのために、臆面もなく、さらりとそんなしぐさをした。

ごく自然に、さりげなく。

こちらも父から先に彼女との結婚話を聞かされていなかったなら、間違いなくジョージーの手首の内側を見つめてはいなかったはずだし、そもそも目を向けもしなかっただろう。

ところが、ニコラスはそのあとジョージーの手首から顔へと視線を移した。

そして、キスをすることを想像した。

ジョージーと。

あのジョージーとだ。

ジョージーとキスなどできるだろうか。妹とするようなものではないのか。

「妹？　違う」ニコラスは夜気に向かって言った。いまは寝室のあけ放した窓のそばに腰をおろし、星を見上げているがなにも見えない。

夜空は雲に覆われている。不穏な風向きだ。

ジョージーは妹ではない。そんなことはわかっている。そうだとしても……。

ジョージーの手首よりもけらけら笑う赤ん坊について考えているほうがはるかに安全だ。より正確に言うなら、ジョージーの手首を上向かせて、そこに自分が口づけることを考えるより、けらけら笑う赤ん坊などというばかげた冗談に笑っていたことを考えているほうが平穏でいられる。

ジョージーとキスができるだろうか？　ニコラスは手のひらを上向かせ――いや、恐ろしいほどに力が抜けないのでこぶしを上げたと言うほうが正しいのかもしれない――自分の手首の内側を見つめた。

うん。できるに決まっている。だが、自分はキスをしたいのか？

ニコラスは夜闇を見つめた。ジョージーと毎日、毎年、ともに生きていけるのだろうか？　彼女がいる食卓で、彼女がいるベッドで？　夜の静寂はこの答えの出ない問いかけ以外になにひとつもたらしてはくれなくても、時の残酷さはニコラスの胸に迫り寄ってきた。刻々とまではいかないまでも時間や日が過ぎるごとに、ジョージーは一生を台無しにしてしまう運命へと追いこまれていく。

自分もここに長くはとどまれない。自分が彼女を娶る意思を示さなければ、ジョージーは非情きわまりない早さで花婿を見つけなければならないことは父から聞かされている。だがこちらにも守らなければならない期限がある。たとえあすスコットランドへ発ったとしても、一カ月近くぶりに帰り着くこととなる。授業を一カ月休み、試験も受けていない。どう見積もってもあと数日、長くて一週間でケントを発たなければ、取り返しのつかないくらい遅れをとって、埋め合わせるのは不可能になりかねない。

決断しなくてはいけない。

ニコラスはベッドを見つめた。そこにいるジョージーの姿は思い描けなかった。いまはまだ、と夜闇にささやきかけられたような気がした。

ジョージーの横顔と唇と手首――それらが次々に脳裏によみがえった。ところが、そうしたものをそのまま記憶にとどめておこうとするうちに、笑いがこみあげてきた。

そこにジョージーがいることは相変わらず思い描けないベッドを見つめたまま、ニコラスはつぶやいた。「そんなことがわかるものか」

ひんやりとした夜風に肌を撫でられ、ぞくりとした。

いや、わかるだろう、とまたささやきが聞こえた。

ニコラスは立ちあがり、夜闇に背を向けた。もうベッドに入る頃合いだ。

意外なほどにあっさり眠りに落ちた。


朝には運命を受け入れていた。

と言うほど大げさな決断ではないのかもしれない。だがこの二十四時間に起こったことを振り返れば、少しくらい自分に贔屓めな表現も許されるのではないだろうか。

兄の近侍にきれいにひげを剃ってもらい、朝食をじゅうぶんに味わって、馬を用意しておいてくれるよう従僕に厩《うまや》への伝言を頼んだ。オーブリー屋敷を訪ねてジョージアナに会い、求婚するつもりだった。

ジョージーがこのような苦境におちいったのは自分のせいではない。でも、ジョージー本人のせいでもなく、正直なところ、今後どうなるかわからない彼女を放ってここを去ったとしたら、鏡に映る自分の顔をもうまともに見られる自信がなかった。

いたって簡単な論理だ。自分ならこの問題を解決することができる。ジョージーを救える。わが人生を捧げるべきこととはなんなのか？　人を救うことなのでは？　そのような善行はまず自分の身辺から始めるべきだろう。今回の場合には、三マイルの道のりの先に堂々と構える大邸宅からということになるが。

けれどもニコラスがオーブリー屋敷に着くと、従僕からジョージアナは留守だと知らされた。甥たちを連れて散歩に出かけたという。アンソニーとベネディクトでは甘い雰囲気の求婚の立会人になりようもないが、そもそもこのような場合には、さして甘い雰囲気で求婚をする必要はないのではないかとニコラスは思いなおした。

自分がそうしようと努めたところで、ジョージアナに一瞬にして見透かされてしまうだろう。ジョージーは愛されていないことを知っている。それに彼女が自身の境遇を省みれば、隣家の男がなぜ求婚しているのかはすぐに悟るはずだ。

ジョージーと少年たちがどこへ出かけたのかは誰も正確に聞いていないようだったが、池にまず間違いないとニコラスはあたりをつけた。土手が幅広く、ほんのわずかに傾斜していて、大人が毛布の上にのんびりと坐って、北欧神話の猛戦士さながら駆けまわる少年たちに目を光らせているにはうってつけの場所だ。傾斜がなだらかなのは滑り落ちる心配がほぼないということでもある。

ないわけではないにしても、ともかく可能性は低い。子供たちが水遊びをしようとすれば、なにも起きないとは言いきれないが、本気で頭を水中に沈めたいなら、それなりの計略が必要だ。

それには木に登らなければならないとニコラスは思い返した。木に登って水平に延びた枝を伝って進んで、じゅうぶんに近づけたところで――ドボン！　そうすれば成功する。

とはいえ、アンソニーとベネディクトはまだこの方法を編みだしていないと願いたい。

ニコラスは芝地を突っ切って進み、そのあいだに、これからすぐにもしなければいけないことについて考えた。彼女の目の前に現れて求婚すればそれでいいのか？　前置きのようなものが必要なのでは？　ふたりがどれだけ昔から知っている仲で、ずっと友達だったし、とかなんとか話したほうがいいのだろうか。

率直に言って、そんな話をするのはくだらないし、ジョージーも同じように考えるはずだと思うのだが、男がいきなり「ぼくと結婚してくださいますか」と尋ねるよりはなにか言ったほうがいいような気もする。

こうして歩いているうちにきっとなにか考えつけるだろう。そのようなやり方は自分の流儀ではないが。ニコラスは昔から必要な量の二倍は勉強しておくような学生だった。だが今回は準備のしようのない試験も同じだ。たったひとつの質問に答えが出るだけで、その答えを出すのは自分ですらない。

ニコラスは踏みならされた小径を池へ進みながら小石を蹴り、斜面を上がっていった。そこにジョージーがいなければ、次はどこを捜せばいいのかわからなかったが、斜面を上がりきると案の定、水辺に三人の姿が見えた。

見たところ、もうだいぶのんびりと朝の陽射しに包まれてそよ風に吹かれているらしかった。ジョージーは紺青色の毛布の上に坐り、傍らに食べ物の入った大きな籐かご《バスケット》とスケッチブックらしきものが置かれている。少年たちふたりは水面と草地のあいだに細長く延びている地面で甲高い声をあげて追いかけっこをしていた。微笑ましい光景だ。

「ジョージー！」ニコラスは呼びかけて近づいていった。

ジョージーが振り返って微笑んだ。「あら、ニコラス。おはよう。どうしてこちらに？」

「じつはきみに会いに来た」

「わたしに？」ジョージーは少し意外そうだったが、なによりもほんとうに愉快そうだった。

「お気の毒」

「ぼくがお気の毒？」

ジョージーは少年たちを手ぶりで示しながら、食べ物が入った大きなバスケットのほうに頭を傾けた。「今朝をもっと楽しく過ごせる方法ならいくらでもあるでしょうに」

「いや、どうかな。あとは母と刺繍と六色の糸と過ごすくらいしかやれることはなさそうだ」

「六色なの？」

「虹には一色足りない」

ジョージーが口の片端を上げて皮肉っぽく微笑んだ。「正直に言わせてもらうわね、ニコラス。わたしにはそれほどの価値もないと思うわ」

ニコラスは苦笑いを洩らしてジョージーの隣に腰をおろし、脚をまっすぐ前に伸ばした。いまさらながら彼女との結婚を決意したことで自分でも驚くほど気が安らいでいた。昨夜抱いていた懸念や煮え切らない感情はいっさい消えて、もともとそこにあったもの、つまり幼なじみへの親しみと気安さで心は満たされていた。

「絵を描いていたのか？」ニコラスは訊いた。

「紙に鉛筆を適当に擦りつけているというほうが近いわ」ジョージーが言う。「絵は下手なの」

スケッチブックの下に数枚の紙が挟まれていたので、ニコラスはそれを抜きだしてめくり、木に止まっている小鳥の絵で手をとめた。鉛筆画だが、ニコラスにはどういうわけか胸の赤いコマドリとしか思えなかった。それも輪郭からというわけではない。「これはいいな」

ジョージーが瞳をぐるりと動かした。「それを書いたのはベネディクトよ」

「そうか、失礼」

ジョージーは絵の才能に恵まれていないのはまるで気にするふうもなく、ひらりと手を振った。

「じつによく描けている」ニコラスはその絵をまじまじと眺めた。「何歳だ？」

「まだ五歳」

ニコラスは眉を上げた。「それは……すごいな」

「ええ。あの子には才能がある。いまのところはお兄ちゃんをやっつけることのほうにずっと興味があるんでしょうけど」

ニコラスはふたりの少年をしばし見つめた。アンソニーがベネディクトの足首をつかんで逆さにしている。

「それとも、どうしたらやっつけられずにすむかということのほうかしら」と、ジョージー。

「そうだとすれば、まるでうまくいっていないようだ」

「ええ」ジョージーが同意した。「残念ながら、下の子の宿命よね」

「ぼくたちはどちらも身に沁みているよな？」

ジョージーはおそらく甥たちが殺し合いを始めないよう目を光らせるためにそちらを眺めつつ、うわの空でうなずきを返した。「というより……」

ニコラスは少し待ってから、それとなく先を促した。「というより……？」

ジョージーが苦笑いを浮かべてこちらをちらりと見た。「わたしたちは一人っ子同士みたいなおちびちゃんだったものね？」

「一人っ子同士？」

「あなたはアンドルーといくつ離れてるの？　八歳、九歳？　あなたが大きくなってきた頃にちゃんとけんかするようなことはあった？　ちょっとでも関心を払ってもらえた？」

　ニコラスは考えてみた。兄たちはほとんど自分にかまわなかった。というよりも、単に忘れられてしまっていた。「そんなには、かな」

「アンドルーに尋ねたら」ジョージーが続けた。「自分は真ん中というより末っ子の気分だったってきっと答えるわ」肩越しにニコラスのほうにちらりと目を向けた。「だからあなたは一人っ子ってこと」

　たしかにそうとも言えるが、ジョージーの場合にはそうであるとはニコラスには思えなかった。兄のエドモンドと弟のヒューゴーのどちらとも一歳しか変わらないのだから、言うなれば真ん中の子供だ。「それがどうしてきみにも当てはまると言うんだ？」

「ええ、わたしの場合はまた事情が違う」ジョージーはさらりと手で払いのけた。「わたしはずっと病弱だったからよ。誰もきょうだいらしくわたしと接してくれなかった」

「そんなことはないだろう」

「だって、そうなんだもの。母はわたしを外で遊ばせたら死んでしまうと信じこんでいたのよ」

「ちょっと極端な話だな」

「ええ、たしかにそうよね。でも、母はそう思っていて、そうではないと納得させる方法もなかった。つまり、わたしが外へ出かけて死ななかったとしても、死なないという確証にはならなかったわけ」ジョージーは目の上に手をかざして眉をひそめた。「ベネディクト、そんなに水に近づいちゃだめ！」

ベネディクトは口をとがらせたが、あとずさった。

「外に出かけても死なないように、だよな」ニコラスはつぶやいた。

「あの子は泳げるわ」ジョージーが言う。「どれくらい上手かはわからないけど」

ニコラスは子供時代を振り返り、この池でエドモンドと泳いでいたときのことがよみがえってきた。そこにジョージーはいなかった。一度も。そう考えてみると、ジョージーが外にいる姿は思いだせなかった。少なくとも子供の頃の姿は。いつも家のなかにいて、ソファで本を読んでいるか、床に坐って人形たちと一人芝居のようなことをして遊んでいた。

「いまはどうなんだ？」ニコラスは尋ねた。いまのジョージーは病弱には見えない。顔色もよく、元気がないわけでもない。

ジョージーは肩をすくめた。「すっかり元気になったわ」

「ほんとうにそんなに病気がちだったのか？」ニコラスは訊いた。なぜかといえば、ほんとうにそのような話は思いだせないからだ。自分が選んだ職業からしても、いまとなっては妙なことに思えるが、ジョージーは病弱な子供だったというだけで詳しい話までは聞いたおぼえがない。「呼吸困難を起こしていたということかな？」

ジョージーがうなずいた。「しじゅうというわけではなかったけど。たいがいは大丈夫だった。でもたまに……」身を返して、ほとんど真正面からニコラスを見つめた。「あなたは息を詰まらせてしまったことはないの？」

「もちろんあるとも」

「そのときのことを思いだしてみて。しかもそれがよくならなかったとしたら。そういうことがわたしにはよくあったのよ」

「いまは？」

「最後に起こったのがいつだったのか思いだせない。数年まえくらいかしら」

「医者には診てもらってたんだよな？」

ジョージーはじろりと見返した。「なにを訊いてるかわかってる？　わたしの母を知ってるでしょう。このケントに医学部を移設できそうなくらい大勢のお医者様に診てもらったわ」

ニコラスは皮肉っぽく笑った。「そこで大いに役立てられる知識をぼくはいま学んでいるわけか」

「ほんとね」ジョージーが笑いながら言う。「ご両親があなたをエディンバラへ送りだしたのは驚くべきことよ。とても遠いもの」

「ぼくが行くかどうかは両親が決めることじゃない」ニコラスはかちんときて言い返した。「それにエドワード兄さんがアメリカ大陸の植民地で消息を絶ったあとでは、はるかに近く感じられたのも確かだ」

ニコラスがイートン校にいるあいだに、兄のエドワードは陸軍に中尉として入隊し、その後、第五十二連隊長となった。そして何カ月ものあいだ行方知れずのまま死亡したと見なされていたものの、ぶじに帰国したのだ。

「たしかにそうね」ジョージーが言う。「年上のきょうだいたちがいる良さもあるのよね。先に道を切り開いてくれるわけだから」

ニコラスは眉をひそめた。

「まあ、わたしの場合は違うけど。両親の前で息がとまってしまったとしたら、姉が両腕を骨折したり、たまたま誰かに火をつけてしまったりしたことがあったからといって役に立たないわけだから。母はまる三年もずっとわたしから目を離さなかった」

ニコラスは身を乗りだした。ビリーの一件は何度も聞かされている話とはいえ納得がいくほど詳しく話してもらえたことはなかったからだ。「きみの姉さんはほんとうに誰かに火をつけたのか？」

ジョージーが楽しげに笑った。「もう、ニコラス、そんなことを詳しく知りたがるなんて、うれしくなるじゃない」

「きみが呼吸しづらかったという話以外に興味をそそられるのはそのことくらいかもしれない」

「ええ、あなたはお医者様ですものね。呼吸しづらい話以外にも興味を持てることがあってよかったわ」

「まだお医者様になったわけじゃない」ニコラスは正した。「もう一年かけて修了しなければば。正確にはあと十四カ月ある」

ジョージーはうなずきを返してから、話を戻した。「わざとではなかったことはもう話したと思うんだけど、目撃者がほとんどいないの」

「じつに疑わしい」

ジョージーがくすりと笑った。「わたしはほんとうに姉の説明を信じてる。王妃に謁見する直前の出来事だった。謁見の際に女性たちが身に着けなければいけないドレスは見たことがある？　スカートの張り骨がこんなに出てるのよ」腕をめいっぱい広げてみせた。「実際にはもっと大きい。手が届かないところまでスカートが広がってるの。横向きにならなければ戸口を通り抜けられないし、それでもぎりぎりね。ばかげてるわ」

「彼女はなにをしたんだ、枝付き燭台を倒したのか？」

ジョージーがうなずいた。「でも、火がついてしまった女性も謁見用のドレスを着ていた。蠟燭が張り骨で広げたドレスに倒れても、身体から離れているから燃えていることにすぐには気づけなかったわけ」

「なんてことだ」

「ええ、ほんとうにこの目で見られたらよかったのに」

「意外ときみは残忍なんだな？」

「わかってないわね」ジョージーがつぶやいた。

それはどういう意味なのだろうかとニコラスが考えているうちに、ジョージーはばたんと仰向けに寝転んで言った。「あの子たちをちゃんと見ててもらえる？」

「昼寝するつもりか？」ニコラスはちょっと面白がって尋ねた。

「いいえ」ジョージーが満足げに言う。「顔に陽射しを浴びるのを楽しんでるだけ。母には言わないでよ。そばかすができるのを心配してるから。髪の色からして、わたしはそばかすができやすいんですって」

ジョージーの髪の色はブリジャートン一族ではいささか異質だ。ニコラスがこれまでに会ったブリジャートン一族のほかの人々の髪はみな——縁戚も含め——栗色や、もっと濃い色といった違いはあってもだいたいが褐色だった。でも、ジョージーだけはれっきとした赤毛だ。飛び抜けて目を引く鮮やかなオレンジではなくて、もっと柔らかで繊細な色だが。一般にはストロベリー・ブロンドと呼ばれるらしいが、ニコラスはそもそもその呼び名が気に入らなかった。とうてい言い当てているようには思えないし、陽射しを浴びているジョージーにそれとなく目をやると、一本一本の髪のきらめきが織りなす美しさに驚かされた。

ジョージーが至福の吐息をついた。「あの子たちは殺し合いを始めてないわよね？」

ニコラスが少年たちに目を戻すと、いかにもやりそうなことが行なわれていた。「いまのところは」

「よかった。急に静かになったから」ジョージーが目を閉じて横たわりながらも疑わしげな表情を浮かべた。「やけに静かよね」

「追いかけっこをしているだけだ」ニコラスは伝えた。「ぼくはいまあれがゲームなのか、そうだとすればどんなルールがあるのかを考えているところだ」

「ルールは当然あるわ」ジョージーが言う。「ベネディクトが説明しようとしてくれたんだけど、わたしにはあの子が英語をしゃべっているのかどうかもわからなかった」

「ぼくなら聞きとれるんじゃないかな」

ジョージーが片目をあけて、疑わしげに見やった。

「ぼくもかつては七歳の少年だったんだ」

「それはそうでしょうけど」

「さあ起きろ」ニコラスはジョージーを軽く突いた。「アンソニーを見てくれ。石を拾ってるのかな？」

すかさずジョージーが上体を起こした。「アンソニー・ブリジャートン、そんなものを弟に投げてはだめよ！」声を張りあげた。

アンソニーが踏みとどまって、憤然と両手を腰にあてた。「そんなことはしない！」

「あら、しようとしてたのよね」ジョージーが言う。

「そうしようとしてたわけじゃないだろう」ニコラスは考えこむふうに言った。「ほら、見てくれ。あそこに積み上げてるんだ」

ジョージーは首を伸ばして顔をしかめた。「そのようね。なにを作ってるのかしら、積み石の道しるべ？」

「そんなしっかりとしたものではないんじゃないか。とはいえ……ベネディクトのほうも見てくれ。あちらはアンソニーが積み上げた石を奪おうと――」

「あら、どうせ無駄よ」ジョージーは遮って言った。「アンソニーは十五センチも大きいし、強いから」

「気づかれないようにやらないとだよな」ニコラスは応じた。

ベネディクトはまさしく敏捷な猪といった勢いで兄に突進していた。

ジョージーがくすくす笑った。「体当たりも欠かせない選択肢のひとつよね」

「欠かせない選択肢だとも」ニコラスも同意した。

アンソニーがやり返した。

「でも賢明な選択肢ではない」と、ジョージー。

「そうだな」

少年たちが組み合って倒れこむとジョージーが眉をひそめた。「大丈夫かしら？」

「たしかに悲惨な結末になりかねない」

「血が流れるほどに？　わたしがほんとうに知りたいのはそこだけ」

ニコラスはじっくりと見定める目を向けた。少年たちは凄まじい物音を立ててはいても、濡れた仔犬が転げまわっているようなものに過ぎない。「目に見える血は流れない」

ジョージーがこちらにさっと目をくれた。「それはどういうこと？」

「痣《あざ》だけだろうってことさ。皮膚の下では出血していても」

「ふうん」なんとなく興味をそそられているような声だった。「そういうことね。そんなふうに考えたことはなかったわ」

「それはそうだろう。われわれは斑状《はんじょう》出血と言う」

「ただ痣と呼んではいけないの？」

「もちろんだ。それでは誰にでも医者になれると思われてしまいかねない」

ニコラスはジョージーに肩をぶたれて、にやりとして言った。「だけどきみの質問の意図を汲んで答えるなら、血は流れなくても、やはりぼくをぞっとさせることは起こりうる」

そのときベネディクトが発したのは金切り声とまでは言えなかった。でも、そのようなものだ。とても甲高い。

「血はやっぱりそれほど心配すべきものなの？」ジョージーが訊く。

アンソニーの唸り声が聞こえて、ニコラスはまた少年たちを見定めるように眺めた。「流す量によるかな？」

「量によってはあの子たちの両親を心配させてしまうか、わたしが子守に不向きだと判定されてしまうかだわ」

「どちらかだけなのか？」

ジョージーが肘で突いてきた。

ニコラスは笑った。「ごめん、そんなことはないさ。そうはならない。かつては七歳の少年だったぼくの豊富な経験からすれば」

「なんだか妙な言い方ね」ジョージーは考えこむふうに言うと背を向けて、大きなバスケットを開いた。

「どういう意味だ？」

「『かつては七歳の少年だったぼくの豊富な経験からすれば』だなんて」ジョージーは口真似をした。「まるで気持ちがこもってないんだもの。ほんとうは豊富な経験なんてないみたいに」

「なにしろ、はるか昔のことだからな」

ジョージーは首を振り、ひと切れのチーズを取りだした。「言わせてもらえば、みんなが大人になれたことすら驚きよね」

「たしかに」ニコラスは本心から同意した。「ぼくもほんとうにそう思う。念のため言っておくなら、両腕をどちらも骨折したのはきみのお姉さんだが」

ジョージーが笑い声をあげ、なごやかにどちらも口をつぐんでチーズを分け合った。「パンもあるわよ」ジョージーが言い、バスケットのなかを覗きこんだ。「ジャムも」

「苺のジャムか？」

「ラズベリーね」

ニコラスは残念とばかりに鼻息を吐いた。「それなら興味はない」

ジョージーがじろりと見て、ぷっと噴きだした。「それはどういうこと？」

ニコラスはまたもにやりとして、そんなふうに笑うとなおさら愉快になった。「どういうことだろうな」

ジョージーと一緒にいるのは気楽だ。少しばかり奇妙で理屈も通らないようなばかげたことでも口にできる。どう思われるのか、ばかにされはしないかといちいち言葉を選ぶ必要はないということだ。

ジョージーとは昔からそんな間柄だった――いや、昨夜だけはべつにして。それに昨夜にしても結局は笑い合って別れた。

友人と結婚するより酷い定めなどいくらでもある。

ニコラスはもう少し背を起こして坐りなおし、ジョージーの前から身を乗りだすようにしてバスケットのなかを覗いた。「ジャムをくれないか。えり好みはしない」

「パンは?」ジョージーが訊く。

「われわれは野蛮人ではないからな」

ジョージーが片方の眉を上げた。「見ればわかるわ」

「きみは瓶から直接ジャムを食べるのか?」

「あなたは食べないの?」

ニコラスは横目で見返した。「ラズベリーを、それとも苺を?」

ジョージーがチーズを投げてよこした。

ニコラスは笑いながらそれを口に放りこんだ。「うまい、うん、それは認める。ぼくも瓶から直接ジャムを食べるさ。でも、スプーンは使う」

「あら、礼儀正しいのね。それならきっと、あなたはウイスキーを瓶から直接飲んだことなんてないとでも言うのかしら」

「ないな」

「まあ、そんなはずないわ」ジョージーがせせら笑った。「あなたとエドモンドお兄様が晩に酒場で飲んで帰ってきた姿を見てるんだから」

「ぼくたちはマグカップやグラスで飲んでたんだ」ニコラスはあてつけがましく言い返した。「だいたい、ジョージー、ウイスキーをひと瓶ひとりで飲んだらどうなってしまうかわかってるのか？」

ジョージーが首を振った。「ウイスキーは飲んだことがないもの」

「そんなことがありうるのか？」ジョージアナのような良家の子女でふだんからウイスキーを口にしている女性はきわめてまれだとしても、誰でも一度くらい舐めてみるものではないのだろうか。

ジョージーはひと切れのパンにジャムを塗りはじめた。「それに、第一、わたしはスコットランドに住んでるわけではないし」

「飲む機会はなかなかないものなのかもしれないな。お父上は飲まないのかい？」

ジョージーが首を振る。「よく知らないわ」

ニコラスは肩をすくめた。スコットランドではウイスキーがどこにでもあるので、イングランドでは、それもここまで南に来るとあまり飲まれていないものであるのをすっかり忘れていた。

「はい、どうぞ」ジョージーがジャムを塗ったパンを手渡し、自分のぶんの準備に取りかかった。

「ジョージーおばさん！」

ふたりは同時に目を上げた。アンソニーが片手を背中に隠すようにして、ひそやかに近づいてくる。

「ジョージーおばさん、虫は好き？」

「大好きよ！」ジョージーがニコラスのほうを見やった。「ほんとうは嫌いだけど」それから少年たちのほうに顔を戻す。「たくさんいるほどうれしいわ！」

アンソニーが弟にひそひそ話しかけた。ふたりともがっかりしているようだ。

「賢いお嬢さんだ」ニコラスが言った。

「少なくとも七歳の子よりは賢いわ」

兄弟がこっそりと数匹の虫を地面に落とした。「目指す基準がすこぶる高いな」ニコラスがつぶやいた。

ジョージーはジャム付きのパンを食べている。「淑女の褒め方をよくご存じね」

「そうとも」ニコラスは空咳をした。口火を切るにはこれ以上にないきっかけではないだろうか。「それを言うなら……」

ジョージーが面白がるふうに見やった。「わたしを褒めてくださるってこと？」

「いや」否定してどうする。これではとうていうまくいかないし、まだなにひとつ切りだせていない。

ジョージーがいたずらっぽい目になった。「それなら、わたしを褒めたくないと」

「違う。ジョージー……」

「ごめんなさい。つい言い返しちゃうのよね」ジョージーはナプキンの上にそっとパンを置いた。「なにか欲しいものがあるのね？」

欲しいもの？　エディンバラに帰って元の暮らしに戻れればそれでいい。ところが自分はここにいて、いうなれば便宜上の結婚を申し込もうとしている。

便宜上とは言っても自分にとって都合がいいとは言えない。

彼女にとってもそれは同じだ。都合がいいはずもない。このところジョージーにとっては都合のよいことなどなにもない日々が続いていたわけだ。

「すまない」ニコラスは低い声で言った。「じつは、きみと話をしたかったんだ。それで今朝はここまでやってきた」

「まさか虫についてとか？」ジョージーが生意気そうに問いかけた。

なによりもそのひと言で、やはりジョージーは自身について画策されていることにまったく気づいていないのだとニコラスは確信した。

咳ばらいをする。

「お茶を飲む？」

「なんだ？」

そこにあったとはニコラスが思いもしなかった小瓶をジョージーが持ち上げた。「お茶をいかが？　もう冷めてしまったけど、喉が潤うわ」

「いや。ありがとう。そういうことじゃないんだ」

ジョージーが肩をすくめ、小瓶からお茶をひと口含んだ。「お勧めなのに」

「そうだよな。ジョージー。きみにどうしても頼みたいことがある」

ジョージーが瞬きをして、期待に満ちた目で見つめ返した。

「ぼくがエディンバラから戻ってきたのは、すでに言ったように、父に話したいことがあると言われたからなんだ。だけど――」

「あら、ごめんなさい、ちょっと待って」ジョージーは池のほうを向いて声を張りあげた。「アンソニー、そういうことはいますぐやめなさい！」

アンソニーはなんとも楽しげに弟の頭の上に坐っていて、こう返した。「だめなの？」

「だめよ！」一瞬、ジョージーは実力行使に出なければと立ちあがるそぶりを見せたが、アンソニーがようやく弟の上から転がりおりて、木枝で地面に穴を空ける遊びに戻った。

ジョージーがぐるりと瞳を動かして、ニコラスのほうに向きなおる。「ごめんなさい。なにを話してたんだったかしら……」

「なんだったかな」ニコラスはつぶやいた。

ジョージーは困惑しているようにも面白がっているようにも見える。

「いや」ニコラスは言った。「いまのは嘘だ。言おうとしたことはちゃんと憶えてる」

でも、言えなかった。

「ニコラス？」

とうとう、そうしないようにと自分に言い聞かせていたはずなのに、いきなり口走った。

「ぼくと結婚してくれないか？」

7

「ごめんなさい」ジョージーはゆっくりと言った。「結婚してくれと言われたように聞こえたんだけど」

ニコラスがなにを言われているのかよくわからないとでもいうように、ぎこちなく口を動かした。「そう言ったんだ」

ジョージーは目をしばたたいた。「面白くないわ、ニコラス」

「面白がってもらおうと思って言ったんじゃない。求婚したつもりなんだが」

ジョージーはニコラスをじっと見据えた。一時的に頭が錯乱してしまう発作かなにかを起こしているようにも見えない。「だけど、どうして？」

今度はニコラスのほうが、一時的に頭が錯乱してしまう発作かなにかを起こしているのではないかと確かめるようにこちらをじっと見据えた。「どうしてだと思う？」

「さあ、わからない。たいがいはふたりの人間が互いに恋に落ちて求婚に至るのでしょうけど、わたしたちは互いにそういうわけではないのはわかっているから……」

ニコラスがもどかしげに鼻息を吐いた。「なによりもまず、たいがいはふたりの人間が互いに恋に落ちているなんてことはなくても――」

「ここにいる人間はそうでありたいと思ってるの」ジョージーはぴしゃりと言いきった。

「ここにいる人間はそうだとしても」ニコラスも鋭い口調で言い返した。「残念ながら、人は必ずしも望みを叶えられるわけじゃない」

ジョージーは無意識にうなずいていた。ようやく話が見えてきた。「そういうことね。あなたは哀れみから求婚している」

「友情からだ」

「哀れみよ」ジョージーは正した。明白だからだ。そういうことなら筋が通る。友人をなぐさめるだけのために医学生が勉強を放りだして十日間も旅して帰郷するわけがない。

ニコラスは自分を愛してはいない。そんなことは互いにわかっている。

そうして、ジョージーは悟った。「まあ、なんてこと」愕然として息を呑んだ。「そのためにあなたはスコットランドからわざわざ帰ってきた。わたしのせいだったのね」

ニコラスは目をそらした。

「そもそもどうしてわたしに起こったことを知ったの？」ジョージーは尋ねた。スコットランドまで噂が届いていたということ？　それなら噂話から逃れるにはいったいどこまで遠くへ行かなくてはいけないの？　北アメリカ大陸？　ブラジル？

「父から」ニコラスが言った。

「あなたのお父様？」ジョージーは息がつかえた。「あなたのお父様があなたに伝えたの？どうやって、手紙で？　マンストン伯爵は息子に手紙を書くのに、わたしが身を滅ぼしたことよりましな話題がなかったってこと？」

「ジョージー、そういうことじゃないんだ。ぼくはきのうまで事情はなにも知らなかった」

「それなら、伯爵はなんておっしゃったの？」

尋ねたもののジョージーにはわかっていた。ニコラスに答えてもらうまでもない。それにどうやら、答えるつもりもないらしかった。ニコラスは戸惑っている。戸惑う立場ではないはずなので、ジョージーは腹が立った。自分に屈辱としか言いようのない言葉を投げつけておきながら、顔を赤らめて足もとに視線を落とすなんて。このようなことをするのなら、毅然と顔を見据えているくらいの覚悟が必要ではないの。

ジョージーはもうじっとしていられなかった。いきなり立ちあがり、自分の身を抱きかかえるようにして歩きまわりはじめた。きつく……しっかりと、感情を力づくで体内にとどめておこうとでもするように。

「ああもう、ああもう、ああもう」ぶつぶつと続けた。自分の人生はこうなる定めだということ？　自分と結婚しなければと追い込まれている男性ばかりが現れる。

それとも買収されたの？　ニコラスはジョージアナ・ブリジャートンに求婚するよう買収されたとか？　花嫁持参金を倍額にするという餌に釣られたの？

両親は――フレディー・オークスとの結婚を無理強いしないとは約束してくれたけれど、未婚のまま生きる道は選ばせたくないとも明言していた。

父と母がマンストン伯爵に勉強中のニコラスを呼び戻すようにと頼んだの？　みんなが知ってたわけ？　全員で自分に内緒でたくらんだことなの？

「ジョージー、やめろ」ニコラスに腕をつかまれたが、ジョージーはそれを振りほどき、池のほうにすばやく目を向けて、アンソニーとベネディクトがこちらを見ていないことを確かめた。

「あなたの考えではなかったということよね？」かっかしながら低い声で言った。「お父様に呼び戻されたのだから」

ニコラスが顔をそむけた。目を合わせることもできないなんて癪にさわる卑怯な弱虫。

「あなたはお父様からわたしに求婚するようにと頼まれた」ジョージーは言葉にするうち恐ろしくなってきた。両手で顔を覆った。フレディー・オークスにグレトナ・グリーンへ連れ去られかけたのは当然ながらとんでもないことだったけれど、これは――これは――

みじめだ。とても耐えられない。

なにか間違ったことをしたわけでもないのに。

それなのにどうして哀れまれなければならないのだろう。むしろ称えられてもいいはずだ。自分は男性に誘拐された。誘拐されたのに！　それでもどうにか逃げだして帰ってきた。

どうして褒めたたえてもらえないの？

祝宴を催してくれてもいいくらいでしょう。晴れがましい行進も。怖いもの知らずの勇敢なジョージアナ・ブリジャートンを見よ！　自由を求めて戦い、勝ちとった女性である！

男性たちがそのように戦ってきたから、どの国家も築かれたのよね。

「ジョージー」ニコラスに呼びかけられて、その声にぞっとした。男性たちは気が立った女性をなだめているつもりで偉そうに、大人ぶった調子で、そんなふうにぞっとさせられるような声になる。

「ジョージー」ニコラスにまた呼びかけられ、それが実際には自分が思いこんでいたような声の調子とはまるで違っていたことにジョージーは気づいた。でも、そんなことはどうでもいい。ニコラス・ロークズビーは子供の頃から自分を知っている。自分との結婚を望んでいるはずがない。同情されているわけだ。

そう考えるうちに、ジョージーははっと息がとまりかけた。マンストン伯爵のことならよく知っている。自分の洗礼式に立ち会ってくれた教父で、父の親友でもある。ジョージー自身も伯爵が息子たちとともにいる姿を長らく見てきただけに、今回どのような会話がなされたのかは手に取るように想像できた。

伯爵は求婚するようにとニコラスに頼んではいない。

ジョージーはどうにかニコラスを見据えた。「お父様から、わたしに求婚するよう命じられたのね？」

「いや」ニコラスは否定したが、嘘をついているのがジョージーにははっきりと読みとれた。ニコラスは昔から上手に嘘をつける人ではなかった。自分の息子がしたくもない求婚を平然とやってのけられると伯爵がどうして思ったのか見当もつかない。

はっきり言って、ニコラスの芝居はへたすぎる。

「父がぼくにきみとの結婚を命じることはできない」ニコラスはやや声を詰まらせて言った。

「ぼくはもう大人だ」

ジョージーは鼻先で笑った。「たいした大人よね。お父様に呼ばれたら、従順なお坊ちゃまみたいに急いで帰ってくるんですもの」

「やめろ」ニコラスがきつく言い放った。

「あなたの考えだなんてふりはやめて。お父様の指図どおりにしているだけのことなんだから」

「きみのためにしていることだ！」

ジョージーは息を呑んだ。

「こんなふうに言うつもりじゃなかったんだ」ニコラスはすぐさま言った。

「あら、あなたがどういうつもりなのかはわかってるわ」

「ジョージー――」

「これで、お断わりしたということで」ジョージーは一語一語に怒りを滲ませて言い捨てた。

「断わるのか」ニコラスは語尾を上げて尋ねたわけではない。信じられないので念を押したというだけの口ぶりだった。

「もちろん、お断わりしてるのよ。そんなふうに言われて、どうしてわたしが承諾するなんて思えるのかしら？」

「そうすることが物事の道理だからだ」

「そうすることが物事の道理だから、ですって？」ジョージーは呆れたふうに微笑んだ。

「あなたたちはわたしを笑ってたの？」

ニコラスが腕をつかんできた。「そんなことをするはずがないのはきみもわかってるだろう」

「こんなことをされるのも信じられないもの」ジョージーは歯の隙間から吐きだすように言い、つかまれている腕を引き戻した。「あなたにわかるかしら——いいえ、わかるわけがないのよね。選択肢がまったくないのがどんな気分なのか」

「そう思ってるのか？」

「あら、この状態を——」ジョージーは腕を振りまわした。「——あなたは選択肢がないとは見なさないとでも？　ご自分がわたしに求婚するよう命じられたから？　あなたのほうはそれでせめても得意な気分になれるものね」

「言っておくが、ぼくはいまとてもすばらしい気分だ」

「哀れにも身を滅ぼしかけていたジョージアナ・ブリジャートンを救えば、英雄というわけよね。かたやわたしは——自分の将来を台無しにした男性か、自分を哀れんでいる男性のどちらかを選ばなければならない」

「ぼくはきみを哀れんではいない」

「でも、わたしを愛してはいないわ」

ニコラスはいまにも髪を掻きむしらんばかりの顔つきだ。「愛してほしいのか？」

「とんでもない！」

「それなら、ジョージー、いったいなにが問題だと言うのか教えてくれ。ぼくは助けたいんだ」

ジョージーは胸の前で腕を組んだ。「わたしは施しなんていらない。あなたの善行のひとつにされたくないわ」

「ぼくが好きこのんできみのために人生を犠牲にしようとしているとでも思ってるのか?」

まあ、胸に突き刺さるお言葉だこと。

「こんなふうに言うつもりじゃなかったんだ」すぐにニコラスが言った。

ジョージーは眉を上げた。「この数分でそんなふうに言いわけしたのは二度目だわ」

ニコラスが小さく毒づき、ジョージーは彼を不機嫌にさせたことに子供じみた喜びを覚えた。

「これでもう、あなたはなんの負い目も感じなくていいのよ」ジョージーはできるだけ嫌みっぽく横柄な口ぶりで告げた。「あなたは求婚した。わたしはそれを拒んだ。あなたは務めを果たしたというわけ」

「務めじゃない」ニコラスが嚙みつくように返した。「ぼくの選択だ」

「なおさらいいじゃない。あなたはわたしの選択を尊重してくれることになるわけだから。お断わりするという選択を」

ニコラスが息を吸いこんだ。「きみは冷静に考えられていない」

「わたしが冷静に考えられていないですって?」冷静に考えられていないなんて女性に言う

男性こそ神に救いを求めるべきでしょう。フレディー・オークスもグレトナ・グリーンを目指して北へ向かう馬車のなかで同じことを言った。もう一度同じ言葉を耳にしたら、自分がなにをしでかしてしまうかわからない。

「声を落として」ニコラスが強い調子でささやいて、アンソニーとベネディクトが遊んでいるほうへ頭を傾けた。

「また虫を見つけたの？」ふたりはもうゲームをやめて、こちらを見ている。

えるのか自分でもわからない。ジョージーは大きな声で訊いた。どうしてこんなふうに明るく言えるのか自分でもわからない。ほんとうに明るい気分のときにはここまで明るく言えないのに。

「違う」アンソニーはそう言ったが、けげんそうな顔をしていた。「誰もいやがってくれないんじゃ面白くないからな」

「そうね、それなら、どうぞ遊んでて」ジョージーは頬が引き攣りそうなほどにっこり笑った。

「きみは自分を貶めようとしている」ニコラスが低い声で言った。

「口を閉じて、あの子たちにこちらを見るのをやめさせるために笑って」

「きみはどうかしちゃったみたいに見えるぞ」

「どうかしちゃった気分だもの」ジョージーは吐き捨てるように言い返した。「つまり、わが身を心配なさるべきね」

ニコラスが両手を上げ、一歩あとずさった。そのように年上ぶった態度をとられて、ジョージーは喉につかみかかりたくなった。

「ジョージーおばさん、どうしてニコラスおじさんを殴りたそうにしてるの？」

ジョージーは凍りつき、いまさらながらこぶしをこしらえていたことに気づいた。「誰も殴りはしないわ」興味津々にこちらを見ているベネディクトに言った。「それに、この人はあなたのおじさんではないし」

「そうなの？」ベネディクトがニコラスからジョージーに視線を移し、またニコラスのほうに目を戻した。口を開け閉めしてから、今度はどことなく疑わしげな顔つきで叔母を見やった。「ほんとうに？」

ジョージーは胸に片手をあてた。なかなかに手の込んだ悪ふざけと言えるだろう。シェイクスピアですら、このように滑稽な喜劇は思いつけなかったに違いない。

「お父様からニコラスおじさんと呼べと言われてる」ベネディクトが小さな鼻に皺を寄せて言う。「きょうの朝はお母様から、おばさんの言うことをちゃんと聞くようにって言われたんだけど、お父様に逆らいたくないしな」

「もちろんだわ」ジョージーは言った。

そのあいだ、ニコラスは脇に退いて、笑みを隠そうとへたな芝居を続けていた。

「お父様の言うとおりにしないと」ジョージーはベネディクトに言った。

ベネディクトはうなずいた。「それならニコラスおじさんはおじさんでいいんだよね」

ジョージーは叫びたくなった。子供たちまで自分を裏切るたくらみに加勢するなんて。

「ジョージおじさんもニコラスおじさんの兄弟だから」ベネディクトが続ける。「やっぱりぼくたちのおじさんってことでいいんだよね」

「ジョージおじさんはビリーおばさんと結婚しているから、あなたたちのおじさんなの」ジョージーは説明した。「それで、ビリーおばさんはあなたたちのお父さんのお姉さんだから、あなたたちのおばさんというわけ」

ベネディクトは目を大きく開いて瞬きもせずに見上げた。「知ってるよ」

「ジョージおじさんの弟だからというだけでは、あなたたちのおじさんにはならない」

ベネディクトは一秒と考えずに言い返した。「おじさんの兄弟なら、やっぱりおじさんになるよね」

「正方形と長方形のようなもんだな」アンソニーがいかにも長男らしくもったいをつけて言葉を差し挟んだ。「正方形はぜんぶ長方形だけど、長方形がぜんぶ正方形じゃないだろ」

ベネディクトが頭を掻いた。「円形はどうなの？」

「円形はどうなのか？」アンソニーがおうむ返しに訊き返した。

ベネディクトが見上げる。「ジョージーおばさん？」

ジョージーはかぶりを振った。いまはとてもそこまで考えてはいられない。朝から望んでもいない結婚を申し込まれ、同時に幾何学についての疑問にも答えるなんてできようがない。

「おまえは円形のことなんてなにも知らないだろ」アンソニーが言った。

ベネディクトが腕組みをした。「いや、知ってるよ」

「知ってるなら、そんなことを訊くわけないんだよ。だって、まったくなんの関係も——」

「もう、やめなさい」ジョージーはとめた。「そこまでにして」

「いつだってこうなんだ」ベネディクトが言い返した。「兄さんはぼくより大きいからって——」

「おまえより大きい」

「ずっとそうとは決まってない」

「誰がそんなことを言ってんだ？」

「ぼくだよ！」

「やめなさい！」ジョージーは声を張りあげた。

「兄さんなんて嫌いだ」ベネディクトはいきり立っている。

アンソニーが舌を突きだした。「こっちはおまえをもっと嫌いだ」

「いいか、いますぐやめるんだ」ニコラスが叱りつけた。

ああ、これでもしこの子たちがわたしの言うことは聞かないのにニコラスの言うとおりにしたら、叫んでやるとジョージーは思った。

「最初に言ったのは兄さんだ！」ベネディクトが哀れっぽく訴えた。

「違うだろ！　おまえが円形について訊いたんだから！」

「だって知りたかったんだ！」

「いいかげんにしろ！」ニコラスがベネディクトの肩に手をおいたが、振り払われてしまった。

おかげでジョージーはこの世の条理を信じる気持ちを取り戻せた。ニコラスでもこの子たちを手なづけるのには苦労している。

ベネディクトが地団太を踏んだ。「ぼくがいちばん嫌いなのは、アンソニー・ブリジャートンだ」そうしてこぶしを振りあげた。

ジョージーは飛びだした。「お兄さんを殴ってはだめ！」

ところがベネディクトは兄を殴ろうとしたのではなかった。小さな手を振りおろして、いつのまにか握りしめていた池の水辺の泥を投げつけた。

ジョージーがふたりのあいだに飛びだしていなければ、アンソニーの顔にまともに当たっていただろう。

泥玉がジョージーの肩に滑り落ちると、アンソニーはしてやったりとばかりに笑いをこらえた。「あーあ、ベネディクト」息を吐く。「大変なことになっちゃったぞ」

「ベネディクト！」ニコラスが叱りつけた。

「わざとじゃなかったんだ！」ベネディクトが叫んだ。「アンソニー兄さんを狙ったのに」

ニコラスがベネディクトの上腕をつかんで引きさがらせて、たしなめた。「こんなことをしてもなんの解決にもならない」

そうしてジョージーは――正直なところ、自分になにが起こったのかわからなかった。どんな魔が差したのか脇から手を引き上げていた。邪悪な操り人形師の糸にでも掛かってしまったかのように。

肩についた泥をつかみとると放り投げた。

ニコラスの首をめがけて。

「わたしはベネディクトを狙ったのよ」やさしげな声で言った。

そこで少年たちを見たのが失敗だった。ふたりとも目を大きく開いて、口はもっと大きくあけて、兄弟がそっくりな顔でこちらを見ていた。そのうちにベネディクトが崇めるかのような口ぶりで言った。「ジョージーおばさん、大変なことになっちゃったね」

ニコラスが――皮肉にも――窮地を救うべくなめらかに口を挟んだ。「いいか」いかにも穏やかに装った声で言う。「きみたちのおばさんは気分がすぐれないんだ」

ジョージーは「元気よ」と言い放ちたいところだったけれど、現に元気ではなく、ニコラスのほうが間違っていると指摘するよりも、このやりとりを終わらせたい気持ちのほうが強かった。

「家に帰るんだ」ニコラスは少年たちに言った。「ぼくたちもすぐにあとから行く」

「ベネディクトに罰はなし？」アンソニーが期待を込めて尋ねた。

「誰も罰はなしだ」

「ジョージーおばさんも？」

「帰るんだ」ニコラスは強い調子で告げた。

ふたりはニコラスの顔をちらりと見てから駆けだした。

ジョージーは歯を食いしばった。「泥を投げたことはごめんなさい」

「いや、きみは自分が悪いなんて思ってないよな」

「そうね。思ってない」

ニコラスが眉を上げた。「気持ちいいくらいあっさり認めるんだな」

「わたしは嘘がうまくないの」

「ぼくもだ」ニコラスが軽く肩をすくめた。

「ええ、知ってる」

するとニコラスが口もとを引き攣らせ、ああ、腹立たしくも、それがジョージーにとってはとどめの一刺しとなった。

「笑わないで」唸るように言った。

「笑ってない」

ジョージーは目を狭めた。

ニコラスがいまにも両手を振りあげそうなそぶりで言った。「笑ってない！　信じてくれ、面白がってなどいない」

「だってそうでしょう――」

「エドモンドが息子たちにぼくをおじだと教えてくれていたのはうれしくてたまらないけどな」

ニコラスがほんとうは笑いたいのがジョージーにははっきりとわかった。

「そんなふうに自分だけが正しいようなふりはやめてくれ」ニコラスがいらだたしげに言った。「お互い泥まみれなんだし」

ジョージーは長々と見つめたあと、さっさと歩きだした。

「ジョージー、待ってくれ！」ニコラスがすぐに追いついてきた。「話は終わっていない」

「わたしは終わったわ」ジョージーは奥歯を嚙みしめて言い返した。こちらにはもう話すことはなにもない。「お父様にはこう言いなさい」前回以上に一語ずつはっきりと伝えた。「わたしに求婚して自分の務めは果たした。でも、わたしから断わられたと言えばいいの」

「きみは考えていない」

「いいかげんにして」ジョージーはニコラスのほうに指を向けて踏みだした。その指が空を切ってしまったので、あらためて彼の胸に指を突きつけた。「二度と、わたしが自分の気持ちをわかっていないような言い方はしないで。わかったわね？」

「こんなふうに言うつもりじゃなかったんだ」

「またなの！　自分の言ってることがわかってる？　たった一度の会話のなかで三回も『こんなふうに言うつもりじゃなかった』なんて言わなければいけないんだとしたら、自分の言葉の不確かさについて考えてみるべきだわ」

「不確かさだと？」ニコラスが訊き返した。

今度は文法の講義でもするつもり？　ジョージーは叫びたかった。「もう行ったほうがいいわ」できるだけ声を抑えようとした。同じ道の前を行く少年たちはさほど離れていない。

「せめてぼくに――」

ジョージーは腕を突きだして、漠然とクレイク館のほうを示した。「行って！」

ニコラスは腕組みをして、まともに目を見据えた。「いやだ」

ジョージーはびくりと身を引いた。「なんですって？」

「いやだ」ニコラスが繰り返した。「行きたくない。きみにぼくの言いたいことがちゃんと聞こえていたと納得できるまでは」

「ぼくと、結婚して、くれないか、でしょ」ジョージーは指を一本ずつ折りながら言った。「はっきりとそう聞こえたけど」

「はぐらかすなよ、ジョージアナ。きみらしくもない」

ジョージーは踏みだした。「あなたはいつからそんなに偉ぶるようになったの？」

ニコラスも踏みだした。「きみはいつからそんなに考え足らずのうぬぼれ屋になったんだ？」

いまやふたりの顔は鼻先が触れ合いそうなくらい接近し、ジョージーは煮えくり返っていた。「紳士なら淑女の拒絶を潔く受け入れるものだわ」

ニコラスも反撃した。「淑女なら求婚をむげに撥ねつけるまえに考えるものだ」

「考えなしに撥ねつけたおぼえはないけど」

「きみを哀れんで結婚してくれと言ってるんじゃない」ニコラスが腹立たしげに硬い声で言う。「ぼくは物心がついたときからきみを知っているから言ってるんだ。ジョージアナ、きみを好きなんだ。きみは善良な人で、愚か者の的外れな行動のせいで一生を独り身で通すなんてことは間違っている」

返し文句は喉の奥で潰えた。なぜならジョージーは自分自身がその愚か者のように思えたからだ。

言うべきことがわからない愚か者。

喉の奥から涙のような味がしてきたのが悔しくて、唾を飲みくだした。自分がどうしてこれほど憤っているのかをニコラスにわかってもらえないのが腹立たしい。もともと彼は善良な人なのにそれでもわかってもらえないのだからなおさらに。

だけどなによりも、気遣いと善意以外の何物でもない親切な申し出をしてくれている相手に、叫びたいとしか思えないような恐ろしい立場に自分がおちいってしまったことが腹立たしかった。

「ありがとう、ニコラス」ジョージーは慎重な口ぶりで言葉を選びながら続けた。「求婚してくれたお気遣いはありがたく思ってるわ」

「お気遣い」そう繰り返した口調から、ニコラスがそのあいまいでありきたりの言いまわしに唖然としているのが聞きとれた。

「それでもお返事は変わらない」ジョージーは言った。「あなたに救ってもらう必要はないの」

ニコラスが気色ばんだ。「そんなつもりはない」

「そうかしら？」

ニコラスはいったん黙って見つめてから、認めた。「ああ、そうだな、そうなのかもしれないが、それは相手がきみだからだ、ジョージー」

「わたしだから？」

「ほかの誰かだったなら、こうしていなかったのは間違いない」

ジョージーは胸がちくりとした。泣きたい。泣きわめきたいくらいだけれど、どうしてなのかはわからない。それとも理由がたくさんありすぎて、それをいちいち考える大変さに泣きたくなっているだけなのかも。

ジョージーは首を振った。「わたしが感謝しながら一生を過ごさなければならないなんてことを望むわけがないとは考えなかったの？」

「ばかなことを言わないでくれ。そんなことにはならない」

「あなたにはわからないのよ」

ニコラスは瞳をぐるりと動かしはしなかったが、我慢しているのはあきらかだった。

「ぜったいにそうなるとはきみにもわからないことだよな」

ジョージーはしっかりと息を吸いこんだ。「あなたに犠牲を払ってもらう必要はないの」

「ばかげてる」

「ばかなことを言わないでくれに、今度はばかげてる」ジョージーの声は鋭さを帯びた。

「わたしの発言をいちいち蔑むのはやめてもらえないかしら」

ニコラスは呆気にとられたように見返した。「きみはわかって――」

ジョージーが息を詰めて続きを待っていると、ニコラスはくるりと向きを変え、一歩だけ離れた。いらだち――とおそらくは憤り――で全身をこわばらせ、それでもまた向きなおった。「ぼくが言ったことはすべて忘れてくれ」むっとした声で言う。「友人になろうとしたことも。きみが窮地におちいっていることも忘れよう。ぼくがきみに逃げ道を与えようとしたことも」

ニコラスは歩きだしたが、ジョージーはそのように憤ったまま去っていく姿を見ているのが耐えられなくなって呼びかけた。「そんなふうに言わないで、ニコラス。あなたの問題ではないんだから」

ニコラスが振り返った。「いまなんと言った？」気味が悪いほど穏やかに訊き返した。

ジョージーはうろたえて目をしばたたいた。「あなたの問題ではないと言ったの」

するとやにわにニコラスが笑いだした。大笑いしている彼の姿に、ジョージーは二の句が継げなかった。いったいどうしてこういうことになるのかと呆けたようにその場に立ちつくした。

「知ってるか」ニコラスが目をぬぐいながら言う。「父がそれとまったく同じことを言ったんだ」

ジョージーは首を振った。「よくわからないわ」

「ああ。父もわかってなかった」ニコラスは足をとめて頭を垂れた。道が二手に別れる地点に行き着いていた。片方はオーブリー屋敷へ続く道、もう片方の道を進めば、ニコラスが馬をあずけているはずの厩がある。「よい一日を」

ほんとうに、よい一日になりますように。

8

とりあえず、これでよかったのだ。

いまとなってはおかしな話だが、断わられるとはニコラスはまったく考えもしなかった。

「ほっとした」自分自身に言い聞かせるようにしてクレイク館の厩の馬丁に馬をあずけた。「そもそも彼女と結婚したいわけではなかったのだから」

「自分の務めは果たした」誰もいない芝地に向かって告げ、屋敷へ歩きだした。「こちらは求婚し、向こうは断わった。これ以上できることはなにもない」

そうしてようやくクレイク館の重厚な玄関扉をぐいと開いて広間に踏み入り、つぶやいた。

「もともと、とんでもない思いつきだったんだ。まったく、なんだってそんなことを考えてしまったんだろう？　相手はジョージアナ・ブリジャートンだぞ」

「どうかなさいましたか？」

ウィーロックがいつものようにどこからともなく姿を現し、ニコラスは思わず飛びあがりかけた。

「驚かせてしまいましたら、失礼いたしました」

ニコラスはこれまでにウィーロックからまったく同じ言葉を数える気にもなれないほど幾度となく聞かされてきた。そのほとんどがほぼ本心から詫びたわけではないに違いなかった。

ウィーロックはロークズビー家の人々にこっそり近づくのを生きがいにしている。

「乗馬に出かけていた」ニコラスは言った。嘘ではない。馬に乗って出かけた。オーブリー屋敷へ行き、そこで求婚をして、首に泥玉をぶつけられ、厳密には時系列が前後するが、断わられて帰ってきた。

執事はニコラスが首をぬぐったせいで泥で汚れてしまった袖を見ている。

「なんだ？」鋭い声で訊いた。ウィーロックにこのようにぞんざいな口の利き方をすればあとで悔やむことになるだろうが、いまはほかに言いようがなかった。

ウィーロックは互いのどちらのほうがいたって冷静沈着で、もう片方がそうではないかをじゅうぶんに知らしめる間を取ってから、答えた。「私はただ軽食を用意させたほうがよろしいかとお伺いしたかったのでございます」

「ああ」ニコラスは答えた。「いや」そうとも、いまは誰にも会いたくない。とはいえ、腹はへっている。「ああ、だが部屋に持ってきてもらえるだろうか」

「仰せのとおりにいたします。ですが念のため失礼ながら――」

「いまはやめてくれ、ウィーロック」

「ではまたご要望がありましたら――」

「入浴の用意を」ニコラスは告げた。「階上《うえ》で、入浴して、飲んで、寝たい」

「午前十一時半にでございますか」

「それがいまの時刻なのか？」

「さようでございます」

ニコラスは大げさに頭を垂れた。「では、これにて失礼」

執事からどうかしてしまったのかとでもいうような目を向けられた。まあ、ほんとうにそうなのかもしれないが。

ところがほんの三歩進んだところで、また執事に呼びかけられた。「ニコラスお坊ちゃま！」

ニコラスは唸った。「ニコラス様」であれば聞こえないふりもできたかもしれない。この屋敷で働く人々の手本となるウィーロックに「ニコラスお坊ちゃま」と呼ばれてはたちまち子供時代に引き戻されてしまう。「なんだろう、ミスター・ウィーロック？」

「旦那様が書斎でお待ちです」

「父が書斎で待っているのはいつものことだ」

「きわめて的確なご見解ですが、今回はあなた様を待っておられるのです」

ニコラスは今度はわざと大きく唸り声を洩らした。

「では、軽食はマンストン伯爵の書斎へお運びするようにいたしますか？」ウィーロックが尋ねた。

「いや。ぼくの部屋に頼む。食事をするほど長居はしないので」

執事は半信半疑の面持ちながらも、うなずいた。

「父の書斎に運ぶつもりだな？」ニコラスは尋ねた。

「どちらにもお持ちいたします」

こうくると決まっていたのだとニコラスはいまさらながら了解した。「まったく、見事にしてやられたな」

ウィーロックが慎ましやかにうなずいた。「最善を尽くしております」

ニコラスは首を振った。「もし執事たちにこの世を牛耳られでもしたら……」

「そのような理想郷は夢物語に過ぎません」

ニコラスは暗澹たる気分ながらもふっと笑い、父の書斎へと向かった。ドアが開いていたので、壁を軽くノックして部屋に入った。

「おう」マンストン伯爵が言い、机から目を上げた。「戻ってきたか」

「ご覧のとおり」

父が眉間に皺を寄せてニコラスの肩のほうに頭を傾けた。「なにがあったんだ？」

事実を話すつもりはなかったので、さらりと答えた。「泥です」

父が窓のほうを見やった。雨が降っているのかを確かめるようなそぶりだったが、朝からずっと乾ききっているのは互いにわかっていた。「そうか」父はつぶやいた。

「池のそばで転んだんです」ニコラスは言った。

父がうなずき、穏やかな笑みを貼りつけた。

ニコラスはひと息ついて待った。ここに来させられた理由はわかっている。三、二、一……。

「尋ねたのか？」

そらきた。

「いえ、まだ」ニコラスは嘘をついた。どうしてなのかはよくわからない。たぶん、愚か者のような気分だからだろう。撥ねつけられた愚か者。

「そのためにオーブリー屋敷に出かけたのではなかったのか？」

「あちらはアンソニーとベネディクトの子守をしていたので、ふさわしい状況ではありませんでした」

「ああ、たしかに」マンストン伯爵は含み笑いをした。「エドモンドがあの子たちを恐ろしく手の焼けるちびどもだと言っていたのは大げさな冗談ではない。彼女もへとへとにさせられていたんじゃないか？」

「それほどには。うまく手なづけているようでしたよ」

マンストン伯爵があてつけがましく泥の汚れに視線を移した。

「これはたまたまです」ニコラスは言った。ジョージアナに投げつけられたとは父に明かすつもりはない。

父が小さく肩をすくめた。「そういうこともある」

「ほんとうにそうですね」このようにまったく無意味な会話をどれくらい続けられるものなのだろうかとニコラスは考えた。

「彼女ならよい母親になる」

「そうでしょうね」ニコラスは請け合った。どこかの男と子をもうけて。相手は自分ではない。

ジョージアナはいやだと言った。

いやだと。

それだけの話だ。これであすにもスコットランドへ発てる。いずれにしてもジョージアナに求婚を断わられたと父に打ち明けたらすぐに。

だがまずは、入浴だ。「ほかにご用がなければ、これで――」

「使者がロンドンから特別結婚許可証を取って戻ってきた」父が言った。

ニコラスは唸り声を洩らしかけた。「ずいぶんと手ぎわのよろしいことで」

「大主教は私に借りがあったので」

「大主教が父上に借りがある」ニコラスは繰り返した。そのような主語と述語の一文を耳にできる機会はそうあるものではないだろう。

「あったんだ」父が言いなおした。「これであおいこになったわけだからな」

カンタベリー大主教が父に借りをこしらえるとはいったいどのような出来事があったというのか、ニコラスには見当もつかなかった。「せっかくのご配慮が無駄にならなければいいのですが」

父がじろりと見やった。「おまえがエディンバラに戻らなくてはいけないと言ったのだぞ。結婚予告のために三週間も待ってはいられないだろう?」

ニコラスは息を吸いこんだ。「求婚を受けてもらえない可能性を考えたことはないんですか？」

「なにをばかなことを。ジョージアナは賢明な女性だ。世の中の道理はよくわかっている」

「ぼくも世の中の道理はわかっているつもりでしたが」ニコラスはつぶやいた。

「どうしたというんだ？」

ニコラスは首を振った。「どうもしません」

それから独りごちた。「まったくなにも変わらない」


ジョージーが自分の愚かさに気づくまでにきっかり一時間かかった。

それから二時間かけて、なにか手を打たなければいけないと決意するに至った。

だいたいいつもの午後の習慣で、母とともに客間に坐っていた。母は刺繍をしている。自分も同じことをしているものの、こちらについてはだいたいいつもの午後の習慣というわけではない。いつもはかごを脇に置いて、せめても刺繍をしようと考えているふりはしながらも、たいがいは窓の外を眺めるか本を開くことになる。

ところがきょうは針を動かすことに気力を掻き立てられていた。チクチク縫い進め、来た道をまた引き返して縫い進む。縫い進めては引き返し、また縫い進む。

凝った模様でも花柄でもなく、ただきっちりとまっすぐに縫うだけ。チクチク縫い進めては引き返す。無心で働く縫師になったみたいに。ふしぎと心が満たされる気がする。

昨日の晩餐でニコラスと交わした会話をきっかけに、アンソニーの手のけがを処置する医師の手並みに感心させられたことを思い起こした。これまでに見た刺繍枠を使ったどんな縫い目よりも緻密でなめらかに縫われていた。それも縫われている当の子供はわめいて逃れようとじたばたしていたというのに。

あんなふうに熟練の技を身につけるまでにはいったいどれくらい長くかかるのだろう。チクチク縫い進めては引き返す。

ジョージーは眉をひそめた。自分でも傷口をうまく縫えるようになれるのだろうか？　たぶん、無理ね。なめらかにまっすぐ縫えてはいても、布と人の皮膚は違う。本物の傷口を縫うとしたら、刺繍枠のなかで布地を縫うのとは違って、針をうまく突き通せそうにない。

「あら、どうしたの、ジョージアナ」母が言った。「あなたがそこまで刺繍に熱中している姿は見たことがなかったわ。なにを縫ってるの？」

ジョージーはひたすらまっすぐきれいに縫っているだけでなんの面白みもない縫い目の列を見せるしかなかった。

母は戸惑い顔ではあるものの、「あら、それはなにを作ろうとしているの？」と尋ねたのは興味のあるふりをしようとしただけでもなさそうだった。

「なにも」ジョージーは正直に答えた。「まっすぐな縫い目をどれだけきれいに縫いつづけられるか挑戦してみようと思ったの」

「まあ。ええ、すばらしい目標かもしれないわ。もっと創造性に富む刺繍に取り組むには、まずは基本をしっかりと身につけなければよね」

ジョージーは母の刺繍枠のなかを覗きこもうとした。「お母様はどんな模様を縫ってるの？」

「ほんのいくつか花を」レディ・ブリジャートンが刺繍している布を持ち上げてみせた。たしかにほんのいくつかの花だ。見事としか言いようがない。ピンクの芍薬、紫のアイリス、可憐な白いなにかわからない花――どの花にも様々な濃淡の緑色の葉が織り込まれている。

ベネディクトの画才が誰から受け継がれたのかはあきらかだ。

「すばらしいわ」ジョージーは言った。

母はうれしそうに顔を赤らめた。「まあ、ありがとう。布に縫いはじめるまえに何日もかけて紙に下絵を書いたのよ。いつもはもっと思いつきで進めていたんだけど、物事にはきちんと計画が必要なのだとわかったわ」

「刺繍をすることで大きな喜びが得られるわけね？」

「ええ。ほんとうにそう」

母の口調になんとなくジョージーは好奇心をそそられた。「なんだか意外そうね」

「そんなことはないわ……」レディ・ブリジャートンが眉根を寄せ、深く感じ入っているかのようにぼんやりと娘の顔に目を据えた。「よく考えたことがなかったような気もするけれど、作るというのは大きな満足感をもたらしてくれることなのよね」

「作る？」

「そして完成させる。どちらも自分の責任で行なうものでしょう」

ジョージーは刺繍枠のなかに整然とまっすぐ並んだ縫い目を見下ろした。青い糸を選んだのはかごの上のほうにあったからというだけのことだったけれど、こうして見るととてもいい色だ。心がなぐさめられる。

それに終わりがない。青は海と空の色。それにこの糸も、刺繍枠から布を外したら、どこまでも繋げていけそうだ。

自分がしなくてはいけないのは境界線を取り払うことだけ。

オーブリー屋敷を愛している。心の底から。家族も愛している。でも、年を追うごとに自分を取り囲む壁は狭められてきていて、それもとてもゆっくりだったためにいままでは気にかけずにいられた。

ニコラスは選択肢を与えてくれた。正しい選択肢ではなかったとしても、むげに撥ねつけたのは愚かだった。理性よりも自尊心を優先し、ニコラスの話に耳を傾けようとすらしなかった。

そう、彼が父親にスコットランドから呼び戻されてそうしろと言われたから自分に求婚しているとわかって傷つきはしたけれど、もしかしたら……。

もしかしたら……。

もしかしたら、求婚してくれた理由はほかにもあるのではないの？

そうではないのかもしれないけれど、ないとはかぎらないわよね？

それにたとえそんなものはなくて、愛も、情熱も、真心も、花も、ほかにも智天使《ケルビム》や恋の神《キューピッド》の美少年たちが天上で賛美するどのようなものも見つけられる定めにはなかったとしても……。

それでもちゃんと考えてみる価値のあることだったのかもしれない。

そうだとすれば、求婚されて断わったことを撤回するにはどうすればいいの？

ジョージーは立ちあがった。「クレイク館へ行ってくる」

母が驚きをあらわに娘を見つめた。「いま？」

「ええ」決意したからには出かけるしかない。「二輪馬車で行くわ」

「ほんとうに？　二輪馬車で？」

「歩くよりは速いでしょう」

「急いでるの？」

「いいえ」

ええ、じつは急いでいる。きょうの午後にでもニコラスがスコットランドへ旅立ってしまうかもしれないでしょう？　そんなにすぐにとは思えないけれど、状況を考えあわせれば、ありえないことではない。そうだとしたら、なんてばかなことをしたのかと悔やむことにならない？

母が窓のほうを向いて顔をしかめた。「でも、雨になりそうよ。お勧めできないわね」

母がほんとうに言いたかったのはきっとこうだ――あなたが風邪でもひいたら、息がとまって死んでしまいかねないのだから、雨のなかを出かけてはいけません。

ジョージーは母に安心させるような笑みを浮かべてみせた。「お母様、まえに発作を起こしてから一年以上は経ってるわ。もう心配しなくても大丈夫だと思うの」

母は答えず、ジョージーはもしやまた、厚い亜麻布をかぶって、たらいから煎じすぎたお茶の蒸気を吸うよう命じられるのではないかと思った。子供の頃にはそれを儀式のように繰り返していた。そうすることで娘の命は何度も救われたのだと母は信じきっている。

「お母様？」気詰まりになるほどの沈黙が続いたあとでジョージーはせかすように呼びかけた。

母がため息をついた。「このような天候では誰にでも外出は勧めないわ。少なくとも、もう何分もしないうちに雨が降りだしそうな場合には」

頃合いを見計らったかのように、大粒の雨滴がぽとんと窓ガラスを叩いた。

ブリジャートン家の母と娘はふたりともじっと窓の向こうを見つめて、次の雨滴が落ちてくるのを待った。

気配なし。

「見当違いね」ジョージーは明るく言った。

「あの空を見て」レディ・ブリジャートンは強気で返した。「どんどんあやしくなってるわ。よく聞いて、いまクレイクへ出かければ、途中でひどい風邪をひいてしまうか、あちらであすまで足どめされてしまうかのどちらかよ」

「あるいは、帰り道でひどい風邪をひいてしまうかね」ジョージーは皮肉っぽく言い添えた。

「冗談で言うようなことではないわ」

ピチャ。

また雨滴が落ちた。

ふたりは同時に窓のほうを向いた。「四輪馬車でなら大丈夫かしら」レディ・ブリジャートンがため息まじりに言った。

ピチャ。ピチャピチャピチャピチャ。

雨が屋敷を叩きはじめ、大粒の雨滴はしだいに鋭く細かな針の連なりに様変わりした。

「どうしてもいますぐ行きたいの？」レディ・ブリジャートンが尋ね、ジョージーはうなずいた。

「この午後はビリーがいるかどうかもわからないわ」母が言う。「麦畑がどうとか言ってたから。といっても、じつのところ、なんのことかわたしにはさっぱりわからないんだけど。ちゃんと聞いてなかったのよ。でも、とても忙しそうな感じだった」

「ともかく行ってみなければわからないわ」ジョージーは姉を訪ねるという母の思いこみをあえて正そうとはしなかった。

カチャン！

レディ・ブリジャートンが窓を振り返った。「雹《ひょう》？」

「なんてこと」ジョージーはつぶやいた。行動を起こそうと決意したとたんに、自分を取り巻く世界が全力で引きとめようとしはじめたみたいだ。これでは雪になっても驚きはしない。五月でも。

ジョージーは窓に歩いていき、外を眺めた。「ちょっとだけ待とうかしら」下唇を噛んだ。「お天気がよくなるかもしれないし」

でも、よくならなかった。

一時間も雹が降りつづいた。

それから雨になった。

そして、雨もやんだが、そのときにはすでに外は暗くなっていた。もっと勇敢な女性だったなら、あるいはもうちょっと分別が足りなければ、家族に四輪馬車で行くと告げていたかもしれない（ぬかるんだ暗い道を自分で二輪馬車を御して出かけることなど許してもらえるはずもない）。

でも、夜分の訪問はきわめて異例なのだから、家でもクレイクでも、山ほどの質問を浴びせられることになっただろう。

「あす」ジョージーは独りごちた。あす、クレイク館へ行こう。そしてニコラスに自分は愚かだったと告げ、求婚を受けられる心の準備はできていないものの、断わったのはなかったことにしてもらえないかと尋ねてみよう。

ジョージーは自分の部屋で夕食をとり、次にニコラスに会ったら言うべきことを考えてから、ようやくベッドに入った。

朝までそこにいられると思っていた。
それは間違いだった。

9

ジョージーはわけがわからず、ぼんやりとしたまま突然ベッドから起きあがった。何時なのかも、どうして目覚めたのかもわからないものの、鼓動がどきどきと速まり、大きく鳴り響いて――

コツン。

反射的にベッドの頭板に背を押しつけた。まだ寝ぼけているようで、なんの音なのか聞き分けられない。

コツン。

猫が立てた音？

コツンコツンコツン。

ジョージーは下唇を嚙みしめた。いまのは何人もでいっせいに軽く叩いたみたいに妙な物音だった。正確には、ほとんどいっせいに。それにやはり猫が立てるような音ではない。

コツンコツンコツン。

またも同じような音が……窓のほうから聞こえた。

ありえない。鳥なの？　だけどどうして鳥が同じところを何度も叩くの？　理屈が通らない。人にしかできそうにないことだけれど、人ではありえない。それにしてはここは高すぎる。窓枠があり、人が立てるくらいの幅はあるかもしれないが、そこまでたどり着くには父がいつも家に寄りすぎているると文句をこぼしているオークの巨木を登ってくるしか手立てがない。たとえ登れたとしても、さらに枝を這いつくばって来なくてはならない。

窓にたどり着くまで人の体重を一本の枝で支えきれるとはジョージーには思えなかった。かつてはとんでもない危険をおかして木登りに励んでいたビリーですら、そのようなことはしなかった。

しかも、ほんの数時間まえに雨があがったばかりだ。木は濡れて滑りやすくなっているだろう。

「ああ、いったいどういうことなの」ジョージーはベッドから飛びおりた。動物に違いない。並はずれて賢い動物か、並はずれて愚かな人間なのか。

コツン、コツン、コツン。

小石なのかも。誰かが窓に小石を投げつけている。

ふっと、ジョージーは思った。ニコラスなのかも、と。でも、ニコラスならそのようにばかげたことはしないだろう。だいたい、どうして彼がこそこそ来る必要があるの？

やはりそうだ。ニコラスは愚かではない。そこがジョージーにとって彼を好ましく感じられる理由のひとつでもある。

自分でもどうしてそうするのかさっぱりわからなかったけれど、ゆっくりと窓辺に近づいていった。誰かが小石を投げつけているとすれば、その人物はなにかの理由で屋敷に入れないということだ。とりあえず念のため燭台をつかんで、カーテンを脇に寄せ、窓の外を覗いた。けれども暗くて見えなかったので、燭台を脇の下に挟んで、両手で窓を引きあげた。

「そこに誰かいるの？」ひそひそ声で問いかけた。

「ぼくだ」

ジョージーは凍りついた。聞き憶えのある声だ。

「ジョージアナ、きみに会いに来た」

信じられない。フレディー・オークスだった。

ひそやかに窓台に飛びのっていた雌猫のジュディスがすぐさまシューッと唸った。

曇天の晩とはいえ、屋敷内から洩れる角灯《ランタン》の明かりのおかげで、オークの木のこちらへ長く伸びた枝の付け根にいるフレディーが見えた。

ジョージーは声をひそめながらも叫ぶように言った。「いったいここでなにをしているの？」

「ぼくの手紙は受けとったか？」

「ええ、たぶんご存じのように、わたしは返事を書いていないけど」ジョージーは脇の下から燭台を取りだし、フレディーのほうへ憤りをあらわに振り向けた。「とっとと消えて」

「きみを連れずには行けない」

「どうかしてる」ジョージーはつぶやいた。「完全にどうかしちゃって――」

「きみに夢中でおかしくなったんだ」フレディーがそう締めくくった。ジョージーはにっこり笑いかけられても、この男性のきれいに揃った白い歯は無用の長物としか思えなかった。誰から見ても、フレディー・オークスが容姿に恵まれた若者であるのは確かだ。問題は本人がそれを自覚していること。

「ジョージアナ・ブリジャートン、きみを愛している」フレディーはまたも自信満々に微笑んでみせた。「ぼくの妻になってほしい」

ジョージーは唸った。そんな言葉はみじんも信じられない。フレディー自身も本心からそう言っているとはジョージーにはとても思えなかった。

フレディー・オークスは自分に恋してなどいない。求婚を受けてもらうためにそう信じさせようとしているだけで。ほんとうにそれほど騙されやすい女性だと思われているの？ フレディーはこれまで多くの女性たちをうまく虜にしてこられたから、またもそんな見え透いた戯言でまるめ込めるとでも思っているのだろう。

「そいつはきみの猫かい？」フレディーが訊いた。

「ほかにもいるけど」ジョージーは答えて、ジュディスを引き戻した。銀白色の猫はいまや小さな前脚で宙を掻くようにして激しく唸っている。「人を見る目がとても鋭い子なの」

フレディーは侮辱とは受けとめなかったらしい。「ぼくの二通目の手紙は受けとったかい？」

「なんのこと？ いいえ」ジョージーはジュディスを床におろした。「それに、もうわたしに手紙を書かれても困るわ」

「書いたことは暗記してきた」フレディーが言う。「まだ手紙が届いていない場合もあると思ったから」

いいかげんにして。

「フレディー」ジョージーは続けた。「誰かに見つかるまえに帰ったほうがいいわ」

「最愛のジョージアナ」フレディーが声高らかに暗誦しはじめた。

「やめて！　もう」ジョージーは首をひねって空を見上げた。「また雨が降ってきそう。その木にいるのは安全ではないわ」

「きみはぼくを思いやってくれてるんだな」

「いいえ、わたしはただ、その木にいるのは安全ではないと言っただけ」ジョージーはさらりと言い返した。「わざわざ言うまでもないことかもしれないけど、こんな空模様のときに木に登るなんて愚か者だけだし、もうこれ以上愚か者とはなるべくお会いしたくないもの」

「ミス・ブリジャートン、きみはぼくをものすごく傷つける」

ジョージーは唸り声を洩らした。

「これは手紙には書いてなかった」フレディーが弁明した。

「あなたが手紙になにを書いたかなんてどうでもいいの！」

「最後まで暗誦させてくれたら、気が変わるさ」

ジョージーは瞳で天を仰いだ。神よ、お救いください。

「ぼくはこう書いたんだ」フレディーは大勢を前に演説するかのように咳ばらいをした。

「きみから手紙の返事がなくて、ぼくは言い表せないほどに苦悩している」

「やめて」ジョージーは懇願した。

それでも案の定、フレディーは飄々と先を続けた。「ぼくはきみへの手紙で思いの丈を打ち明けた。愛と献身の言葉を綴ったのに、なしのつぶてだ。きみは心やさしいすてきな女性でぼくを無視して傷つけるようなことはありえないので、ぼくの手紙を受けとっていないとしか考えられない」

フレディーは期待に満ちた目を上げた。

「先ほども言ったように、わたしは最初の手紙を受けとったわ」ジョージーは告げた。

フレディーはしょんぼりしたが、ほんのいっときだった。「それはともかく」人が論理と事実には目をそむけることを決めたときならではの口調で言う。「ぼくはこうも書いた。ぼくの熱意のせいで怖がらせてしまったのなら申しわけない。それもどうしようもなくきみを愛しているからだとどうかわかってほしい。女性にここまでの想いを抱いたのは初めてなんだ」

ジョージーは片手で額を押さえてうなだれた。「やめて、フレディー。とにかくやめて。あなたはお互いを辱めてる。でも、どちらかと言えば、自分自身を」

「ぼくに恥じるようなことはなにもない」フレディーは大げさに片手を胸にあててみせ、その拍子にふらついたので、きっと彼は落下してしまうとジョージーは息を呑んだ。だが見た目以上にフレディーは木をしっかりつかんでいたらしく、窓のほうに伸びている長い枝に脚を巻きつけて、危なげなくそこにとどまった。

「ほんとうにいいかげんにして、フレディー。落っこちてしまうまえに下りたほうがいいわ」

「きみが求婚を承諾してくれるまで、この木から下りるつもりはない」

「ありえないことを待つのなら、そこに巣をこしらえなければね」

「どうしてきみはそんなふうに頑なんだ？」

「あなたとは結婚したくないからよ！」まずはジュディスが、それからブランシェが窓台に飛びのってきたので、ジョージーはすばやく横にずれた。「ほんとうに、フレディー、ほかに結婚相手を誰か見つけられないの？」

「きみがいいんだ」

「もう、お願い。あなたがわたしを愛してなんていないのはお互いにわかっていることでしょう」

「そんなことは――」

「フ、フ、フレディー」

ジュディスがシューッと唸った。ブランシェも同じように唸ったが、こちらはいつもながらジュディスの真似をしているに過ぎない。そこにキャットヘッドも飛びのってきて、三匹の猫が揃って敵意をあらわにフレディーを睨みつける恰好となった。

「いいだろう」フレディーが唇を一直線に引き結び、態度を一変させた。「ぼくはきみを愛してはいない。誰も愛せないんだ。だが、ぼくは結婚しなければならない。その相手として、きみが最適な女性だというわけだ」

「あなたのお相手に最適なのは、その役割を心から望んでいる女性ではないのかしら」

「そんな女性を探している余裕はない」フレディーは鋭く言い返した。「すぐに結婚しなければならないんだ」

「いったいどれだけ借金があるの？」

「かなり」フレディーが言う。「花嫁持参金があって、しかも許容範囲内でと考えると、きみが最適なんだ」

「そんな理屈でわたしを納得させられるとでも思ってるの？」

「礼儀を尽くして進めようと努力したじゃないか」

「誘拐したのに？」

フレディーがうるさそうに手を振り、ジョージーはまたも落ちはしないかと息を呑んだ。だが今回も滑り落ちはしなかった。そういえば、フレディーは天賦の運動神経の持ち主で、イートン校ではクリケット競技の王者だったと誰かから聞いたおぼえがある。おかげでいまも地面に落ちずにすんでいるとしか思えないので、その点についてはジョージーは天に感謝した。

「すべて礼儀正しく手順を踏んだ」フレディーが言う。「きみとダンスをした。書店にも連れていった」

「そこからわたしを誘拐した」

フレディーが肩をすくめた。「貸主に返済期限を大幅に早められてしまったんだ。だからできればすぐに、頼む。きみに選択肢はない。それはわかっているはずだ。きみの評判は地に落ちているのだから」

「あなたのせいでしょう!」

「だからぼくに償わせてくれればいいじゃないか。ぼくたちが結婚すれば、一件落着だ。きみはぼくの名のもとに守られるのだから」

「あなたの名のもとに守られたくなんてないわ」ジョージーは煮えくり返っていた。

「きみはオークス夫人になる」フレディーが言い、わざと聞こえないふりをしているのか、自分の雄弁さに酔いしれていて言い返されたことに気づいてもいないのか、ジョージーにはほんとうに見きわめがつかなかった。

フレディーが身を乗りだしてきた。「父亡きあとは、きみはレディ・ニザーコットになる」

「それならミス・ブリジャートンのままのほうがましね」

「ミス・ブリジャートンでは老嬢だ」フレディーが枝を這って来ようとしていた。「老嬢にはなりたくないだろう」

「来ないで、フレディー!」ジョージーはだんだん恐ろしくなってきた。まさかあの枝を伝って窓まで来られると思っているのだろうか。

「そこから入る」

「無理だわ」

「自分の運命を受け入れるんだ、ジョージアナ」

「叫ぶわよ」ジョージーは警告した。

フレディーは本気でばかにして笑っていた。「叫ぶつもりなら、もうとっくにやっていただろう」

「今夜は兄が来ているから我慢してたのよ。あなたがわたしのそばにいるのを見たら、あなたの腸《はらわた》を抜きとるでしょうね」

「それでぼくを思いやってくれたわけか」

ほんとうに救いようのない男性だ。「わたしの兄をね」嚙みつくように返した。「兄が殺人罪で牢獄に入るのを見たくないから。それに、もう醜聞はこりごり。あなたはすでにわたしの人生を台無しにしたのよ」

「だから埋め合わせをすると言ってるんだ」

「初めから計画していたのね」

フレディーはまた肩をすくめてじりじりと前進した。「きみにはもうこれ以上の策はない」

「フレディー、やめて！　その枝ではあなたを支えきれないわ」

「ロープを投げてくれ」

「ロープなんてないわよ！　わたしが寝室にロープを置いてるはずがないでしょう？　お願いだからとりあえず戻って」

フレディーは聞く耳を持たなかった。

「それ以上近づかないで」ジョージーはまた警告した。今度はあの枝がフレディーの体重を支えきれてしまうのではないかと不安になってきた。思いのほかたわんでいない。

「きみはぼくと結婚するんだ」フレディーが呻くように言った。

「わたしがあなたにただお金を渡せばいいことじゃないの？」

フレディーが動きをとめた。「渡してくれるのか？」

「いやよ！」ジョージーはいちばん近くにあって手が届いた物――本――を取り、フレディーに投げつけた。

「うっ！」フレディーの肩にあたった。「やめろ！」

ジョージーはまたべつの本を投げた。

「いったいどうしようというんだ？」

「わが身を守ろうとしているのよ」奥歯を嚙みしめて言った。身を乗りだそうとしたものの、猫たちが邪魔だった。フレディーから目を離さないようにして一匹ずつ床におろしていく。

「少しでも自分の身を気遣うつもりがあるのなら、前回、あなたがわたしに結婚を承諾させようとしたときに起こったことを思いだしなさい」

「ばかなことを――なにするんだ！」

ジョージーはインク壺を彼の顔へ放った。

「まだあるわよ」唸るように言う。「わたしは手紙をたくさん書くから」

フレディーが苦々しげに顔をしかめた。「きみにこれほどの労力をかける価値はないように思えてきた」

「だからずっとそう言ってるじゃないの」ジョージーは二個目のインク壺を投げつけたが、フレディーにすばやくかわされ、と同時にキャットヘッド（三匹のなかではけっして賢いとは言えない）が窓台にひょいとまた上がってきて、恐ろしげな咆哮をあげ、窓から飛びだした。

「キャットヘッド！」ジョージーはぐいと身を乗りだして雄猫をつかまえようとしたが、窓から両腕を伸ばすより先にフレディーの顔にキャットヘッドが飛びかかっていた。

「よせ！」フレディーが金切り声をあげた。

「キャットヘッド！　キャットヘッド、戻ってきなさい！」ジョージーはできるだけ声をひそめて呼んだ。そばに寝室はいくつもあるので、フレディーの悲鳴に誰も気づいていないとすれば幸運だ。

フレディーが猫をつかんで引き剝がそうとしたが、キャットヘッドは毛むくじゃらの四本脚のタコさながら彼の頭にしっかりと貼りついている。

毛むくじゃらの鉤爪のある四本脚のタコ。

「こいつ――」言葉は砕け散るように猛々しい呻き声となり、フレディーは猫の腹をつかんだ。

「わたしの猫を投げるなんて許さない！」ジョージーは警告した。

けれどもフレディーはすでに猫の腹を握りしめていた。キャットヘッドが大きな鳴き声をあげ、放り投げられた。

フレディーはそれで事なきを得たわけではなかった。

キャットヘッドは見事に切り抜けた。恐ろしくも全身の毛を逆立てて空中に放りだされたかと思いきや、べつの枝から垂れさがっている葉の茂みに鉤爪を引っかけて、ぶじにぶらさがった。

かたやフレディーは完全にバランスを崩した。苦悶の呻き声をあげてどこかにつかまろうとあがいたが、徒労に終わった。オークの木の枝から足を滑らせ、さらに下の何本かの枝にぶつかりながら地面に転げ落ちていった。

「まあ、大変」ジョージーは小さな悲鳴のようにおののきの文句を吐いて、窓から身を乗りだした。「まあ、大変」死んだの？　彼を殺してしまったの？　わたしの猫が彼を殺したの？

部屋から駆けだして廊下のテーブルに置いてあったランタンをつかんだ。

「ああ、どうしたらいいの、ああ、どうしたら……」階段をいっきに下りきって、玄関広間を滑り抜けるようにして裸足で扉の外に出た。「ああ、どうしたらいいの」

フレディーは木の根元に横たわっていて、まったく動かない。頭から血が流れ、片目はすでに腫れてふさがっている。

「ミスター・オークス？」恐るおそる呼びかけて、少しずつ近づいていった。「フレディー？」

フレディーが呻いた。

ああ、神様、ありがとうございます。死んでいなかった。

ジョージーはさらに少し近づいて、爪先で彼の腰を突いた。「ミスター・オークス、聞こえる？」

「くそっ」

つまり、聞こえているということだ。

「痛む？」

フレディーが憎しみのこもった目を向けた。片目だけだとなぜかよけいに恐ろしげに見える。

「ええと、どこが痛む？」ジョージーは言いなおした。

「どこもかしこもだ、このあほんだらが」

「念のため」ジョージーは言った。「これはあなたの自業自得で、いま助けを呼べるのはわたしだけだということを思いだしてもらえれば、もう少し丁寧な言い方ができるのではないかしら」

ランタンを近づけてみた。この暗がりではインク壺からこぼれたものと見分けがつきづらいものの、頭からたくさんの血が流れているように見える。でもいちばんの問題はそこではなかった。左腕が不自然に、つまりは人間らしくない角度にねじ曲がっていた。

ジョージーはたじろいだ。「腕の骨が折れているのではないかしら」

フレディーから返ってきたのは口汚い罵り文句の連なりで、そのすべてがジョージーに向けられたものだった。

「ミス・ジョージアナ？　ミス・ジョージアナ！」

テムズリーが寝間着にガウンを羽織った姿で玄関前の踏み段を駆けおりてきた。真っ先にそこへ駆けつけたのがこの執事であるのは意外ではなかった。昔から異様なほどに耳がよい人物だ。

「ミス・ジョージアナ、いったいどうなさったんです？」

「事故があったの」ジョージーは目をそらしたほうがいいのかと思いつつも答えた。完璧なお仕着せ姿ではないテムズリーを見たのはこれが初めてかもしれない。「ミスター・オークスがけがをしたの」

執事が目を大きく見開いた。「ミスター・オークスとおっしゃいましたか？」

「ええ」

テムズリーは地面に伸びている男を見下ろした。「腕が折れているようですね」

ジョージーはうなずいた。

「かなり痛そうで」

「あたりまえだろ」フレディーが地面から吐き捨てた。「これでもし――」

テムズリーが小さく一歩踏みだして、フレディーの手を踏みつけた。「治療を受けるには時刻が遅すぎます」ジョージーに言う。「けがが命に関わるものでないとわかっているのに、医師をお呼びたてするのは申しわけない」

ジョージーの目に涙があふれた。この瞬間ほどわが家の執事に親愛の情を抱いたことはなかった。

「顔にも切り傷があるようですね」テムズリーが言う。ちらりと見下ろし、また目を上げた。「傷痕が残りそうだな」

「うまく縫合してもらえれば大丈夫かも」ジョージーは言った。

「真夜中です」テムズリーはあきらかにわざと残念そうに息を吐いた。「まいりましたな」

ジョージーは思わず手で口を覆って引き攣り笑いを呑みこんだ。手を伸ばし、執事の腕をつかんでフレディーのそばから引き離し、つまりは彼の手を踏んでいた足もはずさせた。

「あなたの対応にはとても感謝してる」ジョージーはささやいた。「でも、助けてあげなければいけないと思うのよ。もし死んだら……」

「死にませんよ」

「だけど、もしものことがあったら、わたしは良心が咎めてしまう」

「あのばか者は――」テムズリーは上を見やった。「さしずめ木に登って落ちたのでしょうが、あなたの責任ではありえません」

ジョージーはうなずいた。「この人はわたしの部屋に入ろうとしていたの」

テムズリーが恐ろしげに鼻孔を広げた。「息の根をとめてやりましょうか」

テムズリーの独特な抑揚のない調子でそう言われると、なんとなく愉快に感じられた。ほんとうに、なんとなくだけれど。

「そういったことはしなくていいわ」ジョージーは言い含めるようにささやいた。「あの人は男爵の子息よ。わたしは彼にけがをさせたからといってお咎めは受けないかもしれないけど、あなたはきっとただではすまされない」

「あの男にあなたの気遣いを受ける資格はありません、ミス・ジョージアナ」

「ええ、でも、あなたにはその資格がある」ジョージアナは執事を見上げた。自分にとって第二の父親とまでは言わないまでも、物心がついてからずっと穏やかに温かく見守ってくれている存在で、心から大切に思っている。

「あの人のことで気を揉むなんてことはなくても」ジョージーがさっと振り返るとフレディーはなおも倒れたままいきり立っていた。「あなたが彼に適切な手当てをしなかったせいで罰を受けたら、わたしは自分を一生許せない」

テムズリーが淡い青色の目を潤ませた。

「あの人を助けなければいけないわ」ジョージーは念を押した。「それにはここから動かさないと」

テムズリーがうなずく。「あなたのご両親をお呼びしましょう」

「だめ！」ジョージーは慌てて必死に執事の腕をつかんだ。「あの人がここにいたことは誰にも知られずにすむに越したことはないわ」

「自分がしたことの代償は払わさなければ」

「たしかにそうだけど、わたしもその代償を払わされるのはわかりきってる。ほかに誰かが関われば、秘密は守られないでしょう」ジョージーは口もとをゆがめてしかめ面になり、すぐに屋敷のほうを確かめて、さらに厩のほうまで見やった。「二輪馬車を用意できる？」

「なにを考えてらっしゃるのですか？」

「二輪馬車を用意できる？」繰り返した。

「もちろんです」執事は答えた。力量を問われたのが心外だとでもいうように鼻息を吐いた。

「わたしは家に戻って靴を履いて上着と、包帯を巻くのに必要なものを取ってくるわ。あなたは二輪馬車を持ってきて、ともかく彼を人目につかないところへ動かしましょう」

「それから、どうなさるんです？」

「それから……」ジョージーは考えて、顔をしかめて爪先で草むらを蹴った。「それから……」

どうするつもり？

「お嬢様？」

ジョージーは顔を上げた。できることはもうたったひとつしかない。

「それから、ニコラスを呼びましょう」

10

すっきり目覚められたためしはない。

思いきり息を吸いこんで、がばっと起きあがってかぶりを振った。眠りを妨げられて、

「失礼ながら、お目覚めください！」

ニコラスは耳ざわりな虫らしきものを払いのけて寝返りをうった。

「失礼ながら」

「なんだ？　なにがあったんだ？」

……と自分では言ったつもりだった。実際にはもっとあやふやなつぶやきだったのだろう。目をしばたたいてあけた。ベッドの脇にウィーロックが蠟燭を手にして立っていた。

「ウィーロック？　いったいどうしたんだ？」

「起きていただきたいのです」執事がささやいた。「テムズリーが来ました」

まだ寝ぼけていたとしても、いっきに正気づいた。「テムズリー？　どうして？　どうしたんだ？　誰かがけがをしたのか？」

「詳しくはなにも聞いておりません」ウィーロックが言う。「ですが、あなた様を、あなた様だけを起こしてほしいと頼まれたことはお伝えしておかなければと思いまして」

「どういうことだ？」ニコラスはつぶやいた。

ウィーロックは一枚の紙を差しだした。「これをあずかりました」

「もうここにはいないのか？」

「はい。すぐに去りました。ミス・ジョージアナをおひとりにしておけないのでと言って」

「ジョージアナ！」ニコラスはベッドから飛びだして、着替えようとよろめきながら衣装箪笥へ向かった。執事が先まわりしてシャツを差しだしたが、ニコラスはまずテムズリーからの書付を読みたかった。

「なんと書かれているのですか？」執事が尋ねた。

ニコラスはウィーロックが手にしている蠟燭の明かりを頼りに短い書付を読んだ。「よくわからない。ともかく彼とジョージアナはぼくの助けを必要としていて、ミルストンの古い農家に来てほしいとしか書いてないんだ」

「たしかそこは――」

「――ああ、何年もまえにビリーが足首を捻挫した場所だ。廃屋のままになっているんだよな？」

「貯蔵庫として使われていますが、誰も住んでいません」

ニコラスは不安に駆られて手早くシャツを身に着けた。「テムズリーはほんとうになにも言ってなかったのか？　ジョージアナがそこにいるのか？　病気なのか？　けがをしたんだろうか？」

ウィーロックは首を振った。「いいえ、そうではないと思います。誰かほかの方が治療を必要とされていると言ってました」

「ほかの方？　いったい誰が彼女とそんなところに――」ニコラスは置時計のほうに目をやったが、暗くて文字盤が見えなかった。「そもそもいま何時なんだ？」

「二時半でございます」

ニコラスは低く悪態をついた。とてもいやな予感がする。

「ブーツですが」ウィーロックが靴を持ち上げた。「音を立てないよう、外で履かれてはいかがでしょう」

ニコラスは同意するとともに感心してうなずいた。「なんにでも配慮が利くんだな？」

「それが私の仕事ですので」

ふたりは靴下だけを履いた足でひそやかに部屋を出て、大階段を忍び足で下りていった。このような夜更けにクレイク館のなかを歩くことはめったにない。ロークズビー家の全員が田舎の本邸ではだいたい早めに就寝する。明け方近くまで楽しめる場所や催しが無数にあるロンドンとは違う。

暗がりで見る屋敷のなかはいつもとは違っていた。大広間に柔らかに射しこむ月光が、床や壁に淡い縞模様と影を映しだしている。しんと静まり返っているのに、空気はまるで息を凝らしてなにかが、あるいは誰かがその静寂を破るのを待っているかのように妙に活気づいている。

それを好ましく感じてよいものかどうかもよくわからない。

階段を下りきると、ウィーロックがニコラスの腕に手をかけてとまらせた。「先に外に出てお待ちください」執事はささやいた。「私もすぐにまいります」

ニコラスはぐずぐずしている時間はないと言おうとしたが、言葉が口を出るより先に執事はさっさと歩きだしていて、呼びとめて誰かを起こしてしまう危険はおかしたくなかった。仕方がないので外に出て、踏み段の上でようやくブーツを履いた。ほどなく執事が自分の靴を手にして戻ってきた。

「私も一緒にまいります」ウィーロックが言う。

ニコラスには意外な言葉だった。「一緒に？」

執事はわずかにのけぞり、ずいぶんと気分を害したようなそぶりだ。「はい」

「馬に乗れるのか？」ニコラスは訊いた。

「もちろんです」

ニコラスは了解のうなずきを返した。「では行こう」


およそ十分後、古い農家のそばまで来ると、建物の片側のほうからランタンの明かりらしきものが洩れているのが見えた。「向こうだな」ニコラスは、一応付け加えておくなら驚くほど乗馬が堪能であるのが判明したウィーロックに言った。

ふたりがゆっくりと馬を進ませて角を曲がると、ぐるりとめぐらされた古びた石塀のそばに三人の人影が見えてきた。ジョージーとテムズリーがどちらもかがみ込み、うつぶせに横たわったもうひとりを介抱しているらしいが、ここからではどのような人物なのかよくわからない。

「ジョージアナ！」ニコラスはひそやかに強い調子で呼びかけた。ジョージアナが見るからにほっとしたように顔を上げた。

「私が馬を繋いでおきます」ウィーロックが言い、ふたりとも鞍からおりた。

ニコラスは執事に手綱をあずけて、駆けていった。

「ジョージアナ」あらためて呼びかけた。「どうしたんだ？　きみたちは――」ニコラスは視線を落とした。「なんてことだ」

ジョージーを脇に連れだした。「あれはフレディー・オークスだよな？」

ジョージーはうなずいた。「腕を骨折したのよ」

オークスが悪態をつこうとするそぶりを見せた。「そいつ――」

テムズリーがオークスの片脚を踏みつけた。「ご婦人の面前にふさわしい言葉遣いはご存じですよね？」

「さすがだ、テムズリー」ニコラスはつぶやいた。

「頭にも切り傷があるの」ジョージーが言う。「出血はだいぶ減ってきたんだけど、完全にはとめられなくて」オークスの額の生えぎわに押しあてていた包帯を持ち上げてみせた。

「明かりを頼む」ニコラスは言った。

テムズリーがランタンをそばに持ってきた。当初の出血はもう乾いてしまっていまは滲みでている程度で、断言はできないものの、こめかみの裂傷はさほど深くはなさそうだ。顔のそのほかのところもすり傷だらけだが、出血と呼べるものは見当たらなかった。

「だいぶ出血したんじゃないかしら」ジョージーが続けた。「もう一時間以上経ってるから」

「相当にひどく見えるものなんだ」ニコラスは安心させようとして説明した。「頭皮は血管が密集している。だからどうしても身体のほかのところよりも血がたくさん流れでやすい」

「それならよかった」と、ジョージー。

ニコラスは目を上げた。「心配してるのか？」

「死なれては困るだけ」

ニコラスはすばやく診察した。きちんと調べてみなければ確実な診断はくだせないが、いま見たかぎりでは、フレディー・オークスのけがは問題なく治りそうだった。

「死なないな」ニコラスはジョージーに請け合った。「悪運の強いことで。ただし……」テムズリーにランタンをもっと近づけるよう合図して、さらにまじまじと眺めた。「血の色がどうも妙なのがちょっと気になる」

「あ、それはインク」ジョージーが言った。「わたしがインク壺を投げつけたのよ。そこのシャツに付いている色と同じでしょう」

「ちくしょう！」いきなりオークスが声を上げた。「そこにいるのはロークズビーなのか？」

「そのとおり」ニコラスは硬い声で答えた。フレディー・オークスとは同じ時期にイートン校に在籍していたことをジョージーが知っていたか思いだせなかったので、彼女のほうを見やって言った。「学校で一緒だったんだ」

「親友だったよな」フレディーがお得意のにやりとする笑みを見せた。

「親友じゃなかった」ニコラスは言った。

だが、フレディーはそんなことは意に介していない。「な、同じ時を分かち合った」

ニコラスは首を振った。「同じ時を分かち合ってなどいない。ほんのいっときも」

「そんなつれないことを言うなよ」

「つれない？」ジョージーが訊き返した。

ニコラスは肩をすくめた。なにが言いたいのかさっぱりわからない。「じっとしててくれ」フレディーに言った。「きみの腕を診る」

「だいぶ久しぶりだよな？」フレディーが続けた。「どれくらいだ……六年、八年か？」

ニコラスは聞こえないふりをした。

「十年？」

「じっとしてろ」吐き捨てるように言った。「けがの手当てをしてほしくないのか？」

「わ、かった」フレディーはそのひと言をつかえがちにゆっくり口にした。「でも一応言っておくと、きみがここでなにをしているのかみじんもわからない」

「近くに住んでるんだ」ニコラスは言った。

ジョージーが顔を突きだした。「お医者様になる勉強をしているのよ」

「そうか！」フレディーの表情がぱっと明るくなった。「早く言ってくれよ」ジョージーのほうを見る。「ぼくたちは親友だった」

「親友じゃなかった」ニコラスはぴしゃりと否定した。ジョージーのほうを見る。「彼は不正行為で追いだされたんだ」

「去るようにと頼まれたんだ」

ジョージーがニコラスのほうを見た。「同じことなのよね?」

ニコラスは肩をすくめた。「学生が教育機関を去るよう頼まれるなんてことがありうるのか、ぼくが知るはずもない」

「ぼくが悪いんじゃない」フレディーが言う。「ウィンチーのばかが、ぼくに間違った解答を教えたんだ」

ニコラスはぐるりと瞳を動かした。神よ、ばか者たちからわれを救いたまえ。

「だけど、友達だったのはほんとだよな?」フレディーがけがをしていないほうの腕でニコラスの肩を愉快げにぽんと叩いた。「そのうちロンドンに来てくれよ。紳士の倶楽部に案内するからさ。きみを紹介してやろう。ぼくは誰でも知ってるんだ」

ニコラスは鋭い眼差しを返した。「ぼくはきみの友達になる気はないし、お知り合いに紹介してもらう必要もない。それでも、そのやかましい口を閉じていれば、きみの腕を固定してやる」ジョージーのほうを見やった。「失礼」

ジョージーは目を大きく見開いて首を小さく振って返した。いまの男たちのやりとりをむしろ興味深く聞いていたようだ。「謝ってもらう必要はないわ」

「なにがあったのか話してもらえないだろうか？」ニコラスは静かに訊いた。

「あとで」ジョージーが言う。「この人のけがを手当てしたあとで」

ニコラスはフレディーの痛めた腕に慎重に触れてみた。

「うおっ！」

「すまない」反射的に詫びた。

「手伝いましょうか？」ジョージーが問いかけた。

「彼女には触れられたくない」フレディーが言う。

「わたしと結婚したがっていたくせに」ジョージーが信じられないといった口ぶりで返した。

「いまとは状況がまるで違う」フレディーが唸り声で言った。「あのときはまだきみはぼくを痛めつけようとはしていなかった」

「あら、わたしは初めからあなたを痛めつけたかったわ」

そのひと言にニコラスはちょっとむせた。「ほんとうに手伝ってくれるのか？」

「ええ。もちろんだわ」ジョージーは顔を輝かせた。「なんだか宿命みたいに思える。だって、わたしたち、ちょうどそういう話をしていたでしょう」

「きみたちはぼくの腕を折ることについて話していたというのか？」フレディーが訊いた。

「あなたの腕を折ることについてじゃないわ」ジョージーがフレディーにむっとした目を向けた。「フレディー、お願いだから、少しは分別を働かせてよね」

「きみがぼくを木から落としたんだろ！」

ニコラスは唖然としてジョージーを見やった。「きみは彼を木から落としたのか?」

「それならよかったんだけど」

「猫が関わっているのでは」テムズリーが言葉を差し入れてランタンをさらに近づけた。

「なるほど」ニコラスはあらためてフレディーの顔を見やった。「それでこんなにすり傷があるわけか」

「いくつかはそのせいだが」フレディーが不機嫌そうに言う。「残りは木から落ちたせいだ」

「猫に嚙まれたのか?」ニコラスは訊いた。嚙まれたとすれば、皮肉にも、それがフレディーのけがのなかで最も危険なものとなりうる。

「いや。すこぶる鋭い爪で引っかかれたが」

「あの子は脅えてたのよ」ジョージーが言う。

「撃ち殺されても当然だな」フレディーが言い捨てた。

テムズリーがまたもフレディーの脚を踏んだ。

「ミス・ブリジャートンの猫を責める気はない」ニコラスは忠告した。「いずれにしろ、ぼくから直接尋ねられたことに答える以外は黙っててもらえないか」

フレディーはきゅっと唇を引き結んだがうなずいた。

「よし。では動くなよ。これからきみのシャツを破る」

ニコラスはエディンバラから持ってきていた小さな救急箱――これなしで旅に出ることはありえない――をひっつかんでクレイク館を出てきた。そこから取りだしたのは小さな鋏で、衣類を切り裂くには理想的とは言えないものの、これでなんとかやるしかなかった。鋏で切り込みだけ入れて手で引き裂いたほうが早そうだが、フレディーの腕に必要以上の振動を与えるのは避けたい。

「それはわたしがやるわ」ジョージーが申し出た。

ニコラスはちらりと目を向けた。

「シャツよ。それを切り開けばいいのよね。わたしがそちらを切っているあいだに、あなたは顔の手当てができるでしょう」

「名案だ」ニコラスは鋏を手渡した。

ジョージーがにっこり笑って仕事に取りかかった。

「裁断鋏ならもっと早くできるんだろうが」ニコラスは言った。

「大丈夫」ジョージーは断言し、たしかに器用に鋏を動かしはじめた。

ニコラスはフレディーの額に目を戻した。この大きな傷は洗浄が欠かせない。救急箱に入れてあるウイスキーの小瓶を取りだして、その中身を少しハンカチに落とした。

「これは――」

「沁みるんだよな」フレディーが顔をしかめた。

ニコラスはあいまいなうなずきを返した。おそらく今夜初めて自分が見せた気遣いと言えるだろう。

顔から血を拭きとりはじめるとフレディーは身をすくませたが、はなからわかっていたことだった。傷口をウイスキーで拭かれて身をすくませずにいられた患者はこれまで見たおぼえがない。傍らではジョージアナがまだ熱心にシャツを切り開こうと取り組んでいた。小さな鋏で小さな切り込みをいくつも入れて、完璧に（必要以上に）まっすぐ切り進めている。

「もうすぐ終わるわ」と、ジョージー。

その声から笑みが聞きとれた。

「どうしても縫合が必要とは言いきれないが」ニコラスは傷をじっくりと眺めながらフレディーに言った。「すぐに紳士の倶楽部に顔を出さなければいけないわけでもないだろう」

「そんなにひどいのか？」フレディーが訊いた。

「インクのほうが問題だな。血液ほどすんなりとは落とせない」

「病人のように見えますね」テムズリーがぼそりと言った。

「それで、ほんとうに猫に嚙まれたり舐められたりといったことはなかったんだな？」ニコラスは念を押した。

「猫に舐められるだけでも危険なの？」ジョージーが質問した。

「傷口を舐められた場合には」

「それならよかった。そうでなければわたしはあと一週間も生きのびられなかったでしょうから」

フレディーがなにかつぶやいた。ニコラスにははっきりと聞きとれなかったが、さらに少しウイスキーを傷口に垂らしてやるにはちょうどよいきっかけとなった。

「猫のことでなにか言ったのか？」ニコラスは低い声で訊いた。

フレディーが睨みつけた。「嚙みつかれてもいないし、舐められてもいないし、唾を吐かれてもいなければ、小便――」

「できた！」ジョージーが高らかに告げて絶妙にフレディーの言葉を遮り、これ見よがしに鋏を最後まで滑らせてシャツを切り開いた。ニコラスのほうを見る。「あとはどうすればいいの？」

「目をそらされていたほうがよろしいかと」テムズリーがフレディーの剝きだしになった胸のほうをげんなりと手ぶりで示した。

「見なければ手当てができないわ」ジョージーが言う。

「手当てをするためにミスター・ロークズビーに来ていただいたのです」

「わたしは彼の助手だもの」それにしてはジョージーは挑むような顔をニコラスに向けた。

「わたしはあなたの助手なのよね？」

「もちろんだとも」ニコラスは心からそう答えた。ジョージーの仕事ぶりはすばらしい。

「添え木になるものが必要だ」両家の執事たちを見やった。テムズリーはランタンを手にしているので、ウィーロックのほうを向いて頼んだ。「木の枝かなにか、これくらいの長さのものを探してきてくれないか？」

ウィーロックはニコラスが両手で示した長さに目を凝らした。「かしこまりました、ただちに」

ニコラスは患者に顔を戻したが、ジョージアナに話しかけた。「添え木を当てるまえに骨を整えなければ」

「どうすればいいの？」

「彼の頭のほうに来てくれ」ニコラスは指示した。「二の腕を押さえていてほしい。しっかりと。動かないようにしておくのが肝心だ。ぼくが腕の下のほうを引っぱって力をかける。そうすれば骨の関節がはずれて、また正しい位置に入れ直すことができる」

ジョージーがうなずいた。「それならやれるわ」

「どちらかに――」フレディーが執事たちのほうに顔を振り向けた。「――肩を押さえておいてもらえないのか？」

「ミス・ブリジャートン以外に頼める相手はいない」ニコラスは鋭い声で言った。「あとはきみがどうするか決めてくれ」

フレディーがいつまでもためらっているのでニコラスは続けた。「ふたりがかりの仕事だ」厳密に言えばそんなことはないのだが、ひとりよりふたりのほうがやりやすいのは確かだ。

「わかった」フレディーが唸り声で応じた。「どうにでもやってくれ」

「最善を尽くしてほしいと言うべきところよね」ジョージーが皮肉っぽく言った。さらにこちらへにこっと笑いかけた顔から、ニコラスは悟った――ジョージーは楽しんでいる。

いいや、心から楽しんでいる。

ニコラスも笑みを浮かべて返した。

「準備はいいか？」

ジョージーがうなずいた。

ニコラスはフレディーを見下ろした。「痛むぞ」

「とうに痛い」

「もっということだ。なにか嚙みしめるものを用意するか？」

「いらない」フレディーがあざけるように返した。

ニコラスは患者の顔にぐいと顔を寄せた。「ほんとうにいいんだな？」

「いい……んじゃないか？」フレディーが不安そうなそぶりを見せはじめた。

ニコラスはジョージーに顔を戻した。「準備はいいか？」

ジョージーが力強くうなずいた。

「三つ数える。一、二――」

フレディーが身の毛のよだつような叫びをあげた。

「まだなにもしていない」ニコラスは呆れ顔で言った。

「痛むんだ」

「泣き言はやめて」ジョージーが言った。

「まさかとは思うが」フレディーが言う。「きみが楽しんでいるのではと勘違いしてしまいそうだ」

ジョージーがにっと歯を剝きだすようにして身を乗りだした。「あら、そうなんだもの。

わたしはたしかに楽しんでる」

「なんとむごい――」

「やめとけ」ニコラスは忠告した。

「なぐさめになるかはわからないけど」ジョージーがフレディーに言う。「わたしが楽しんでいるのはおもに医学的な探究心からだわ。あなたが誰でもあまり関係がない」

「僭越ながら言わせていただくなら、ミス・ジョージアナ」テムズリーの声がした。「私はミスター・オークスが嘆き苦しんでおられるのを大いに楽しんでおります」

ウィーロックがひょっこり顔を突きだした。「私もです」

「愉快な執事の仲間たちかよ」フレディーがぼやいた。

「まさしく」ウィーロックが言う。「実際、これほど愉快になれることはないのではと申しあげてもよろしいくらいで」

「言うほど、たいそうなことでもないんじゃないか」ニコラスは指摘せずにはいられなかった。「もともと愉快そうな顔を見せるたちではないのだから」

ウィーロックがなんと満面の笑みをこしらえたので、ニコラスはぎょっとして怯みかけた。

「なんてことだ。そんなにたくさん歯が揃っていたとは知らなかった」

「三十二本でございます」ウィーロックが前歯を指関節で軽く打った。「口のなかを清潔に保つ重要性は医学部で学ばずともわかります」

「仕事に戻ってくれないか?」フレディーがうんざりしきった口ぶりで訊いた。

「まだ始めてもいない」ニコラスはそう返した。「なにもしないうちにきみが叫んだからだ」

「わかった。なにか噛みしめていよう」

全員がいったん手をとめて、周りを見まわした。

「棒切れならあります」ウィーロックが程よい長さの小枝を掲げてみせた。「添え木を探しに行ったときに念のため一緒に持ってきておいたんです。添え木用はまたべつにあります」フレディーの腕の長さより少しだけ短く太さもちょうどよい枝木を持ち上げた。ニコラスは了承のうなずきを返した。完璧だ。

フレディーが頭を傾けて小枝をよこすよう暗に求めた。執事はまず小枝の先端をフレディーの口に向けた。

「ウィーロック」ニコラスは執事をたしなめた。

ウィーロックはため息をつき、いかにも仕方なさそうに小枝を横に持ち替えた。フレディーがその小枝を口にくわえ、唸り声でニコラスに仕事を進めるよう合図した。

「いいか、ジョージー？」

ジョージーがうなずく。

「一……二……三」

フレディーの顔のほうから苦悶の呻き声が聞こえたものの、ニコラスは最初の試みで骨の位置を直すことに成功した。「すばらしい」つぶやいて、骨折している腕をあらためて確かめた。「添え木は？」

ウィーロックが枝木を手渡した。

「どちらか、彼のシャツを二枚に引き裂いてくれないか？　一枚を添え木に使い、もう一枚で吊り包帯をこしらえる」

「わたしがまた切るわ」ジョージーが申し出た。

「そうしてくれるなら手っ取り早い」ニコラスは応じた。「先にいっきに引き裂いて脱がせてもよかったんだが、骨が折れてる箇所に衝撃を与えてしまうと思ったんだ」

「ええ。よかった。自分が無駄な骨折りをしたとは思いたくないから。それに――」ひと息ついてシャツの布の端に引き裂きやすいように切り込みを入れる。「――あなたはただなにか仕事を与えようとしただけで、わたしがそんなことをさせられていたんだとしたら、もっといやだから」

「そんなつもりは毛頭ない。きみの手助けは欠かせなかった」

ジョージーがぱっと顔を輝かせ、ニコラスは一瞬息がとまった。いまは真夜中で、ランタンと月明かりだけが頼りの暗闇に包まれている。

そのなかでジョージーが笑った。

ジョージアナ・ブリジャートンにそんなふうに笑いかけられて、ニコラスはいまにも空に手を伸ばして太陽をつかみとり、大皿にのせて差しだしたい気持ちになった。

太陽ですら比べものにならない笑顔であるのを確かめたいばかりに。

「ニコラス？」

いったい自分になにが起こっているんだ？

「ニコラス？」

相手は自分が結婚しようなどとはこれまでまったく考えもしなかったジョージーだ。しかも初めて結婚しようと考えたとたんに断わられてしまった女性でもある。

自分にとってジョージーは——

「ニコラス様！」

目をしばたたいた。ウィーロックがこちらをねめつけている。

「ミス・ブリジャートンが少なくとも二度はお呼びになりました」執事が説明した。

「すまない」ニコラスはつぶやいた。「ちょっと……考えごとを……」首を振る。「申しわけない。どうしたんだ？」

「添え木よ」ジョージーがフレディーのシャツを引き裂いた布を持ち上げてみせた。

「そうだ。そうだよな」ニコラスは布を受けとって視線を落とし、集中すべき医療の仕事を前にして気力を取り戻すと同時にほっとした。

急ごしらえの添え木を患者の腕にあてて布を巻いて固定していく。「できるだけ早く医者に診てもらったほうがいい」フレディーに助言した。「ちゃんとした添え木で固定してもらえるだろうからな」

「ミスター・オークスはそのまま枝木で治してしまいたいと思っているかもしれないわ」ジョージーが茶目っ気たっぷりに言う。

「どうしてもというのなら支障はない」ニコラスは半笑いで答えた。「だが、その場しのぎの治療道具よりは快適に過ごせるだろうからな」

「でも、感心したわ」ジョージーはシャツの布でこしらえた包帯で患者の腕を吊るすニコラスの手作業を眺めながら続けた。「誰でも自宅で腕の骨折の治療ができるのね」

「誰でも？」ニコラスはぼそりと言った。

「ちょっと練習すれば誰にでも」ジョージーが言いなおした。「真夜中に枝木とランタンだけでやるには技能が必要だけど」

「それとウイスキーもいる」ニコラスは小さな酒瓶を掲げてみせた。

「それは顔の手当てに使ったのかと思ってたわ」

ニコラスはウイスキーをごくりと飲んだ。「それと仕事がうまくいった祝杯に」

「そういうことなら……」ジョージーが片手を差しだした。

「そうだな。きみは飲んだことがなかったんだよな」

「ミスター・ロークスビー」テムズリーがいたく非難がましい調子で言った。「ミス・ブリジャートンにお酒を差しあげるのはいかがなものかと」

ニコラスは彼女の家の執事を見やった。「われわれは真夜中に屋外にいて、シャツも身に着けていない男の手当てをしたというのに、この程度のことをとめるのか？」

テムズリーはひとしきり黙って見つめ返してから、ニコラスの手から酒瓶をまさしく取りあげた。「私にまずお味見させていただければ」ぐいと飲んでから、ジョージーに差しだした。「お嬢様」

「ありがとう、テムズリー」ジョージーは執事とニコラスに交互に視線をさまよわせた。いまのはいったいなんだったの？　とでもいうように。

ジョージーがウイスキーをほんのひと口含んで、小瓶をニコラスに返した。「まずい」

「慣れるものなんだ」

「ぼくにもくれないか？」フレディーが訊いた。

「だめ」全員が声を揃えた。

「けちなやつらめ」フレディーがむくれてつぶやいた。

「言葉にお気をつけください、ミスター・オークス」と、テムズリー。

「もう踏みつけるのは勘弁してくれ」フレディーが呻くようにつぶやいた。

「口を閉じていてくだされば、手打ちといたしましょう」

ニコラスはジョージーと目を合わせ、ふたりとも笑いを嚙み殺した。

「お話し中に失礼ながら」ウィーロックが言った。「この方をどうするか決めなくてはなりません。いっそ狼にでもくれてやりたいくらいですが、ここに放りだしていくわけにもいきませんよね」

「狼がいるのか？」フレディーが訊いた。

「口を開きましたね、ミスター・オークス」テムズリーが警告した。

「狼なんていないわ」ジョージーがいくらかもどかしげに言った。「残念ながら」

「誰かが送り届けるしかないだろう」ニコラスは提案した。「せめて馬車宿までは。そこからならどうにか自分で帰る段どりをつけられるはずだ」フレディーのほうを向く。「当然ながら今回のことはけっして他言しなければの話だが」

「他言したら」ジョージーが言い添えた。「みなさんに、あなたが飼い猫に木から落とされたと言いふらしてあげる」

すかさずフレディーが罵り返すかまえを見せたが、声を発するまえにテムズリーの爪先にひと突きされた。

「二輪馬車に運びましょう」テムズリーが言った。「私が〈蛙と白鳥《フロッグ・アンド・スワン》〉亭に連れていきます」

「大丈夫?」ジョージーが尋ねた。「少なくとも二時間はかかるわ。〈だらけた鴨《マスティ・ダック》〉亭のほうがずっと近いわよね」

「なるべく遠ざけたほうがよろしいかと」テムズリーが言う。「それに、本道沿いの宿屋であれば、ロンドンへ帰る貸し馬車も見つけやすいでしょうし」

ジョージーがうなずいた。「でも、あなたが二輪馬車を使うなら、わたしはどうやって……」ニコラスのほうを見る。

「ぼくが送ろう。ウィーロックにも一緒に来てもらえば、きみもだいぶ気が楽なのではないかな」

「そのほうが私もだいぶ気が楽になります」テムズリーが口添えした。

「テムズリー、なにをいまさら」ジョージーが言う。「あなたが心配しているのはわたしなの、それともわたしの評判のほう？　わたしのほうだとすれば、ミスター・ロークズビーがどこを探してもほかにはいないくらいに高潔な方なのは知ってるでしょう。それに、わたしの評判を心配してくれているのなら、残念ながら、これ以上悪くなる余地はないわよね？」

「なにするんだよ！　口を開いてないだろ！」

テムズリーがまじまじとジョージーを見つめてから、またもフレディーの脚を踏んづけた。

「いまのは」テムズリーが言った。「ただの気晴らしでございます」

11

「ちょっといい、ミスター・ウィーロック？」ジョージーはニコラスとテムズリーとともにフレディー・オークスを二輪馬車へ運ぼうとしていたロークズビー家の執事の腕に手をかけた。

「もちろんでございます、ミス・ブリジャートン。なんでしょう？」

ジョージーは頭をわずかに傾けて脇へ動くよう合図した。「よければ、内密に話したいの」ニコラスに聞こえているとは思えないものの、用心するに越したことはない。

ウィーロックがうなずきを返して、ふたりは数歩離れた。

「ええと……」どう切りだせばいいの？　なんて言えばいい？　結局はこう言った。「特別なお願いがあるの」

ウィーロックは無言だったが、眉を上げ、先を続けるよう暗に勧めた。

ジョージーは咳ばらいをした。思いのほか説明するのがむずかしい頼みだ。それとも、むずかしくて当然なのかもしれない。自分はこの午後に大きな間違いをおかし、間違いを正すのはたやすいなんて話はいままで聞いたおぼえがないのだから。

「わたしがミスター・ロークズビーから求婚されたことは薄々知ってたかしら」

「存じあげませんでした」ウィーロックはまったくの無表情で答えた。「ですが、驚いてはおりません」

「そうよね、それで……」ジョージーはどのように続けるのが得策なのかを決めかねて、またも咳ばらいをした。求婚を断わったとはウィーロックには言いづらい。この執事はニコラスを息子のように愛している。というのも、ロークズビー家の子供たちのなかでも末息子のニコラスを格別に贔屓しているのではとジョージーは昔から感じていた。

「お返事していないの」と、ごまかした。いずれにしても正しい返事はしていない。

またも、ウィーロックが眉を上げた。今回のしぐさは、ニコラスからの申し出を速やかに受け入れないとは頭がおかしいのか愚かなのではと、この執事が見定めようとしているとしかジョージーには思えなかった。

「今夜のうちに、その件についてお話しする機会を得られればと思って」

「朝までお待ちになれないのですか?」

ジョージーは首を振り、それ以上の説明は求められませんようにと祈った。

「お坊ちゃまをがっかりさせてしまうお話ではないとの解釈でよろしいでしょうか?」

「そうね」ジョージーは静かに答えた。

ウィーロックがゆっくりと思慮深くうなずいた。「私がオーブリー屋敷に同行いたしますと、お話しされる時間をもうけるのはむずかしいやもしれません」

「そう思ったの」

「ですが、ミスター・テムズリーに礼儀にもとる振る舞いを見咎められるのも避けなければ」

「そうなのよ」

ウィーロックが唇をすぼめた。「私は然るべき規範と秩序を守ることを信条としております。そして今回のことは、ミス・ブリジャートン、そうしたもののほぼすべてに反するわけでございます」

「ほぼ、なのよね？」ジョージーは期待を込めて訊き返した。

「おっしゃるとおり」ウィーロックは見るからに不本意ながら応じた。ため息をついたものの、いかにも芝居がかったしぐさで、ジョージーの願いを聞き入れてくれたのはあきらかだった。「ミスター・テムズリーが二輪馬車を出発させたらすぐに、なにか無理やりにでも口実をこしらえます。あなたがミスター・ロークズビーとおふたりだけでお話しできるように」

「ありがとう、ミスター・ウィーロック」

ロークズビー家の執事はじろりとジョージーを見下ろした。「私にこの決断を後悔させないでくださいね、ミス・ブリジャートン」

「させないわ」ジョージーは誓った。

ウィーロックはその言葉どおりテムズリーが不満げなフレディー・オークスを隣に坐らせて二輪馬車を出発させるや、馬が右の前脚を気にしているそぶりに気づいたふりをした。

自分の馬の鞍を確かめていたニコラスが目を向けた。「大丈夫か？　来るときには不自由そうな様子は見えなかったが」

「そうなのですが――」ウィーロックは指差した。「あのように。おわかりでしょうか？」

ジョージーには妙なところは見当たらず、ニコラスも同じように思っているのは間違いないが、ウィーロックは誰にもそれ以上詳しく語り合う余地を与えなかった。「歩いて連れ帰ることにします。けがをしていたら大変です。私の重みに耐えさせるのは酷ですので」

「ああ、たしかに」ニコラスが低い声で答えた。とはいえ、ふたりでオーブリー屋敷までジョージーを送り届ける予定だったので少し戸惑っていた。「三人でオーブリー屋敷まで歩いてもいいが……」

「そのような時間はありません」ウィーロックがかぶりを振った。「そんなことをしていたらすっかり夜が明けてしまいます。もうすぐ使用人たちが起きだしてきますよ」

「あなたを信じるわ」ジョージーはニコラスに言った。言葉を差し挟むのはいましかないように思えたからだ。「それに、正直なところ、ふたりきりになったことがないわけでもないし」

ニコラスが青い瞳で見つめ返した。「ほんとうにそれでいいのか？」

「わたしを襲ってどうにかしようとでも？」

「そんなことを考えるものか！」

「それならわたしは平気」

「なにを言ってるんだ、ジョージー」ニコラスがつぶやいた。

「あなたに言葉遣いで叱られたくないわ」ジョージーは少しむっとして言った。「今夜のあれこれを思い返せば、叱るのはわたしのほうであるべきだもの」

「今夜のことにつきましては」ウィーロックがはっきりと告げた。「これきりのお話といたしましょう」

「感謝している、ウィーロック」ニコラスが言った。「心から」

「光栄でございます。それではよろしければ、私はもう歩きはじめなければ。クレイク館の人々が起きだしてくるまえに戻ったほうがよろしいでしょう」

「速やかに戻るのが安全だな」ニコラスが勧めた。

「あ、でも、ウィーロック？　行くまえに馬に乗るのを手伝ってもらえない？」ジョージーは尋ねた。

ニコラスがじろりと見返した。「ぼくが手伝う」

「馬は一頭だけだわ」ジョージーは説明した。「あなたは前に乗るのよね。先に乗って手伝うのはむずかしいでしょう？」

ニコラスがつぶやいた言葉はよく聞きとれなかったが、くるりと背を向けて馬に乗りあがったので、同意してくれたのだろうとジョージーは解釈した。

「それくらい身長があると楽なんでしょうね」ジョージーはぼそりとこぼした。そもそも男性はほんとうに何事にも有利とはいえ、鞍に坐るのに踏み台もいらないなんて。

つまりは執事の手助けもいらない。気の毒にウィーロックはあまりにささいな務めにどことなく不服そうだったものの、ジョージーを難なく鞍に乗り上がらせた。

「あの人はなんでもできるのね？」ジョージーは皮肉のつもりはいっさいなく尋ねた。

ニコラスが含み笑いをした。「ぼくの知るかぎりでは」

その瞬間にジョージーは自分がいかにきわどい状況におちいってしまったのかを悟った。馬にまたがったのはどれくらいぶりか思いだせないくらいだし、こんなふうに脚を開いて夜道を進むなんて、どれほどの距離でも破廉恥なことに違いない。

「化粧着を直さないと」つぶやいた。身体の前で開いてしまっていたので、脚が隠れるように巻きつけた。できるだけ。

「落ち着いたか？」ニコラスが訊いた。

「ええ」嘘だ。

ジョージーはまったく落ち着いてなどいなかった。ニコラスの腰に腕をまわしてつかまると、ふたりの身体の隙間はなくなり、話す声が感じとれた。ニコラスの声はその身体を通してジョージーの肌に伝わり、染み入ってきた。乳房で彼の背中を押すような恰好になっているので、馬が駆けるのに合わせて鞍に据えたお尻が跳ね上げられ、まったく初めての艶めかしい感覚が生みだされた。乳首がすぼまっているのは寒い場所にいるときみたいだけれど、同じなのはそれだけだった。いやな感じではなく、閃光に貫かれたようにぞくぞくしてきて、息を奪われた。

それを言うなら理性も。

これが、そそられるということなの？　ジョージーは兄が妻のヴァイオレットと誰にも見られていないと思いこんでなにかを通じ合わせている姿を目にしていた。それがどのようなものであれ、ともかくふたりは愛情とはまたべつのものも交わし合っていた。熱っぽく誘いあっているかのような雰囲気で、ジョージーにはよく理解できないものだった。

自分もいま、なにかなじみのないものに惹きつけられていた。しかも相手はニコラスなのだから不自然だし、求婚を承諾しようと決意したとはいえ、こんなふうに彼にもっとしがみつきたくてたまらない衝動に駆られたり、身体をもっと押しつけたくなったりするなんて想像したこともなかった。

空腹を感じた。身体の奥に、とても口には出せないようなお腹の下のほうに。

空腹どころではない。飢えている。

どうなってるの。

「大丈夫か？」ニコラスが問いかけて、肩越しにちらりと目を向けた。

「ええ」ジョージーはどうにかこうにか答えた。「もちろんよ。どうして？」

「声がした」

馬に乗っているので風音と蹄の響きでなにもかもが聞きとりづらくなっているのをジョージーは神に感謝した。馬の駆け足の速度が落ちたとたんにどうやら無意識に不満げな声を洩らしてしまっていたようだ。

「あくびしただけ」思いつきで言いつくろった。でも、尋ねてくれてよかった。それもちょうどまごついていたときに。おかげで熱っぽい靄のなかから目覚めることができた。

「もうさほどかからない」ニコラスが言った。

ジョージーは彼の背中に顔を寄せたままうなずいて、温かさと近さ、清潔な男っぽい匂い、ちょっとだけチクチクする毛織りの上着の肌ざわりに心地よく浸った。

今夜のニコラスはとてもすてきだった。行動し、物事を解決できる有能な男性には胸をわくわくさせられる魅力がある。ニコラスの両手、きちんと手入れされた平らな爪、静かな自信を漂わせた身ごなしにジョージーはずっと見惚れていた。

この人となら幸せになれる。そう確信した。兄や姉たちのように熱烈な愛の物語にはならないかもしれないけれど、幸せにはなれる。それ以上のものもつかめるかもしれない。

幸せと愛にはどのような違いがあるのだろう？

万事順調にいけば、自分はこの男性と結婚して、その答えを見つけられるだろう。

オーブリー屋敷の南側の芝地にたどり着き、低木の小さな茂みの陰でニコラスが馬をとまらせた。「これ以上は近づかないほうがいいだろう。物音で気づかれてしまう」馬をおりて、ジョージーをおろそうと大きな両手で腰をつかんだ。

ジョージーの足が地面に届くと、ニコラスは当然のごとく両手を放した。

でも、ジョージーは手を放してほしくなかった。

彼のそばにいるのが心地いい。目指す道が定まっているところも、静かな逞しさも好ましい。それに鞍からおろすためとはいえ、腰を支えてもらったときには、自分が彼の大切な存在のように感じられてジョージーはうれしかった。

　こちらがそのような浮かれた考えに浸っているとはニコラスはつゆ知らず、訊いた。「どうやって家のなかへ戻るつもりだ？」それどころか、とんでもなく堅苦しいそぶりで、紳士がじっとしていなければいけないときの見本さながら身体の前で両手を握り合わせている。

　ジョージーはがっかりして胸を突かれたような痛みを覚えた。とはいえ、求婚されて断わったことを考えれば、このような態度をとられても仕方ないのだろう。

「テムズリーと出てくるときにドアをひとつだけ少しあけておいたの」ジョージーは答えた。「銀の間よ。使用人たちの部屋があるところからはだいぶ離れてる」

　ニコラスがうなずいた。「屋敷まで送ろう。まだ暗い。誰かに見られる心配はないだろう」

「その必要はないわ。わたしが散歩に出るのはいつものことだし」

　ニコラスが眺めおろした。「そのような姿で？」

「わたしはよくおかしなことをするから」ジョージーは肩をすくめたものの、化粧着の襟ぐりを掻き寄せている手を放すことはできなかった。

　ニコラスがほんのわずかに息を吐いた。「身に沁みこんでいる紳士のさがに免じて、そのドアまで送らせてもらえないかな」

　どういうわけかその言葉にジョージーは笑みがこぼれた。「ここからでも見届けられるでしょう。ほとんど最後まで」

　ニコラスは納得してはいないようだったが、それ以上はなにも言わなかった。

ジョージーは唾を飲みこんだ。これが最後の機会だ。「お別れするまえに、あなたにお願いしたいことが……」

ふたりの目が合った。

「それは……」

ものすごく言いづらい。しかも、こうなってしまったのは自分のせいだ。

「もし……」ジョージーはニコラスのほうを見ないようにしてあらためて切りだした。「よければ……」

ニコラスが両手を背中で握りなおして重心を移し替えた。「なんだろう、ジョージー？」

やはり地面を眺めている場合ではなく、真摯に伝えなくてはいけないことなので、ジョージーは目を上げた。

それ以上にニコラスへの礼儀として。

「あなたからの求婚について考えなおさせてもらいたいの」ようやく言えた。

するとニコラスが口を開いて――

「どうして？」

どういうこと？

「どうして？」ジョージーはおうむ返しに言った。尋ねられるとは思わなかった。わかった、もしくはだめだと言われるだろうから、そこからまた話を進めようと思っていた。

「どうして」ニコラスは繰り返した。「きょうの昼間ははっきり言ってたのに」眉をひそめた。「正確にはもう、きのうの昼間になるわけだが」

「驚いたのよ」ジョージーは言った。ほんとうのことだし、正直に話すのがいちばんに決まっている。「ちゃんと考えてから答えるべきだったんだけど、みなさんに哀れまれていて、それがとてもいやで、あなたもわたしに同情していて、それで求婚するなんてとんでもない理由だとしか思えなくて、あなたに後悔してほしくなかったし」

でもすぐに、それでは正確ではないとジョージーは気づいた。深呼吸をひとつして、また口を開いた。「いいえ、それは違うわね。わたしはあなたのことを考えていたんじゃない。自分のことを考えてたの。自分本位というのではなくて、というか、そうではないと自分では思うんだけど、気の毒がられるのは我慢できない。とにかく、いやなの。どうしてもそこだけは譲れない」

ジョージーはあふれでるように言葉をほとばしらせたけれど、ニコラスの表情は平静なまだった。冷ややかなわけでもなく、無表情で、ともかく……平静だ。

懸念すべき状況なのかもわからない。

「どうして気が変わったんだ?」ニコラスが訊いた。

ようやく、答えやすい質問を投げかけられた。「家に帰ってから、自分が愚かだったと気づいたのよ」

ニコラスがきゅっと唇の片端を上げた。笑みのようにも見える。よい兆しと受けとめていいのだろう。

けれどなにも言ってくれないので、こちらがなにか言わなければならないわけで、とはいえ重要なことはどうにか伝えられたので、あとはもうなにを言えばいいのかジョージーにはわからなかった。

「わたし……思うのよ……」

あなたを幸せにできると。ともかく、そうできるように努力する。

あなたと一緒にエディンバラへ行ったら、いままでとは違う自分を発見できそうな気もするの。

たぶん、わたしにはもっとできることがあるのではないかしら。

「ジョージー？」

「わたしはよい妻になるわ」

「それについては疑いようがない」

「もともと、あす、あなたを訪ねるつもりだった」ジョージーは星から時刻を読みとろうとでもするように空を見上げた。星など出ていない。相変わらず雲は垂れこめているものの、もう雨が降りそうな気配はなかった。「もう、きょうなのよね。何時なのか見当もつかないけど」

「ぼくはエディンバラへ発つつもりだった」

「わたしは早朝に訪ねるつもりだった」

「そうだったのか？」

ジョージーはうなずいた。ニコラスの声にはからかうような響きが聞きとれて、ジョージーはふつふつと泡立っているとしか言いようのないくらい活気づいてきた。

「そう。ところが、こんなことになってしまって――」ニコラスにならフレディー・オークスが腕の骨を折ったことだと正しく解釈してもらえると信じて、腕を後ろへ振り上げた。

「――あなたに会えたから……」

「ぼくに会えた？」ニコラスは愉快そうに訊き返した。

「フレディーの腕の手当てで」

「正確には」ニコラスが言う。「きみがフレディーの腕の手当てをしているところに、ぼくが来たんだ」

「話をややこしくしないでよね」ジョージーはつぶやいた。

ニコラスは腕組みをしたが、怒っているというよりむしろわざと皮肉めかしているようなそぶりだった。ではいったいどうしろというんだ？　とでも言いたげに。

「あなたは医療を施してくれた」この場には堅苦しすぎる言いまわしとはいえ、ほかにどう言えばいいのかジョージーにはわからなかった。おかげで、会話がどれほど気詰まりなものになりうるのかを探究しているとしか思えないようなことを続けるはめとなった。「ものすごく見ごたえがあったわ」低い声で締めくくった。

「医療を施したのが？」ニコラスにそう尋ねられ、ジョージーはいぶかしがられているのか、面白がられているのか見きわめられなかった。

「あなたはするべきことをちゃんとわかってた」説明しようがないというように小さく肩をすくめた。

「するべきことがわかっている男がきみは好きなのか？」

「そうみたい」

ニコラスに見据えられ、ジョージーは目をそらせなかった。目をそらしたくない。

「なるほど、それなら、ミス・ブリジャートン」ニコラスが言う。「あらためてきみに尋ねたほうがよさそうだな」

ジョージーは息を呑んだ。驚いてはいない。ニコラスならあらためて求婚してくれるだろうと思っていた。高潔な男性なので拒むようなことはしない。とはいうものの、自分がこんなにも不安を感じるとは想像できなかった。

ニコラスがジョージーの手を取った。一度目のときはそうしなかった。

「ジョージアナ・ブリジャートン。ぼくと結婚してくださいませんか？」

ジョージーは神妙にうなずいた。「光栄です」

すると……それだけだった。

ふたりは黙って立ちつくした。

「よかった。よしと」ニコラスが言った。

ジョージーは唾を飲みこんだ。「これで決まりね」

「そうとも」

ジョージーは足がふるえ、自分が彼との結婚を望んだはずなのにどうしてこんなにも気まずくなってしまうのだろうと考えた。

いいえ、正確には、彼に求婚されることを望んだと言うべきだろう。そうだとすればもっとゆゆしき状況なのかも。

ようやくニコラスが沈黙を破った。「そろそろ夜が明ける」

ジョージーは東の空を見やった。ピンクやオレンジの光は見当たらないけれど、地平線近くの空の青色は明るくなりはじめている。

「もう行かないと」ジョージーはそう言いながらも実際には動かなかった。

「そうだな」ニコラスがジョージーの手を自分の唇のほうに近づけた。「ぼくが裕福ではないことは承知しておいてほしい。家族が裕福でも、ぼく自身はそうじゃない」

「かまわないわ」本心だった。それにニコラスは伯爵や子爵の爵位を継ぐ人たちほど裕福ではなくても、間違いなく貧しいわけでもない。彼の妻になるにあたり、これといって望んでいるものはなにもない。

「ぼくは働いて生計を立てる」ニコラスが続けた。「庶民だと言われてしまうかもしれない」

「誰になにを言われようとわたしはかまわないわ」

ニコラスはさらに何秒か黙ってジョージーを見つめてから、低い声で言った。「もう朝だ」

「わたしにキスをしないと」ジョージーは思わず口走った。

ニコラスがつかんでいた手を強く握りなおした。

「そうするものなのよね？」気恥ずかしさを隠そうとして尋ねた。

ニコラスもちょっとばつが悪そうだったのでジョージーはほっとした。「そうなんだろうな」

「わたしは誰ともキスをしたことがないの」小声で打ち明けた。「フレディーにされかかったけど……」

ニコラスが首を振った。「たとえされていたとしても、そんなものは認められない」

「ええ、そうなんだけど」ジョージーはどぎまぎと唾を飲みこんで、待った。

待ちつづけた。

ニコラスはどうしてこんなふうにただこちらを見ているだけなの？　どうしてキスをしないの？

こちらがなにかしなくてはいけないのだろう。ニコラスは気概を見せて求婚してくれた。今度は自分の番だ。

ジョージーは前のめりに爪先立って、ニコラスの唇に口づけた。思った以上に長く口づけてしまい、どうにか踵を地面に戻した。

できた。これでいい。

初めてのキス。

つまるところ、さほど胸がわくわくするものではなかった。

目を上げる。ニコラスがどう解釈すればよいのかまったくわからない表情でこちらを見下ろしていた。

ジョージーは咳ばらいをした。「あなたにとっては初めてのキスではないのよね？」

ニコラスが首を振った。「ああ。でも、山ほどキスしたことがあるわけでもない」

ジョージーはいったん黙って見つめてから、笑いだした。「山ほどキスしたことがあるわけでもない？　いったいそれはどういうこと？」

「数多くの経験はないということだ」ニコラスが唸るように答えた。

それでジョージーは気づいた――ニコラスは恥ずかしがっているのだと。

たぶん。断言はできない。

でも、そうだとすれば納得がいった。ふたりが生きる世界にばかげた社会規範があることはジョージーにもわかっていた。男性は結婚まえに経験するのが当然で、女性は雪のごとく純白でなければならない。

ジョージーもそれを世の倣いだと受け入れていたものの、この数週間に自分の身に降りかかった出来事によって、そうしたなにもかもにうんざりさせられた。同様の偽善ぶった論理で、上流社会はフレディー・オークスを褒めたたえ、ジョージアナ・ブリジャートンを汚れた女性と見なすわけだ。

いいえ、たしかに、フレディーは褒めたたえられてはいないかもしれないけれど、評判はみじんも傷つけられていない。

「ごめんなさい」ジョージーはニコラスに言った。「ものすごく不作法だったわ。あなたの言い方が面白かっただけで、深い意味はなかったの。ただ、正直に言うと……」

「なにかな？」ニコラスがやんわりとせかした。

ジョージーは頬をほてらせながらも打ち明けた。「あなたがたくさんの女性たちとキスをしていなかったのはうれしい」

ニコラスが顔をほころばせた。「そうなのか？」

ジョージーはうなずいた。「わたしよりはるかに上手なわけではないってことだもの」

「もう一度試してみるか」ニコラスが提案した。

「いま？」

「いまほどふさわしい時はない」

「ほんとうにそうなのかはわからないけど」ジョージーは答えた。「いまはうちの敷地の人目につきにくい木陰にいて、わからないけど、だいたい朝の四時をまわったくらいかしら。わたしの仇敵とも言うべき男の腕の骨折を手当てしてきたところで、わたしは文字どおり、その男のシャツを切り裂かなくてはいけなかったし――」

「ジョージー？」ニコラスが遮った。「口を閉じてくれ」

ジョージーは目を上げて、ぱちくりと瞬きをした。

「もう一度、試してみないか？」

12

婚約が告知されるや、すべてが驚くほどにすばやく進んだ。

ニコラスは感心させられるばかりだった。いや、こんなにもいらだたされていなければ、感心させられるばかりだったと言うべきなのだろう。それに圧倒されていなければ。

でも、だいたいはいらだたされていた。

あのキス……すっかりその気になって、もう一度、試してみないかとみずから誘いかけたのが……。

失敗だった。

口づけようとジョージーのほうに頭をかがめ、それからなにが起こったのか——ジョージーが跳びはねたのか？——が、じつのところわからなかった。というのも、ふたりの額がぶつかって、ニコラスはぎょっとしてのけぞったからだ。

星が見えたとは言わない。頭蓋骨に響くほどの痛みが走った出来事を語るには麗しすぎる表現だからだ。星は麗しいもので、あれは……そんなものではなかった。

もちろん、ニコラスはやり直そうとした。あそこまで二十分ほどの道のりのほとんどを昂ったまま、なんとも落ち着かない状態で過ごした直後だった。しかも、ジョージーはキスを望んでいることをはっきりと伝えた。それに、当の相手はこれから自分と結婚する女性だ。

そうとも。だからこそニコラスはまたキスをするつもりだった。言わせてもらえば、あの農家からオーブリー屋敷まで、太腿に未来の妻に素足を巻きつけられて馬を走らせつづけたことを考えれば、よく自制できたものだと思う。ジョージーは化粧着姿でどうにか慎みを保とうとしていたが、そのような努力は三十秒ともたなかった。

ニコラスは前方を見据えて（できるかぎりそうしていた）月明かりにきらめく柔肌を見るまいとしていたものの、背中を乳房で押され、腹まわりに腕をまわされていることに煩わされつづけることに変わりはなかった。

すべてだ。ジョージーのすべてが自分のすべてに押しつけられているかのようで、オーブリー屋敷に着いたときにはもう馬に乗っていられそうにないほど硬く昂っていた。

馬からおりられそうもないほどに。

馬からご婦人をおろす手助けなどできようもないくらいに。ジョージーの腰をつかんだときには、そのまま両手で撫でおろさないようにこらえるだけで精いっぱいだった。

燃え立っているものにたまたま触れてしまったかのように手放した。喩えとはいえ、事実からそう遠い表現でもない。

それから身体の前で両手を握り合わせたのは、情けなくもほかにどうしようもなかったからだ。ズボンを突き破りそうなほどの下腹部を隠さずにどうして立っていられるだろう？

ところが、ふたりの最初のキスは味気ないものだった。そして、二度目のほうはまぎれもない痛みをもたらした。

三度目を試そうかとも考えたが、そのとき馬がくしゃみをした。ジョージーに向かって。そこで幕切れとなった。朝陽が昇りかけていて、こちらの昂りは鎮まり、率直に言ってしまうならほかにもっとやるべきことがあった。

家に帰って、ジョージーから求婚の承諾が得られたので、すでに入手されている特別結婚許可証が無駄にならなかったことを両親に伝えなければならなかった。一両日中にも結婚の運びとなれば、すぐにスコットランドへ発つことができる。ジョージーとエディンバラに到着したらどのようにすればよいのかはまだよくわからないが、現在借りている下宿屋の部屋で同居できないことだけは確かだ。父は新市街《ニュータウン》に貸家を用意すると言っていたが、手配するには少し時間がかかるだろう。住まいがきちんと確保できるまでジョージーはケントに留まりたいと望むかもしれない。

とはいえ、そうした事柄を決めるのにふさわしい場ではなかった。ジョージーは化粧着姿で、こちらもまだウイスキーとフレディー・オークスの血が沁みこんだハンカチをポケットに入れたままなのだから、詳しい話はあとでいい。

ふたりは別れの挨拶を交わし——必要以上に少しばかり堅苦しかったかもしれない——ニコラスはまた馬にまたがった。

「待って！」ジョージーが呼びとめた。

ニコラスは馬を向きなおらせた。「どうしたんだ？」

「どう言えばいいの？　お互いの家族に」

「きみの好きなように」正直なところ、ニコラスはそういったことはまったく考えていなかった。

「あなたのところはすでにご存じのお話ということかしら」

「両親だけだ。それに、きみが承諾してくれたことはまだ知るはずもない」

ジョージーがゆっくりとうなずいた。そのようなしぐさはなにかをじっくりと考えているときのしるしであるのがニコラスにもだんだんわかってきた。「わたしと一緒にいてもらえない？」ジョージーが尋ねた。「わたしが両親に話すときに」

「きみが望むなら」

「そうしてほしいの。とてもたくさん質問を受けるはずよ。あなたも一緒にその重荷を背負ってくれたら、わたしはだいぶ楽になる」

「それこそが結婚というものだからな」ニコラスはつぶやいた。

ジョージーが微笑んだ。

「では、午前中にあらためて訪問しようか？」

「そうしてくれるとありがたいわ」

それで話はついた。まったく甘い雰囲気ではなく、つまり息がつかえたり、胸がはずんだり、ともかくそういった浮ついた感じはいっさいなかった。

ジョージーがにっこりするまでは。

ニコラスは息がつかえた。

胸がはずんだ。

そしてもうすっかり浮ついた気分になっていた。

ニコラスが到着したとき、ジョージーは朝食の席についていた。計画どおりだった。ジョージーは両親が顔を揃えているときにニコラスに訪問してもらいたかったし、ブリジャートン家はがいして朝の日課を守りたがるので、家族みんなで対面するにはちょうどよい機会に思えたからだ。

ただしニコラスが両親を連れてくるとはジョージーは考えていなかった。

「みなさんでいらしたのね」身をかがめて挨拶をしたニコラスにやや意外そうに言った。

「ぼくが家族を連れてくるとは思ってなかったんだな」きまじめなニコラスにしてはやけにいたずらっぽく片方の眉を吊り上げた。「きみのご家族からの重荷をともに背負うとなれば、きみにもぼくの家族からの重荷をともに背負ってもらわなくては」

「ごもっともね」

ニコラスはジョージーと並んで腰をおろした。「まあ、断わりきれなかったとも言えるが」

ジョージーは思わず笑みをこぼしたが、なんだか気恥ずかしくてお茶を飲んでごまかした。

ロークズビー家の人々は頻繁にオーブリー屋敷を訪れているとはいえ、これほど早い時間に訪問するのはさすがにいささか不自然で、現にレディ・ブリジャートンは驚いた面持ちで立ちあがって出迎えた。「ヘレン！」大きな声で呼びかけて友人のもとへ向かう。「思いがけない訪問ね。今朝はどうしてオーブリー屋敷に？」

「ええ、その、つまり……」レディ・マンストンは意味を成さない言葉を連ねた。ジョージーは感じ入った。ニコラスの母親のことはよく知っている。こういったことはすぐにでもしゃべりださずにはいられないはずのご婦人なのに。

「なにかあったの？」レディ・ブリジャートンが尋ねた。

「そうではないのよ」とはいうものの、やけに気力みなぎる力強いその声に部屋にいた全員が目を向けた。

「母上」ニコラスがささやいた。椅子から身を乗りだして母の腕をつかみ、レディ・ブリジャートンのそばからさりげなく引き離した。ジョージーのほうを見る。「エドモンドは？」

「ヴァイオレットと子供たちと一緒にもう帰ったわ」

「そのほうがよかったんだろうな」ニコラスが言う。「ただでさえ、騒動になるのは目に見えている」

レディ・ブリジャートンがみんなの顔を見まわした。「なにか秘密があって、わたしだけがまだ知らないように思えるのは気のせい？」

「私も知らんぞ」ブリジャートン子爵がにこやかに言い、朝の食事を再開した。「もしよろしければ」マンストン伯爵に手ぶりで隣の席に坐るよう勧めた。「コーヒーをいかがかな？」

「あるいはシャンパンでも」マンストン伯爵がぼそりと答えた。

ニコラスがすばやく顔を振り向けた。「父上」

ジョージーはニコラスのいらだたしそうなそぶりに笑いを嚙み殺した。

「助けてくれる気はなしか」ニコラスが諫めるように言った。

もう発表する以外に仕方がないとジョージーは心を決めた。「お母様、お父様、大切なお話があります」

ニコラスが咳ばらいをした。

「つまり、わたしたちふたりから大切な話があるの」

ジョージーはもったいをつけるつもりはなかった。でも、両親たちの表情を見ているとなんだか胸がわくわくして楽しくなってきた——レディ・マンストンはあふれんばかりの笑みを浮かべているし、マンストン伯爵も見るからに悦に入っている。自分の母も事情を察したらしく目を大きく見開いていた。むろん父はまだわけがわからずきょとんとしていたが、ジョージーは告げた。「ニコラスとわたしは結婚を決意しました」

「まあ、すばらしいことだわ！」レディ・ブリジャートンが声を張りあげた。飛んできたと言っても大げさではないくらいの勢いでこちらにやってきてジョージーを抱きしめた。

「これほどうれしい報告はないわ」母は言葉をほとばしらせた。「もう、ほんとうに最高。これ以上は望めないくらいに。どうして思いつけなかったのかしら。だってニコラスはここにいなかったし、こうなるとはわたしにはまったく——」

「どうしてこうなったかなんてどうでもいいじゃない」ジョージーはさりげなく遮った。

「大事なのはこれからだもの」

「ええ、もちろんだわ」母は夫のほうを見やった。「特別結婚許可証が必要ね」

「入手してある！」マンストン伯爵が大きな声で告げ、ポケットから手早く書類を取りだしたので、ジョージーはぽっかり口をあけずにはいられなかった。

「ここにあるので」伯爵が言う。「きょうの午後にでも結婚できるぞ」

ジョージーはとりあえずその場を収めようとした。「それはまだ――」

「どうなのかしら？」母が言った。「ええ、たしかに、早くするに越したことがないのはそうなのだけれど、そんなに慌ててするのも体裁がよいとは――」

「体裁がいいか悪いかなんて誰に判断できるのかしら？」レディ・マンストンが言葉を差し入れた。「この子がいつ求婚したかなんて誰にもわからない。そもそも例の一件とは関わりがないと誰にでも信じてもらえるわけでもないでしょうし」

「たしかに」レディ・ブリジャートンは考え深げに言った。「この成り行きを上手に生かすことのほうが大事な状況ではあるわね」

「私はうれしい」ブリジャートン子爵が誰にともなく言った。「とにかく喜ばしい」

マンストン伯爵が身を近づけて子爵になにか耳打ちした。ジョージーは読唇術が使えるわけではないけれど、今回ははっきりと読みとれた。「私が提案した」と。

ニコラスがジョージーのほうを向いた。「ぼくたちがいま去っても誰にも気づかれそうにないな？」

ジョージーは首を振った。「まるで気づかれないでしょうね」

「計画を練らなければ」レディ・ブリジャートンが高らかに告げた。

「盛大な結婚式を挙げるには時間がない」ブリジャートン子爵が念を押すように言った。

「結婚式のことではないわ」夫人はそう返した。「その後のこと。ふたりはどこに住むの？」

「エディンバラよ、お母様」自分に尋ねられたわけではなかったものの、自分についての質問なのでジョージーは答えた。「ニコラスは学校に戻らなくてはいけないもの」

「それはそうでしょう。だけど……」声が消え入り、レディ・ブリジャートンは言いたいことはみなさんもおわかりよねとばかりに両手を少し動かしてみせた。

「だけどもなにもないの、お母様。わたしは彼と一緒にスコットランドへ行く」

「でもね」母が言う。「あなたがすぐにエディンバラへ行かなくてもいいのではないかしら」

ジョージーはいたって平静に淡々とした態度を崩さなかった。「でも、わたしは行く」

「よく考えて。なんの準備もできていないのに」

「かまわないわ」

「あなたはなにもわかっていないからそんなことが言えるのよ」

ジョージーは歯ぎしりしたいのをこらえた。「それなら学ぶわ」

レディ・ブリジャートンがどうにかしてとでも言うようにレディ・マンストンのほうを見やった。

レディ・マンストンがにっこり笑った。「マンストン伯爵があなたたちのためにニュータウンに家を借りてくださるそうよ」

「ニュータウン？」ジョージーは訊き返した。自分がエディンバラについてたいして知らないことを思い知らされた。じつを言えば、まったく知らない。

「エディンバラの新市街のことだ」ニコラスが説明した。

「あら、それなら助かるわね」ジョージーはつぶやいた。

ニコラスが肩をすくめた。「そうだな」

ジョージーはしかめ面をした。「そうなのよね？」

「アンドルーの友人たちがそこの開発計画に関わっている」マンストン伯爵が続けた。「非常に革新的な都市計画だとか」

ニコラスの兄であるアンドルーは学位を取得してはいないものの、実務経験が豊富な建築家だ。彼と建築や工学について話すのはいつも楽しい。そのアンドルーがニュータウンに家を借りることを勧めるのなら、間違いはないとジョージーは信じられた。

だからといって、これ以上自分のしたいことに口出しされたら叫びだしてしまいそうな心境はまるで鎮められなかった。

「ジョージアナ」レディ・マンストンが言った。「エディンバラではいろいろとやっかいなことが待ち受けているわ」

「やっかい？」ジョージーは訊き返した。それはいったいどういうこと？

ニコラスが身を乗りだして母に向かって顔をしかめた。「なにをおっしゃりたいんです？申しぶんなく整備された街ですよ」

「ええ、違うのよ」レディ・マンストンが言う。「そういうことを言いたかったのではないの。楽しく暮らせるようになるでしょうとも。いずれは」ジョージーのほうを向く。「ただし覚悟しておかなくてはいけないわ――ふさわしい住まいが見つかっても、やらなければいけないことはたくさんある。家具調度を揃えたり、使用人を雇ったり」

「そうしたことなら問題ありません」ジョージーは答えた。

「ジョージー」母が言う。「あなたにはまだよくわかってな――」

「ちゃんとやれるわ」ジョージーは奥歯を噛みしめて言った。

「きみさえそれでよければ」ニコラスが言った。助けようとしてくれているのは間違いないけれど、ジョージーが彼にほんとうにしてほしいのは、これ以上の口出しはやめさせて、ふたりで北へ旅立つ意思をきっぱりと宣言することだった。

「わたしは結婚したらケントにとどまりません」ジョージーは断言した。

「妙な誤解を与えかねないけれど」母はなおも渋っていた。

「誤解されようがかまわないわ」ジョージーは言い返した。「大事にしなくてはいけないのは自分自身、それにニコラスだもの」急いで付け加えた。

ニコラスがにこやかにうなずいた。

「彼と結婚したら、ちゃんと結婚生活を始める。下宿屋住まいでもなんでも」

ニコラスが咳ばらいをした。「じつを言うと、マグリーヴィー夫人の下宿屋にご婦人の入居を認めてもらえるかわからない」

「妻でさえも？」ニコラスの母が尋ねた。

「正直なところ、知らない。これまで尋ねなければいけない理由もなかったし。だけど、現在の住人たちは全員男性だ」ニコラスはジョージーのほうを向いた。「ぼくと一緒にエディンバラに来てほしいが、そのような環境できみが快適に過ごせるかどうか」

「行ってみなければわからないわ」ジョージーは低い声で言った。

「スコッツビーを使えばいい」ブリジャートン子爵がだしぬけに言った。

全員の目が子爵に向けられた。

「スコッツビーだ」子爵が繰り返した。「話したことがあったはずだがな。小さな狩猟小屋だ。しばらく使っていなかったが、エディンバラからそう遠くはない。そこを使ってもらえるならなんの支障もない。ニコラスがそこから通えばいいのではないかな」

「大変ありがたいお申し出です」ニコラスは答えた。「ですが、エディンバラからどのくらいの距離があるのか、伺ってもよろしいでしょうか？」

ブリジャートン子爵が眉をひそめた。「正確には憶えていないが、二時間はかからないだろう」

「二……時間？」

「四輪馬車で」ブリジャートン子爵は明言した。「馬に乗ればその半分の時間で行ける」

「お父様、それでは無理だわ」ジョージーはニコラスにとめる隙も与えず言葉を挟んだ。

「ニコラスはとても忙しいの。学校へ一時間もかけて通っていられないわよ」

「つまり、毎日通わなくてはならないのか?」ブリジャートン子爵が尋ねた。

「ほぼ毎日です」ニコラスは礼儀正しく答えた。

「それは失礼」ブリジャートン子爵が言う。「てっきり、ほとんど個別指導のような形式なのかと思いこんでいた」ぐるりと部屋のなかの人々を見まわした。「それでは役に立たんな」

「でも、ジョージアナはスコッツビーに滞在すればいいわ」レディ・ブリジャートンが提案した。

ジョージーはぴんと首を起こした。「わたしだけ?」

「あなたひとりではないわよ」ジョージーの母は念を押すように言った。「使用人を付けずにあなたひとりでスコットランドへ行かせるわけがないでしょう」

「ニコラスと離れてという意味よ」ジョージーは言った。

「いっときのことだわ」レディ・ブリジャートンは穏やかな笑みを浮かべた。「マンストン伯爵がニュータウンに家を用意してくださるまでなのだから」

「ふたりで住める下宿先を探してみます」ニコラスはきっぱりと言った。

「いつ?」マンストン伯爵が問いかけた。「おまえはいつも私に忙しいと言っているではないか」

「妻と暮らす場所を探せないほどではありませんよ」

「ねえ、ニコラス」レディ・マンストンが言った。「お願いだから、わたしたちの助けを受け入れて」

「ありがたく受け入れますよ。口出し以外は」

沈黙。

「つまりはこういうことよね」ジョージーはすぐさま言葉を補った。「自分たちで判断をくださせてほしいと」

沈黙。

「ジョージーはこう言いたいんだよな」ニコラスが沈黙を破ったが、彼の口ぶりからそのまま続けさせるのは好ましくないとジョージーは判断した。肘でくいとニコラスを突き、にこやかな笑みをこしらえた。

「スコッツビーは、わたしたちがより長く定住できる場所を見つけるまでの仮住まいにはふさわしいと思うわ」ニコラスのほうを向く。「そうでしょう？」

ニコラスは半信半疑のような面持ちだ。「仮住まいとはどういうものかにもよるが」

「言葉どおりよ」ジョージーはつぶやいた。

「そうは言っても」ふたりのやりとりを興味深く見守っていたレディ・ブリジャートンが口を挟んだ。「手助けは必要でしょう。少なくとも住みはじめには。ヒバート夫人を連れていきなさい」

ジョージーは母を見つめた。「ヒバー……それはどなた？」

「ヒバート夫人よ。ブラウンリー夫人と姉妹の」

「ブラウンリー夫人？」ニコラスが訊き返した。

なかったわ」

「うちの家政婦なの」ジョージーは説明した。母のほうに顔を戻す。「姉妹がいたとは知らなかったわ」

「近くに越してきたばかりなの」レディ・ブリジャートンが言う。「最近、ご主人を亡くされて。経験豊富だし、職を探しているのよ」

「そういうことなら、そうね」ジョージーは断わりようがなかった。ブラウンリー夫人の姉妹が仕事を必要としていると言われてしまっては。

「それなら、わたしたちからは執事を推薦するわ」レディ・マンストンがあとを継いだ。

ジョージーは目を瞬いた。「どうしても必要というわけでは――」

「あら、必要だわ」レディ・マンストンが続ける。「それに、推薦したいのはウィーロックの甥なの。それなら拒む理由はないでしょう」

「リチャードを？」ニコラスが訊いた。

「ええ。ウィーロックが何カ月もまえから訓練しているの」

「ですが、本人がいやがるのでは？」ジョージーは尋ねた。

「執事の職を得る機会はそうそうあるものではないわ」レディ・マンストンが言う。「飛びつくに決まってる。それに、そもそもウィーロックは北部の出身なのよ。だけどぜひ、あなたたちから直接リチャードに尋ねてもらえないかしら」

「もちろん、マリアンは連れていくとしても」ジョージーの母がまた口を挟んだ。「やはりマリアンだけでは心もとないのよね。ヒバート夫人には娘さんがふたりいたはず。お嬢さんたちにも同行してもらいましょう」

「家族をばらばらにさせてしまうのはお気の毒だものね」レディ・マンストンも口添えした。

「そのとおりだわ」

ジョージーは空咳をした。「学生とその妻の付き添いにしてはずいぶんと大所帯じゃないかしら」

「となれば馬車も必要ね」レディ・マンストンが夫のほうを向いた。「馬車の調達はあなたにお願いするわ。ともかく寒い気候にじゅうぶん耐えられるものを」

「二台は必要だな」マンストン伯爵が言った。「一台ではとても全員は乗りきれまい」

「わたしたちに四輪馬車を二台も要りません」ジョージーは反論した。

「あたりまえだ」伯爵はどうかしてしまったのかとばかりに見返した。「一台はケントに戻ってこさせる」

「そうですわね」ジョージーはどうして責められているような気分にならなければいけないのかと思いつつ、つぶやいた。

「それでも、御者はふたり必要だな」マンストン伯爵が続ける。「ひとりが体調を崩した場合に備えて」

「先導馬の従者も」ブリジャートン子爵が言う。「このところ旅路が物騒になっている。用心するに越したことはない」

「残念ながら料理人についてはどうしようもないわ」レディ・ブリジャートンが言う。「スコットランドで誰か雇うしかないわね」

「自分たちでなんとかするわ」ジョージーは自信なさげに答えた。「大丈夫よ」

「家政婦の姉妹のお嬢さんたち」ニコラスの母がジョージーの母に言った。「どちらかお料理が得意ではないのかしら」

ジョージーはニコラスのほうを向いた。「あなたは郵便馬車で来たと言ってたわよね？」

「ほとんどそれで来たようなものだが、どうして？」

「急にそれもとても魅力的に思えてきたの」

ニコラスが皮肉っぽい笑みを浮かべた。「きみは郵便馬車に乗ったことがないからさ」

「それに乗れば駆け落ちもできるわけでしょう？」ジョージーは期待を込めて言った。

「だめよ！」母が声を張りあげた。

ニコラスの母も。

ジョージーはぎょっとした。ひそひそ話をしているつもりだったからだ。

「そういった考えは消し去りなさい」と、レディ・ブリジャートン。

「冗談よ、お母様」ジョージーはテーブルについているほかの面々に、瞳をぐるりと動かしてみせた。「冗談で言ったの」

誰も面白がっているふうはない。でもニコラスだけはこう言った。「なかなか面白かった」

「つまり、あなたと結婚するのは名案ということね」ジョージーは低い声で返した。

「あす」ニコラスが唐突に告げた。

「なんですって？」

「あす」ニコラスは少しばかりもったいをつけて、間をおいた。「あす、ぼくたちは結婚します。そのあとすぐに発とう」

この宣言は即座に却下された。誰より声高に反論したのはニコラスの父だ。「ばかなことを言ってるんじゃない。そんなにすぐに家財道具の荷造りができるわけがないだろう」

ニコラスは肩をすくめた。「でしたらその翌日に。いずれにしても、ぼくは発ちます。戻らなくてはならない。なるべくならジョージーをあとからひとりで北へ来させるようなことはしたくないんですが……」

「そんなことはさせないわ」ニコラスの母が言った。

ニコラスは微笑んだ。「それなら同意してくださいますね」

そんなわけで、とりあえず同意は得られた。一週間以内にスコットランドへ旅立たせるのは無理だと反対していた両親たちが、二者択一となるや、二日後の出発でも問題なしと判断したらしい。

ジョージーは感心してニコラスを見つめた。ニコラスは有能だ。したり顔を向けられてもジョージーは癪にさわりもしなかった。ニコラスには得意な気分になっても当然の権利がある。

二日間。二日後に自分は結婚する。

より正確に言うなら、結婚するだけでなく、夫になる人以外に知り合いは誰もいない新天地へ旅立つ。そこで新たな家を見つけて、家庭を築き、新しい友人をつくって、新たな土地の慣習を学ぶ。

緊張するのは仕方がない。

怖くなるのも。

でも、ジョージーは緊張もしなければ、怖くもならなかった。

そして誰もが自分の話をしていて、両親たちが計画を立てたり、ニコラスがメモを取ったりしているなかで、ジョージーだけはただ微笑んでいた。顔がほころんでしまうほどに。

すばらしいことが起こりそうな予感がしていた。

13

すばらしいことは起こりそうになかった。

結婚式は心に残るものとなった。そのあとの祝宴も快く楽しめた。

でも、北へ向かう旅は……。

キャットヘッドをどうにかしないかぎり、誰も生きて乗り越えられそうにない。

あとの二匹の猫は落ち着いていた。ジュディスはいかにも猫らしく自分用のかごのなかで身を丸めてすぐに寝入ってしまった。ブランシェは人には誰にでも蔑みを示さずにはいられないので、数分は唸ったり歯を剝いたりしていたが、そのうちに詰め物入りの座席の隅にできるかぎり深く沈みこんだ。

といってもジョージーは不機嫌なブランシェのなだめ方を心得ていた。すねていきり立ちやすい猫だが、チーズのかけらをひとつふたつ与えれば、たちまちおとなしくなる。

かたや、キャットヘッドは……。

キャットヘッドは呻いていた。

泣きわめいている。

ここがもう煉獄か地獄としか思えないくらいの声を発していた。

それにたとえジョージーがこのような責め苦にどうにか耐えられたとしても、この旅の一行は十五人にも及び、その人々にどれくらい我慢を強いることができるのかわからなかった。

　グラアウウッ！

　ジョージーは向かいの座席に坐っているニコラスを気が気ではなく見ていた。たじろぎもせず見事に平静を装っている。ジョージーが信頼をおく侍女のマリアンよりもはるかに上手に――

　グラアウウッ！

　――侍女の左頬がますますひくついてきたようだ。

　グラアウウッ！

「キャットヘッド、静かにして」ジョージーは雄猫の頭を撫でた。どうしてそれでなにか変わるとまた期待してしまうのか自分でもわからない。すでに百六十三回も同じことを繰り返しても結果は同じだったというのに。

　グラアウウッ！

「馬車が走りだしてどれくらいになるんでしょう？」マリアンが尋ねた。

　ジョージーは努めて明るい声で答えた。「時計を持ってないのよ」

「持っている」ニコラスが医学雑誌から目を上げた。「三時間だな」

「そんなに？」ジョージーは力ない声で言った。

　グラアウウッ！

　マリアンの目がぴくぴくしはじめた。

ジョージーはほんとうなら目を見開いて顎を突きだしたいところをニコラスに鋭い一瞥をくれるだけですませた。〝どうにかして〟と言わんばかりに。

ニコラスは目を大きく見開きながらも顎を突きだすのではなく頭を少し傾けるといったしぐさで応じた。いかにも肩をすくめて〝なんだ？〟とでも言うように。

ジョージーは顎を突きだした。

ニコラスが頭をかしげた。

ふたりとも目を大きく見開いた。

「どうかなさいましたか？」マリアンが尋ねた。

グラアウウッ！

「あれ以外に」侍女はぼそりと言い添えた。

「ニコラス」ジョージーはあてつけがましく言った。「マリアンにあなたのウイスキーを飲ませてあげてはどうかしら」

ニコラスは瞬きをして、ジョージーに目顔ではっきりとこう告げた――きみが目を丸くして顎を突きだしたからといって、そんなことを求められているとぼくに読みとれるはずがないだろう？

「あの、お嬢様――」

グラアウウッ！

「ジョージアナお嬢様」マリアンが息苦しそうな声で言った。「もうあとどれくらい耐えられるか――」

「ウイスキーをどうかな?」ニコラスが侍女の顔の前に小瓶を突きだした。

マリアンはほっとしたようにうなずいて、ごくりと飲んだ。

グラアウウッ!

「ジョージー」と、ニコラス。「なにか打つ手はないのか?」

なにひとつ文句も言わずにここまで耐えられた夫を称えるべきなのかもしれないが、三時間も猫の呻き声を聞かされつづけて、ジョージーもすっかり神経がまいっていた。「あったら」不機嫌に言い返した。「とうにその手を打ってるはずよね?」

グラアウウッ!

マリアンが酒の小瓶をぐいと呷った。

「エディンバラに着くまでずっとこのような状態が続くんだろうか?」ニコラスが訊いた。

「神よ、お助けください」マリアンが唱えた。

「わからない」ジョージーは正直に答えて、これまでグラス半分程度のシェリー酒を飲んだところしか見たことがなかった侍女からようやく目をそらした。「この子を馬車に乗せて出かけるのは初めてだもの。あとの二匹はどうにかおとなしく乗れているし」

「ほんとうにそうだろうか?」ニコラスが疑問を投げかけた。「あちらはいつきみの息の根をとめようかとたくらんでいそうだが」

ジョージーはブランシェをちらりと見下ろした。これまでのところおおむねおとなしかったので、渋々でもこの状況を受け入れているのかと思っていたけれど、この数時間のあいだにいつの間にか陽光が射し込む角度が変わり、ブランシェが沈みこんでいる座席の隅まで照らされていた。おかげでこちらの猫も安らいでいるわけではなく、〝こんな目に遭わされるなんて信じられない〟とでも言わんばかりのあきらかに恨みがましい目つきで固まっていただけだったことが判明した。

ジョージーはブランシェにそっとチーズのかけらを差しだした。

グラアウウッ！

「こっちにもチーズをよこせと言ってるのではないかな」ニコラスが当て推量で言った。

ジョージーは肩をすくめた。こうなったらどんなことでも試さずにはいられない。

「キャットヘッド？」やさしく呼びかけて、クリーム色の小さなかけらを差しだした。キャットヘッドがそのごちそうにむさぼりついたので、全員がほっと安堵の息をついた。この雄猫は静かに食べるのが得意なわけでもないので、舌をぴちゃぴちゃ、ひげをかさかさと盛大に鳴らしているものの、先ほどまでと比べれば――

グラアウウッ！

「もっとチーズをあげてはいかがです？」マリアンが懇願するように勧めた。

「もっとウイスキーがあればな」ニコラスが言う。

「わたしの猫にウイスキーはあげられないわ」ジョージーは言った。

ニコラスとマリアンが視線を交わした。

「あげられないわよ！」

誰も同意しようとしない。

「ロンドンまではもうそんなに遠くないわよね」ジョージーはほとんどあきらめの境地でつぶやいた。

ニコラスが馬車の窓から進路を覗いた。「一時間くらいかかな？　九十分はかかるか」

「そんなもの？」ジョージーは無理やり明るさを取り戻した。「たいした時間ではないわね。それなら――」

グラアウウッ！

「かごに入れてはいかがです？」マリアンが尋ねた。

ジョージーが見下ろすと、銀白色の毛がふわふわのジュディスは相変わらず籐かごのねぐらに心地よくおさまっていた。「かごはこれひとつしかないの」

「どうしてそんなことに？」ニコラスが訊いた。

ジョージーはいったん考えた。「わからない。三つあったはずなのよ。ほかのふたつはもう一台の馬車に積まれたのではないかしら。それとも屋根の上かも」

「屋根の上だって？」

はずんだ声で訊き返されて、ジョージーはつい冷ややかな顔になってしまったのが自分でもわかった。「キャットヘッドは屋根の上には行かせない」

マリアンがニコラスのほうに小さく首を振った。「どうせ鳴き声は聞こえてきます」

「これほどひどくはないだろう」ニコラスがぼやいた。

夫が本気でそんなことを考えているのかジョージーにはほんとうに読みとれなかった。

「でも、かごがひとつしかないというのなら」ニコラスが言う。「いま入ってる猫を出せばいい」

「だけど、とても気持ちよさそうなのよ」ジョージーは身ぶりで下を示した。「鳴き声ひとつしないでしょう」

「死んでるのかもしれないぞ」

「ニコラス！」

夫は肩をすくめた。「かごから解き放ってやるわけだろう」

ジョージーは冷淡な目つきで見据えた。「お答えするまでもないことね」

ニコラスはまたも肩をすくめた。

「それに、キャットヘッドがかごに入れば鳴かなくなるとはかぎらないでしょう」

ニコラスが一本の指を立てた。「答えたな」

ジョージーは淑女にはとうていふさわしくないはずの文句を独りごちた。

グラアウウッ！

「ロンドンはもうすぐよね」ジョージーは藁にもすがるような思いで言った。気力を新たにまたキャットヘッドを撫でて、その頬に手を滑らせ、顎があけづらくなるくらいに力を込めて掻いてやった。

それでもキャットヘッドは顎をあけようとした。

グルルルル。

「ましになったわよね？」ジョージーは言った。

グルルルル。

「煮えたぎっているようにも聞こえる」ニコラスが指摘した。

「そのように無理やり食いとめてしまうのは猫の身体にさわるかもしれませんよ」マリアンが心配そうに言う。

ジョージーは侍女に目を向けた。「手を放したほうがいい？」

「いいえ！」

ジョージーはうなずいて、雄猫の頬に手を押しつけて顎を掻きつづけた。「その調子よ、キャットヘッド。そんなに悪くないでしょう」

キャットヘッドは満足しているようには見えない。グルルルルと顎をあけようとするので、ジョージーはさらに力を入れて鳴き声を押さえ込まなければならなかった。

「いい子ね」ささやきかけた。「よし、よし、可愛い猫ちゃんだわ」

「とんでもない悪猫だ」ニコラスが言う。「凶悪と言ってもいいだろう」

ジョージーはきっと睨んだ。「可愛い猫ちゃんよ」ほとんど唸るように言い返した。それでもキャットヘッドは小さな顎をこじあけようとしていた。

グルルルル……。

マリアンが不安げに眉根を寄せた。「ぶきみな声ですね」

「いいえ、きっと――」

グラアアオウウゥ！

キャットヘッドが邪悪としか呼びようのない悲鳴をあげると同時にジョージーの手が猫の顔からずれた。その鳴き声は宙をつんざき、こらえていたものがいっきに噴きだしたらしく、脚も頭もぴんと硬直して、オレンジ色のけば立った五角形の塊りが理不尽な世の中に吼えるかのごとく……。

と、猫の動きがとまった。

馬車のなかの三人は同時に息を詰めた。

「死んだのか？」ようやくニコラスが問いかけた。

ジョージーはぞっとして夫に目を向けた。「どうしてあなたはわたしの猫をそんなに殺したがるわけ？」

「でも、そうじゃないのか？」

「気絶したのではないかしら」ジョージーは気遣わしげに見下ろした。キャットヘッドは膝の上で仰向けに腹を見せて横たわり、前脚の片方を顔の上にだらりとおいている。ジョージーは恐るおそる猫の胸に手をあててみた。「まだ呼吸してるわ」

マリアンがふうと息を吐いた。でも安堵の息とはジョージーには思えなかった。

「いずれにしても」ニコラスが低い声で言う。「動かさないほうがいい。そんなやつを目覚めさせてしまったら――」

「ただの猫よ、ニコラス」

「そんな猫を目覚めさせたら」ニコラスはまるで悪びれもせずに言いなおした。「われわれの苦境がまたいつまで続くことになるやら」

マリアンが窓の外を見やった。「走る速度が遅くなってませんか？」

ジョージーは眉をひそめて、外を見ようと身を乗りだした。

「動かないで！」ニコラスとマリアンが慌てて言った。

「着いたの？」ジョージーはこれ見よがしに座席に腰を落ち着けて尋ねた。

「着いたとはどこのことを指しているかによるが」ニコラスが低い声で言う。「ロンドンを指しているのだとすれば、いや、着いていない」

馬車は完全に停まった。

「じっとしていてくれ」ニコラスが言った。「どうして停車したのかを確かめてくる」

ジョージーはマリアンとともにニコラスが馬車を降りていくのを見ていた。それからすぐに口を開いた。「もう目的地までそんなに遠くないはずよね」

「ええ」マリアンが静かに応じた。「夕方には着く予定ですから。レディ・マンストンから使用人たちはそのように聞かされています」

ジョージーはうなずいて、ふっと、みぞおちに蝶の大群が身をひそめていたことに気づかされた。キャットヘッドに泣きわめかれていてよかったと思える点はただひとつ、これから迎える晩について考える余裕が与えられなかったことだ。

　今夜はロンドンのマンストン邸に一泊する予定となっていた。北への旅で最初の休息をそこでとるのは理に適っている。そうすれば、ジョージーとニコラスは結婚初夜を宿屋で過ごす必要はない。

　しかも結婚初夜をケントの家族のいる家で迎えることなく出発できた。ニコラスの家族が同じ廊下の先の寝室にいると思うと、クレイク館で初夜を迎えるなんてジョージーは考えたくもなかった。自分の家族がそばにいるオーブリー屋敷で新郎と一夜を過ごすよりはまだましだとしても。

「なにがあったのかわかりそう？」ジョージーはマリアンに訊いた。いまや侍女は座席から完全に腰を上げて馬車の扉口の外へ身を乗りだしている。

「ミスター・ロークズビーはジェイムソンと話しています」マリアンが伝えた。

「馬丁のジェイムソン？」

　マリアンがうなずく。「疲れているようですね」

「ジェイムソン、それともミスター・ロークズビーのこと？」

「ジェイムソンです」マリアンが答えた。「ロンドンへ先駆けすることになってましたよね？」

「ロンドンへ先に出発したはずよ」

「では、引き返してきたんですね」

「それは辻褄が合わないわ」ジョージーは疑問を投げかけた。

マリアンがジョージアナを振り返った。「辻褄が合おうが合うまいが、ジェイムソンはここにいて、ミスター・ロークズビーと話していて、どちらも楽しそうではないんです。あ、ちょっと待ってください、マーシーとダーシーが来ました」

マーシーとダーシーはヒバート夫人の双子の娘たちだ。ジョージーはふたりが何歳なのか正確には知らなかった――十五歳か十六歳？　ふたりはもう一台の四輪馬車に母親のヒバート夫人とウィーロックの甥（名はリチャードだが、こちらもウィーロックと呼ばれている）と同乗していた。今回の旅の一行はほかに、先導者としてオーブリー屋敷の従僕がふたりと、同じく先導を務めるクレイク館の従僕がふたり、さらにオーブリー屋敷の御者とクレイク館の御者、オーブリー屋敷の馬丁見習いの少年、そしてロンドンへ先駆けしていたはずのクレイク館の馬丁ジェイムソンとなっていた。

「なにが起こったのか知ってる？」マリアンがマーシーに尋ねた。

それともダーシーのほうかもしれない。この双子の女性たちはほんとうにそっくりでジョージーには見分けがつかなかった。

「疫病がどうとかと話してます」マーシーかダーシーが答えた。

「疫病？」ジョージーは訊き返して、思わず腰を上げかけた。

「動かないでください！」マリアンが低めの金切り声を発した。

ジョージーは不満げな声を洩らしつつも言われたとおり腰を戻した。キャットヘッドを目覚めさせたくない思いはマリアンと同じだ。

「そちらの馬車でなにかあったのですか？」双子の片方がマリアンに訊いた。もう片方はもう一台の馬車のそばをうろついて、おそらくはもっと楽しめるおしゃべり相手でも探しているのだろう。

「音のこと？」マリアンが訊いた。「あれは猫」

「もう一台の馬車にまで聞こえるわけがないでしょう」ジョージーは抗議した。

若い侍女は肩をすくめた。「悪魔と同乗しているような声でしたもの」

「だからといって」ジョージーは誰も聞いてくれなくてもかまわず続けた。「この子の声が聞こえたとは思えない」

マーシーかダーシー（ふたりを見分ける方法をなにか見つける必要がある）が馬車のなかを覗きこんだ。「奥様、それを殺したんですか？」

「いいえ、猫を殺すわけがないでしょ」ジョージーはぴしゃりと否定した。

マーシーかダーシーは納得のいかないような面持ちだ。

「ミスター・ロークズビーが疫病の話などするはずがないわよね」ジョージーは言った。

「奥様、ミスター・ロークズビーではありません」マーシーかダーシーが言う。「話しているのは馬丁のジェイムソンです」

「そうだとしても――ごめんなさい」このような状態では話を進められそうにない。「あなたはマーシー、それともダーシー？」

「マーシーです、奥様。そばかすで見分けられます」

「そばかすで？」

マーシーはさらに身を乗りだしてくれたのだけれど、顎が馬車の床と同じくらいの高さなのでいささか滑稽に見えた。「わたしのほうがそばかすが多いんです」自分の頬を指差した。

「ね？」

「たとえば、ふたりがそれぞれ違う髪形をするといったことを考えてもらえないかしら」ジョージーは提案した。

「そうしていたんです」マーシーが説明した。「でも、母から、お仕えするからには後ろにきっちり束ね上げるようにと言われて」いまさらながら新たな雇用主と話していたのだと気づいたかのように、さっと膝を曲げて軽く頭をさげた。気の毒にそのせいで顎を馬車の床に打ちつけてしまった。

「うっ！」マーシーが声を発した。

ジョージーの膝の上で、キャットヘッドが動いた。

全員が凍りついた。いや、ジョージーとマリアンだけだ。マーシーは頬を手で押さえて痛そうな哀れっぽい声を洩らして飛び跳ねている。

「血が出てるの？」ジョージーは尋ねた。

「動かないでください」マリアンが女主人に懇願してからマーシーのほうを向いた。「血が出てるの？」

「舌を嚙んでしまったみたいで」

マリアンが脇に動いて、マーシーの顔が見えると、ジョージーは息を吞んだ。マーシーは微笑んでいるつもりのようだが、そのせいでなおさら血まみれの歯があらわになっていた。

「まあ、大変」ジョージーは口走った。かわいそうにこれでは人食い鬼にしか見えない。「ミスター・ロークズビーを呼んできたほうがいいわ。手当ての仕方を教えてくれるでしょう」

「お医者様なので」マリアンがマーシーを励ますように言った。

「これからお医者様になるのよ」ジョージーは訂正した。「もうすぐ」

マーシーが急いで駆けていき、ジョージーはなにが起こっているのかを確かめようと馬車から身を乗りだしている侍女をただじっと見ていた。

「降りてもいいわよ」ジョージーはつぶやいた。膝の上でまだ寝ているキャットヘッドを見下ろす。「わたしはどうせ行けないから」

マリアンは自分が離れてもほんとうに女主人が気にかけないのかをもう一度最後に確認するかのようにちらりと振り返った。

「行って」ジョージーは言った。「でもちゃんと、どうしてここで馬車を停めたのか確かめてきて！」

マリアンはうなずいて、まずは床に坐って脚を扉口の外に垂らしてから飛び降りた。着地と同時にうわっという声が聞こえたものの、すぐさま駆けだしていったのでけがはなさそうだ。

「これで」ジョージーはべつにキャットヘッドにだけやさしく声をかけようとしたわけではなく独りごちた。「わたしたちだけになったわね」

ブランシェが顔を上げ、あくびをした。

「ええもちろん、あなたとジュディスもよ」ジョージーはブランシェに軽くうなずいた。「だけど、あなたがそこにいるのをわたしにまた忘れさせてしまうくらい努力してくれたなら、みんながもっと幸せでいられるわ」

ブランシェは横柄に鼻を鳴らしはしたが、この数時間ジョージーを恐ろしげに睨みつけていた甲斐あって馬車を停められてご満悦とでもいうふうに、ごろんと寝そべった。

ところが、ブランシェが落ち着くや、キャットヘッドが身じろぎだし、大きなあくびをして、もうすっかり目覚めて、元どおりに過ごせることを示してみせた。

とはいえ、馬車は停まったままなので、雄猫もまだ鳴き叫びはしなかった。ジョージーはキャットヘッドを隣の座席に坐らせて、あけ放された馬車の扉口のほうへすばやくずれた。もう猫を抱きかかえている必要はないので、こちらも脚を伸ばせる。ほかの人々は誰もがその辺を歩きまわっているようだ。

オーブリー屋敷の従僕のひとりが扉口にいるジョージーに気づき、降りるのを手伝おうと駆けつけた。けれどもジョージーがニコラス――いまもジェイムソンと話しこんでいる――

のほうへ向かうまえに、マリアンが駆け戻ってきた。

「ああ、大変です、ジョージアナお嬢様」侍女は息を切らして言った。「ロンドンに疫病がはびこってるそうです！」

14

取り乱しやすいご婦人がたからわれを救いたまえ。

「ロンドンに疫病がはびこっているわけではない」ニコラスは暴動を引き起こしかねないマリアンを追いかけていき、息荒く否定した。

「ほんの少しもでございますか?」侍女が訊いた。

「きみは疫病がはびこってほしいのか?」ニコラスは侍女の期待しているかのような口ぶりに困惑ぎみに訊き返した。

「いいえ!」侍女がジョージーのほうを向く。「なんでまたそんなことをおっしゃるんでしょう」

ニコラスはどうにかこうにかながらも返し文句を呑みこんだ。どのみち、マリアンが次に発した言葉のほうに気を奪われた。

「疫病地獄でございます!」

ニコラスは呆然と見つめた。「なんだって?」

「ジェイムソンが言ったんです」マリアンは説明した。

「違う」ニコラスは否定した。「そんなことは言ってない」だが要約すればジェイムソンが言ったことはたしかにほぼそういうことになる。実際には山ほどの悪態とご婦人がたの耳には不適切な修飾語を使ってそのようなことを言った。

　取り乱しやすい男たちからもわれを救いたまえ。

　ニコラスはひと息ついてジョージーのほうを向いた。「マンストン邸で数人に流感のような症状が出ている。けっして疫病地獄などと呼ぶような状況ではない。それにそもそも疫病ですらない」

「それなら、ひとまず安心ね」ジョージーが答えた。「そうなのよね？」

「ああ、黒死病よりはましだという意味では」ニコラスはさらりと答えた。「だが、流感もばかにはできない。ロンドンに寄るのは避けたほうがいいだろう。マンストン邸に滞在するなどもってのほかだ」

「そんなに危険ではないでしょう」ジョージーが言う。「大きなお屋敷だもの。病人がいるところに近づかないようにさえすれば」

「流感は非常に移りやすいんだ。それに、どのように広まるのかもまだあきらかになっていない。ともかく安全ではないんだ。きみにとってはことに」

「わたしにとっては？」ジョージーは驚きからなのか、いらだちからかもしれないが、目を大きく見開いた。どちらのせいなのかはニコラスには見分けられなかった。

「流感は肺の病だからだ」ニコラスは説明した。「きみはもう何年も呼吸の発作を起こしていないかもしれないが、ほかの人々よりも移りやすい可能性が高い」

「ミスター・ロークズビーのおっしゃるとおりです」マリアンが語気を強めて言った。「そのような病が流行っているお屋敷に奥様をお連れすれば、わたしたちはレディ・ブリジャートンに生きたまま皮を剝がれてしまいます」

ジョージーはこれまでニコラスに見せたことのないような鋭い目を侍女に向けた。「母はもう、わたしの身を守る立場にはないわ」

「ああ。でも、今度はぼくが守らなければいけない」ニコラスはこの議論にどうにか決着をつけたかった。「だから、ロンドンへは行けない」

ジョージーを――ほかの人々も誰であれ――危険にさらすわけにはいかない。

おかしなもので、ニコラスはジェイムソンから息を切らしてロンドンでの病の流行を知らされるまで、自分が新たに担うこととなった責務の重さをまるで感じていなかった。いまや守るべきはジョージーだけではない。自分は一家の当主なのだ。

「その人たちを助けないと」ジョージーが言った。それからなにかに衝き動かされたかのように感情のこもった声で繰り返した。「その人たちを助けないと、手当てをして、それから……あなたはお医者様でしょう」

「ぼくはまだ医者じゃない」ニコラスは一応訂正した。

「でも、どうすればいいのかはわかってるのよね」

「ぼくにできることがないことくらいはわかってる」

ジョージーは息を呑んだ。

「いや、違う、そういう意味ではないんだ」ニコラスはすぐさま言いなおした。ああ、まったく、なんで宿命論者みたいなことを言ってるんだ。

ジョージーが物問いたげな手ぶりをした。

「ジェイムソンの話からすると」ニコラスは説明しようとした。「ぼくにできることはすでにもう行なわれていて、もうないということだ。みな医者に診てもらって、柳の樹皮と煮だし汁を与えられている」

「柳の樹皮？」

「熱を下げると考えられている」

ジョージーの眉間にV字の皺が刻まれた。「とても興味深いわ。いったいどうして……」

ニコラスは妻の考えがまとまるのを待ったが、結局はただ首を振りながら「まあいいわ」と言われてしまった。ジョージーは瞬きをして、一転して明るく晴れやかな目を上げた。

「これからどうするの？」

「先を急ごう。それで今夜泊まれる場所を見つける」

「それはむずかしいことではないの？」

ニコラスはため息をついた。父が使者を先駆けさせて道沿いの馬車宿の部屋を確保してくれているが、初日についてはむろん手配されているはずもない。

「ほかの旅人たちと同じように道沿いの宿屋で部屋が取れることを祈るしかない。ぼくはもう何度もエディンバラまで往復しているが、これまで宿屋探しに苦労したことはないしな」

当然ながら、妻と十三人の使用人と三匹の猫を連れて旅したこともないわけだが。

ミャオ。

いまのは控えめな鳴き声で、この午後のあいだずっと自分たちが苦しめられていた絶叫とはあきらかに違った。ニコラスはジョージーにいぶかしげに眉を上げた。

妻はかぶりを振った。「キャットヘッドではないわね」

ニコラスはふうと息を吐いた。「そうだよな」

だが、その返事をジョージーは聞いていなかった。ブランシェという名の猫の様子を見ようとすでに急いで馬車に戻っていたからだ。

ほとんど黒い毛に覆われた猫なのにゲルマン語では白を意味するブランシェなのだから、キャットヘッドと同じくらいにへんてこな名だ。

「ほかのかごは見つかったのかい？」ニコラスは妻のあとから馬車のほうに戻って問いかけた。

「誰もまだ探していないのでは」マリアンもすぐにそこに駆けつけて言った。「探したほうがよろしいですか？」

「いや、ともかく出発したほうがいい。あす発つ際に探してみよう」

マリアンはうなずいたが、先に彼女を馬車に上がらせようと脇に動いたニコラスにこう言った。「よろしければ、わたしはもう一台の馬車のほうに移らせていただければと思うのですが」

すでに馬車に乗っていたジョージーが顔を突きだした。「本気なの？　こちらの馬車より小さいし、三人並んで坐ることになるのよ」

「ぼくたちはかまわない」ニコラスはひと言でその会話にけりをつけた。正直なところ、出発するときにマリアンが先頭の馬車に乗りこんでくるとは思わなかった。新婚の夫婦をふたりきりにさせるのがあたりまえではないだろうか。

ミャオ。

ニコラスはため息をついた。猫たちはいるにしても。

さいわいにもあの悪魔のような雄猫の声はまだ聞こえない。馬車が走りだしたときにほんとうの試練が訪れるのかもしれないが――

グルアウウッ！

「ごめんなさい」ジョージーが言った。

ニコラスは笑みをこしらえようとした。「どうしようもないさ」

ジョージーも笑みを返した。申しわけなさと感謝、それにいまにも髪を掻きむしりたそうな思いも入り混じった表情だ。

グルアウウッ！

ニコラスは猫に冷淡な眼差しを突きつけた。「おまえは恋愛にはまるで興味がないんだな？」

「なにを言ってるの？」ジョージーが唖然として訊いた。

グルアウウッ！

ニコラスはかぶりを振った。ふしぎなもので、馬車に荷物が積み込まれてジョージーがペット連れだと知るまで、じつはさほど自分が猫を好きではなかったことは忘れていた。昔、姉が猫を飼っていた。そいつらはこの世でもっともわがままな生き物たちで、そこらじゅうに毛を撒き散らしていたのだった。

グルアウウッ！

しかも、あの生き物たちのなかにはどうやらやたら不満を吐きたがるやつもいるらしい。

「ごめんなさい」ジョージーが低い声で言った。ショールを手にして――

ニコラスは目を丸くした。「赤ん坊みたいに猫をくるむつもりか？」

「少しはなだめられるかと思って」

グルアウウッ！

まあたしかに、痛めつけることにはならないだろうが。

「よし、よし、キャットヘッド」ジョージーが言う。「もうそんなに先は長くないから」夫のほうを見る。「そうよね？」

ニコラスは肩をすくめた。どこに泊まることになるのかわからない。御者には今後よさそうな馬車宿を通りかかりしだい馬車を停めるよう指示してあるが、部屋が空いていなければ、また先へ進まなければならない。

グルルリャオ。

「眠くなってきたみたいだわ」ジョージーが静かに言った。

ジョージーが吐息をついた。「心から」

「神に感謝しよう」

ようやくその晩に泊まれそうな宿にたどり着いたときには、ジョージーは疲れはてていた。キャットヘッドは眠ってくれたものの、赤ん坊のようにずっと抱いていなければならなかった。一度はショールにしっかりとくるんだまま置こうとしたのだけれど、座席に触れるなりキャットヘッドは目をあけて、またも唸りだした。

「もう、だめよ、キャットヘッド」ジョージーはどうにかまた落ち着かせようとささやきかけた。

そのあとも抱きつづけながら座席におろそうと試みた。身をかがめたままじっとしているのがばからしく思えても、そのようにしているうちに眠ってさえくれたら、いつかそうっと腕を引き抜くこともできるかもしれないと期待した。

「抱きあげてくれ」ニコラスが懇願するように言った。

「この子にはそんな違いはわからないわよ」

「わかるさ！」

「どうしてわかるの？　わたしがこうして抱いていれば――」

「こいつはわかってる！」

ジョージーはキャットヘッドを抱きあげた。ぴたりとおとなしくなった。

この雄猫にはわかっている。

やっかいな猫。

そんなわけでジョージーはキャットヘッドを抱いていた。馬車が停まるまでずっと。

猫を抱いたまま最初の宿屋に着き、空室はないと言われた。

なおも猫を抱いたまま二軒目の宿屋に着き、ニコラスと御者たちが少なくとも十分は話し合いを続けた末に、そこのほかの宿泊者たちが好ましくない人々だと判断された。

ジョージーにはそれがどういうことなのかよくわからなかったが、自分とは違ってグレート・ノース・ロード（ロンドンとエディンバラを結ぶ主要路）を旅した経験のある人々の判断なのだから、信じるしかない。

とはいえ夜も更けて、いつもなら就寝している時刻をはるかに過ぎて、三軒目の宿屋の前に着いたときには、誰もがきょうの旅を終わりにしたがっている気配がジョージーにもひしひしと感じられた。あいにく、まえの二軒よりまだ少しはましだという程度だったのだが。

「残念ながら、よくない知らせだ」ニコラスが戻ってきて馬車の扉を開いて言った。

ジョージーは馬車のなかでなおもキャットヘッドのおくるみを抱きながら待っていた。

「どうか満室だったなんて言わないで」

「満室ではないが、ひと部屋しか空いていないそうだ。申しわけないが、きみには女中たちと同じ部屋に泊まってもらわなくてはならない」

「五人全員で？　寝られるの？」

「宿屋の亭主が言うには、寝床をよけいに設《しつら》えてくれるそうだ」

「だけど、あなたはどうするの？」

「ぼくはほかの男たちと厩で寝る」

「だけどそれでは――」

結婚初夜なのに。

その言葉は口に出せなかった。

「わたしたちはそれで大丈夫」ジョージーはきっぱりと答えた。そうするのがたぶん最善の策だ。〈真鍮の雄牛《ブレイズン・ブル》（古代ギリシアで設計されたと言われる処刑具）〉亭などという名の馬車宿で結婚初夜を迎えたいとは思いようがない。

「まだ先へ進んでもいいが」ニコラスが言う。「この調子では近くの宿屋はどこも混んでいそうだし――」

「大丈夫よ、ニコラス」

「馬たちも疲弊しているし、ぼくたちもみんなそろそろ限界だろう」

「ニコラス」ジョージーは繰り返した。「わたしたちは大丈夫。誓って言える」

ニコラスはようやく説明をやめて、瞬きをして妻を見つめた。「ありがとう」

「お礼を言われるようなことではないわ」

「不機嫌になられても仕方のないことだから」

「そうね」ジョージーは微笑んだ。「まだわからないわよ」キャットヘッドを持ち上げた。

「いや、勘弁してくれ」ニコラスは片手を上げた。「降りるのを手伝おう。急いだほうがいい。もう遅いが、まだ夕食を食べられるそうだ。個室の食堂に用意してくれるよう頼んである」

「猫はいかが?」

猫たちは女中たちに手渡され、従僕たちが旅行鞄を降ろしにかかり、ジョージーはニコラスとともに中庭を突っ切って進んだ。

その宿屋は往来の多い十字路にあり、ジョージーは馬車のなかで長い時間を過ごしたあとであまりの人の多さに腰が引けた。けれどもニコラスはまるで意に介していなかった。明確な目的を持って大股で見知らぬ人たちのあいだを縫うようにずんずん進み、〈真鍮の雄牛〉亭が入っている古めかしいチューダー様式の建物の踏み段に行き着いた。ジョージーはニコラスの存在をありがたく思った。というより厳密に言うなら、しっかりとしがみつける彼の肘があることを。彼の脚がそんなに長くなければ、実際にしがみついていただろうけれど、追いつくためには鼠みたいに小走りにならざるをえなかった。

ところが入口まであと一メートルほどのところでいきなりニコラスが足をとめた。ジョージーは前方にちゃんと目を配れていなかったのでわけがわからず、夫の背中にぶつかった。とっさに彼の腰に腕をまわして、踏みとどまろうとした。地面は泥で滑りやすいうえに硬く、転べば汚れるし、恥ずかしいし、たぶん痛いだろう。

一瞬の出来事だったが、瞬きが永遠に思えるほどに長く感じられた。ジョージーはニコラスの硬い腹部にぴたりと両手を広げ、とっさに体勢を立てなおそうと支えを求めて抱きついていた。柔らかな毛織りの上着に頬が貼りついている。息がとまった。

「大丈夫か？」ニコラスが尋ね、ジョージーの腕のなかで腰をひねって向きなおろうとした。

「大丈夫よ、わたし――」ジョージーは自分が抱きついていることに気づいて口をつぐんだ。彼の逞しい背中に顔を押しつけて、そこにあるとは思いもしなかったくぼみに心地よくおさまっていた。

「大丈夫よ」繰り返して、仕方なく腕を放した。ニコラスが完全に振り返って、ふたりは顔を向き合わせた。もう夜の帳《とばり》がおりているのに、この人の目はどうしてこんなに鮮やかな青色なのだろう。

もともと彼の瞳は青空色だと知っているからそう見えるだけ？　ジョージーはロークズビー家の人々のそばで成長した。この一家はみんな見事な青空色の瞳をしている。でも、今回はどこかが違って見えた。ジョージーには違うように感じられた。

「大丈夫か？」ニコラスが訊いた。いつの間にかジョージーは彼に手を握られていた。なんとなく……。

親密な感じ。

ジョージーはふたりの手を見下ろしてから、またニコラスの顔に目を戻した。もうずっとまえから知っていた男性なのに、突如として、そこがまったく知らない新しい世界のように思えた。ニコラスに手を握られて、ジョージーは急に困惑となにか言い表しようのない感情がこみあげてきた。

「ジョージー？」ニコラスがやさしく呼びかけた。「大丈夫なのか？」

ジョージーは呼吸を整えてから、答えた。「ええ」

それからまた元のふたりに戻った。

ただしジョージーの内側ではなにかが変わりはじめていた。

〈真鍮の雄牛〉亭の個室の食堂とはつまるところ、大食堂と出入口のある壁一枚で仕切られた、もうひとつの部屋だった。

出入口と言ってもドアはない。もともとそこにドアがあったのだとしても、取り払われてからだいぶ時が経っていて、ほかの客たちがその境界線を越えてこちらに来るようなことはないにしても、言葉や会話についてはまたべつで、大声や下卑た笑い声が宙を漂って流れこんでくる。

そんな状況では会話もままならず、ニコラスはよほど自分たちの料理も女中たちのいる部屋に運ばせようかとも考えたが、そこには猫たちもいることを思いだした。少なくともそのうちの一匹は唸りつづけているはずで、はっきり言って、そいつにはもう関わりたくない。

非情なのかもしれないが、本心だ。それに比べれば大食堂と個室のあいだの出入口から騒がしい歌声が洩れ聞こえてくるくらいは気にならない。ただし、いつものようにひとりではなく、ともにいるジョージアナは淑女で、聞きまちがいでなければ向こうの大食堂では誰かが、口やかましくてもすこぶる働き者のどこかの女性をなんと二行連句を気どって称えているらしい。

ここは立ちあがって、文句のひとつでも言いにいくべきなのだろう。とはいえ、ニコラスはとんでもなく空腹のうえ、ビーフシチューが驚くほどうまかった。

おお、わがいとしのマルティーヌ、どこもかしこも、いとわしくも汚れまみれ——

ニコラスは聞こえてきた声に思わずにやりとした。マルティーヌ。ということは、たぶんフランス人女性だな。

しかもその歌詞を聞くかぎり、歌っている男が好き勝手に空想した気の毒な女性ならばいいのだが。

下品な言いまわしに気分を害していなければいいがと、ニコラスはちらりとジョージーを見やった。妻は出入口に背を向けているので、少なくともへたなジグを踊っている男たちの姿は見えていない。

ジョージーはずっと眉根を寄せていた。不機嫌そうというのではなく、人ががいしてなにか考えごとをするときに見せる遠い目をしている。

ニコラスは咳ばらいをした。

ジョージーには聞こえていないようだ。

腕を伸ばし、彼女の顔の前で手を振ってみた。「ジョージアナ」ちょっと歌うような調子で言った。「ジョージアナ・ブリジャートン」

いや、ロークズビーだったと気づいた。ジョージアナ・ロークズビーだ。ジョージアナは呼びまちがいにも気づいていないらしい。それよりも物思いにふけっていたのを夫に見られていたとわかって気恥ずかしそうだ。

ジョージーが顔を赤らめた。赤面している！　しかもその顔が……美しい。

「ごめんなさい」ジョージーはつぶやいて、目を伏せた。「どんどんいろんなことが頭をめぐっていたの。この騒がしさのなかでは集中するのがむずかしくて」

「そうだよな」とニコラスは応じたものの、内心で思ったのは、きみを見ていると集中するのがむずかしくなるということだった。ジョージーはもちろん愛らしい。昔から、赤みがかったブロンドの髪に聡明そうな青い瞳をしていて、愛らしかった。その女性がいま自分の妻になったのだとニコラスは考えて、あらためてジョージーを見てみると、なにか違う感じがした。

しかもどういうわけか、それがただ結婚したからというだけとは思えなかった。たとえ今朝、ふたりで牧師の前に立って誓いの言葉を述べていなかったとしても、彼女の顔を目にするたびに新しいなにかが見えてくるようになっていたのではないかといった奇妙な感覚に襲われた。

ジョージーは発見をもたらしてくれる存在で、ニコラスは昔からずっと飽くなき好奇心の塊りだった。

ジョージーがワインをひと口含み、ナプキンで口の片端を押さえた。向こうの大食堂から男たちのとりわけ大きな笑い声があがると同時にちらりと肩越しに目をやった。

「馬車宿はいつもこんなに賑やかなところなの？」ジョージーが尋ねた。

「いつもではない。でも、あの猫の鳴き声に比べれば、心もなごむ」

ジョージーがいくぶん呆れたような笑いを洩らした。「ごめんなさい。あれは褒められたことではないわよね」

「きみは誰に申しわけなく思ってるんだ？　猫にか？」

「あの子は努力してた」

「あいつは悪魔だな」

「そんなふうに言わないで！　あの子は旅が苦痛なだけなのよ」

「ぼくもだ。あいつに台無しにされた」

ジョージーは唇を引き結び、目を細く狭めて、あきらかに面白がって見返した。「あの子もあなたに慣れてくるわ」とりすまして言う。

「ぼくに殺されなければな」

「ニコラス！」

「心配無用」わざとのんきな口調で告げた。「きみが心配しなくてはいけないのはぼくじゃない。女中たちのほうが先に音をあげるさ」

「キャットヘッドはとても勇敢な猫なのよ」

そう言われてもニコラスは眉を上げるしかなかった。

「木に登ったフレディーに襲いかかったのはあの子なんだから」

「あいつだったのか？」

「見事だったわ」ジョージーは思い返して目を輝かせた。「あなたにもぜひ見せたかった」

「あいつがフレディーの顔に残したものを診察した身としては、わかるような気もする」

「最初にこうして——」ジョージーは両腕を動かして、猫が窓から飛びだす様子を驚くほどうまく表現してみせた。「——それからこうした——」両腕を顔より高く上げて、V字形の鉤爪を真似る。「——それでこうしたわけ」

最後の動きがニコラスには読みとれなかった。「それはなんだ？」

ジョージーはしたりげに顔をほころばせた。「フレディーの顔に貼りついたのよ。正直なところ、あれでフレディーがどうやって呼吸していたのかわからない」

ニコラスは笑いだした。

「わたしに画才があれば、描いてあげられるのに。あんなに愉快な光景を見たのは初めて。といっても、いまから思えばなんだけど。あのときはフレディーが木から落ちそうで恐ろしくてたまらなかった。でも、ああ、ほんとうに、あなたにも見せてあげたかったわ……あの人は金切り声をあげたのよ。『よせ、よせ！』って。それでキャットヘッドをひっつかんで……」

「ひっつかんだのか」そんな愉快な話は聞いたおぼえがないので、ニコラスは息を呑んだ。そうして笑いとはがいしてそうであるように、ニコラスの笑いもジョージーの笑いを誘い、どちらも品位を保とうという戦いに完敗した。ふたりは笑いつづけて、ジョージーはとうとうテーブルに突っ伏し、ニコラスも腹がよじれるのではないかと不安になった。

「つまりは」ニコラスはようやく落ち着いてきて、ジョージーもまた食事に戻ったところで、言葉を継いだ。「ぼくはあの雄猫に感謝しなければならない恩義があるのか。だが、キャットヘッドが猫としてはおかしな名前であるのはきみも認めるだろう」

ジョージーが口もとに運ぼうとしていたスプーンをとめた。

「どうしたんだ？」というのも、ほんとうにジョージーがきわめて妙な面持ちだからだ。

ジョージーは顎を引いて、スプーンをおろした。「そう？」頃合いを計るかのように間をおいた。「おかしな名前かしら？ それは誰のせいなのかしらね」

ニコラスは戸惑った。答えを知る相手に尋ねているようにしか聞こえない口ぶりだ。「エドモンド？」そうしたことにはたいがいエドモンドが絡んでいるので、あてずっぽうで答えた。

「あなたよ、ニコラス。あなたが猫にキャットヘッドと名づけたの」

「ぼくが猫にキャットヘッドと名づけた」質問というよりただ反復したに過ぎなかった。

「あなたがわたしの猫にキャットヘッドと名づけたのよ」

「そんなばかな」

ジョージーはぼんやりとわずかに口をあけ、スプーンをテーブルの上にきちんと置き直した。「ピティキャットは憶えてるわよね」

なにを言われているのかニコラスにはさっぱりわからなかった。

「メアリーの猫でしょう」ジョージーがせつくように言った。「トラ猫よ、あなたがイートン校にいたときから……」

それで記憶がよみがえってきた。もうずっと何年もまえの話だ。たしかにニコラスはあの猫を可愛がっていた。母のスカートの下に隠れて足首を甘噛みするのが好きないたずらっ子。いきなり驚かせるような鳴き声をあげ、それがまた面白かった。

それにしてもとニコラスは眉をひそめた。ピティキャット？

首を振る。「ピティキャットという名前ではなかった」

ジョージーはハート形の顔全体で〝だから言ったでしょう〟と表現していた。「ええ、ピティキャットはもともとターナプ（カブのこと）という名前だったんだけど、あなたとエドモンドがターナピティと呼ぶほうがずっと面白いと言いだして――」

「ターナピティと呼ぶほうがたしかにずっと面白い」

ジョージーが唇をすぼめた。あきらかに笑いをこらえている。

「つまり」ニコラスは続けた。「その生き物が生きていたときにターナプと名づけたのは誰なんだ？」

「あなたのお姉さんのメアリーよ。彼女はペットに必ず食べ物の名前を付けるから」

「ああ、まったく、フィリクスが子供たちにダンプリング（小麦粉を練って丸めてゆでた料理）、プディング、ベーコンと名づけなかったのはさいわいだった」

「メアリーが飼っている猫にはダンプリングがいるわ」

ニコラスは瞳をぐるりと動かした。「さもありなんだ」

今度はジョージーが瞳をぐるりと動かした。「わたしはもともとキャットヘッドにパッチという名前を付けていたの」

「どうして？」

「あの子を見てたわよね？」

さほどには。「もちろんだ」

ジョージーがいぶかしげに目を狭めた。

「まあほとんどは聞いていたわけだが」

ジョージーがまたも瞳をぐるりと動かした。

ニコラスは低い笑い声を洩らした。「おっと、そこのところは認めてくれてもいいんじゃないか」

「ええまあ、そこのところは認めざるをえないわね」それからジョージーは元の話題に戻してよいのかを確かめるように見つめた。

「いいだろう」ニコラスは仕方なく先を促した。「聞かせてくれ。きみの猫のおかしな呼び名とぼくがどのように関係しているのかを」

それ以上はもうジョージーに後押しの言葉は無用だった。「さっきも言ったように、わたしはあの子にパッチと名づけたの。目の周りに小さな斑点模様があるから。新聞に載ってる三角形の眼帯《パッチ》をしたオランダの船乗りみたいでしょう」

　オーブリー屋敷からそう遠くないところに出没している海賊を載せた新聞がブリジャートン子爵の執務室から無防備にも繊細な年頃の令嬢の手に渡っていたという由々しき問題はさておき、ニコラスはこう指摘するだけにとどめた。「眼帯は片目だけだろうけどな」

　ジョージーはむっとしたふりをした。「ええ、だけど、ともかくわたしはあの猫にぴったりの名前だと思ってたの。それなのに、あなたとエドモンドお兄様が学校のお休みに何週間か帰ってきて、また戻るときまでに、ターナプがターナプティになって、さらにピティキャットになって、それからどういうわけかパッチはキャットヘッドと呼ぶということになってた」

「記憶にないんだが、ぼくたちがやりそうなことではある」

「わたしはパッチに名前を戻そうとしたんだけど、もうそう呼んでも応えてくれなくなってた。キャットヘッド以外の名前には」

　そもそも猫が自分の名前をわかっているのかニコラスには半信半疑だったが、指摘するのは控えた。「ぼくのせいなのか？」

「そうじゃないの？」

「ぼくが謝るべきなんだろうか？」

　ジョージーは少し考えた。事実はどうあれ、ともかく考えているように見えた。「一応言っておくと、あなたとエドモンドお兄様のどちらのほうが名づけ隊の主導者なのかまでは知らないわ」

「いずれにしても、ぼくらの子供たちの名の選定には、ぼくは関わらないほうがいいってことかな？」

ニコラスはいったいなぜ急にそんなことを自分が考えて、しかもわざわざ口に出してしまったのかわからなかったが、ぼくらの子供たちというひと言で、幼なじみの気安い雰囲気がばっさりと断ち切られてしまったように思えた。

結婚初夜すらまだ過ごせていないふたりにとっては行き過ぎた軽口だったのだろうか。

するとジョージーが口もとをゆがめて目を合わせた。ちゃめっけたっぷりの目つきで言う。

「それなら、わたしが子供にブリュンヒルデなんて名前は付けないと信用してくれてるわけね」

「ブリュンヒルデはいい名前だ」ニコラスは言った。

「そう？　それなら――」

だがジョージーがなんと言おうとしたにせよ、宿屋の玄関扉が荒々しく開かれる音と、慌てたような男性の大きな声に遮られた。「こちらにお医者様はおられませんか？」

考えることなく、ニコラスは立ちあがった。

「いったいなにが……」ジョージーはつぶやきつつニコラスの後ろから出入口へ向かった。

ふたりが宿屋の大食堂に入ると、ひとりの男性が――身なりからすると馬丁のようだ――泥と血にまみれた姿で立っていた。

「お医者様に厩に来てもらいたいんです！」男性が叫んだ。

「とりあえず状況を確かめてくる」ニコラスはジョージーに告げた。「きみは向こうの部屋で食事を続けてくれ」

「でも――」

ニコラスは妻を見つめた。「きみはこちらにひとりでいてはだめだ」

「ええ、そのつもりはないわ。あなたと一緒に行く。手伝えることがあるかも」

とっさにニコラスは心の奥底ではそのとおりだと悟った。それに本人もそれを望んでいる。彼女は手助けしてくれるだろう。とはいえ――

「ジョージー、ぼくは厩に行かなくてはいけないんだ」

「それならわたしも厩に行くわ。わたしにできることが――」

「ジョージー、女性は厩に入れない」

「そんなのばかげてる」ジョージーはスカートを撫でつけて、ついていく気満々であることをはっきりと示した。「わたしは毎日厩に入ってる」

「それはオーブリー屋敷の厩だろう。ここは誰もが出入りする厩なんだ」

「だけど――」

「だめだ」けが人の手当てをしながら妻の身の安全にも目を光らせていられるとはとうてい思えない。「従僕か馬丁にきみを女中たちがいる部屋に送り届けるよう伝えておく」

「だけど――」

「ぼくと一緒に厩へ来てはだめだ」ニコラスはきっぱりと告げた。

「だけどわたし……わたし……」ジョージーはいったん言いよどみ、どうすればよいのか決めかねているらしかった。だがそれから唾を飲みこんで口を開いた。「わかったわ。いずれにしても、もうほとんど食事は終わってるし」

「まっすぐ部屋に戻るのか？」

ジョージーはうなずいた。だが納得しているようには見えない。

「ありがとう」ニコラスは身を乗りだして妻の頬にさっと口づけた。「朝までかかるかもしれない。どうせ厩で寝るつもりだったしな。終わったら、そのまま寝床に入るとしよう」

ジョージーが小さく息をついた。「それなら、おやすみなさい。きっともう――」

「部屋に戻ってくれ」ニコラスはあらためて言った。ともかくもう妻の身の安全については心配しなくてもいいように。

「ええ」ジョージーがもどかしげに答えた。「行くわ。お望みなら、見ていてくれてもいいけど」

「いや、きみを信用している。ぼくももう行くよ。治療道具が入っている鞄はウィーロックに取ってきてもらえばいいし――」

だがジョージーはもう聞いていなかった。というより聞こえていなかった。ニコラスは言い終わるより早く歩きだし、すでに玄関扉を出ようとしていた。

最後に一度だけ振り返った。「行くんだ。部屋に。頼む」

そう言うなりニコラスは世界を救いにいくような意気込みで駆けだしていた。

15

翌朝、目覚めたジョージーは機嫌がよくなかった。昨夜、自分を部屋に引きあげさせて厩で待つけが人のもとへ向かったニコラスに腹を立てるのはおかしいとわかっていても、必ずしも理屈の通ったものになるとはかぎらないのが人の感情というものだ。

しかも、ジョージーは疲れていた。

やけに硬いベッドがひとつあるだけのとても小さな部屋で、いずれも髪を長い三つ編みにまとめた五人の女性と三匹の猫がともに過ごした晩をくつろげたとは誰も表現しようがないだろう。

ダーシーに熱をあげているサム（オーブリー屋敷から駆りだされた馬丁）が、厩からハンモックを持ってきて部屋の梁《はり》に吊るした。もちろんまずはジョージーに使うよう勧めてくれたが、そもそもダーシーのために持ってこられたものなので、ジョージーは物欲しげに興味深く眺めただけで、遠慮した。

というわけでダーシーがハンモックを使い、マーシーは母親に命じられて床で寝たが、それでもふたりならまだくつろげるベッドに残りの三人の女性が横たわらざるをえなかった。

ジョージーはマリアンの肘に脇の下を突かれ、口のなかに苦味を感じて目覚めた。

昨夜からのいらだちもやわらいではいなかった。

そうしていま、荷物の積み下ろしで慌ただしい厩の前に女性たちも行き着いて、ジョージーはニコラスの姿を探した。人助けは手伝えなかったとしても、どのような医療が行なわれたのかをせめても聞きだしたかった。

ところが、ニコラスはどこにも見当たらない。

「ミスター・ロークズビーは」ジョージーはジュディスが入っているかごをマリアンに手渡しながら従僕のひとりに声をかけた。「どちらに？」

「ロークズビー夫人、旦那様は寝ておられます」

ジョージーは踏み台に片足をかけたまま動きをとめた。「寝ている？　まだ？」

「さようでございます。ほんの二、三時間まえにけが人の手当てを終えたばかりですので」

「そうだったのね、なにがあったの？」

「よくわからないのですが、大変な量の出血でした」

反対側にべつの従僕もやってきた。「脚を骨折していたんです。骨が皮膚を突き破っていたほどで」

「複雑骨折ね」それなら役に立てたかもしれない。いいえ、間違いなく手伝えただろう。

「あっ、そうですね」

「それで大丈夫なの？　その脚を骨折した人」

従僕は肩をすくめた。「なんとも言えないのですが、たとえ大丈夫ではなくても、ミスター・ロークズビーのせいではございません。旦那様はそれはもうごりっぱでした」

ジョージーは微笑んだ。「そうでしょうとも。でも、ええと……」どうすればいいの？自分はいま取り仕切る立場にあるのだと思い知らされた。不慣れな感覚だ。不慣れとはいえ、いやな気分ではないとジョージーは気づいて、ほっとした。

咳ばらいをして、背筋を伸ばして胸を張る。「早朝に出発する予定だったのよね」

「承知しております」最初から話していた従僕が答えた。「ただ旦那様がとてもお疲れでしたので。できるだけ寝かせてさしあげたいと思いまして。耳に綿を詰めて、クラヴァットを目に巻いておられるので、まだ寝ておられるのも無理はないのですが……」

「ですが？」ジョージーは先を促した。

従僕はもうひとりの従僕のほうを見て、それから馬車に目を移した。もうひとりの従僕のほうが踏み台にかけたままのジョージーの靴を黙って見下ろした。

「ですが？」ジョージーはもう一度訊いた。

「ですが、例の猫がじつのところきわめて気がかりでして」

ジョージーはひと息ついて、踏み台から足をおろした。「わたしを案内してもらえる？」

「猫のところへでございますか？」

ジョージーはいかにも寛容な顔をとりつくろった。「猫はもう馬車のなかにいるわ。わたしはミスター・ロークズビーにお会いしたいの」

「ですが、寝ておられます」

「ええ、そう聞いたわ」

三人は気詰まりな沈黙のなかで長々とただ立ちつくした。最初に声をかけたほうの従僕がようやく口を開いた。「こちらです、奥様」

ジョージーはあとについて厩へ歩きだし、従僕が入口で立ちどまって指差した。左側にハンモックがまだひとつだけ吊るされていて、そこに服を着たままのニコラスがいるのが仄暗いなかでもどうにか見てとれた。胸の前で腕組みをして、クラヴァットで目を覆っている。

ジョージーは彼を抱きしめたかった。

首を絞めたくもなった。手伝わせてくれていたら、こんなに疲れきらずにすんだのに。

けれどもジョージーは踵《きびす》を返し、すたすたと馬車のほうへ戻りはじめた。一時間くらいなら出発を遅らせてもかまわない。ニコラスには睡眠が必要で、いうまでもなく馬車のなかでは誰も休息をとりようがない。キャットヘッドを赤ん坊のように抱いていればまだましだとしても、完全におとなしくさせておくのは無理だ。

ジョージーはつと足をとめて、肩越しに厩のなかをちらりと振り返った。ここからではもう見えないけれど、呼吸に合わせてわずかに揺れるハンモックのなかにいるニコラスの姿が目に浮かんだ。

とても心地よさそうだった。起こしたくない。ほんとうにあまりに気の毒で――

「奥様？」

ジョージーは目を上げた。従僕のひとりが気遣わしげにこちらを見ていた。無理もない。もうまる一分は立ちどまって物思いにふけっていたのだろうから。

「奥様？」従僕がまた呼びかけた。

ジョージーはゆっくりと笑みを広げた。

「ロープを調達してもらえないかしら」

ニコラスはびくりと目覚めた。目をあけてもなにも見えないことにうろたえて、はっとクラヴァットで目を覆って寝たのだと思いだした。眠れるようにと巻いた布を取りはずし、あくびをする。ああ、疲れきっている。ハンモックは思いのほか快適だったが、前夜にそこに沈みこんだときにはただもう、妻と同じベッドで寝られたならどんなによかったかとしか考えられなかった。

妻。

結婚して一日経ってもまだキスすらろくにできていない。

それについてはどうにかしなければならない。

ニコラスは薄暗いなかを見まわした。もう自分のハンモックしか吊るされておらず、廐の扉はあけ放されている。空はイングランドらしい明るい銀色だった。青空なら心もはずんだろうが、雨は降りそうにない銀色。

地面に足をおろすのと同時にクレイク館の従僕たちが扉口に現れて、手を振った。

「おはようございます」従僕が挨拶した。「準備はできております」

「準備？」ニコラスは訊き返した。何時なんだ？　懐中時計を取りだそうとポケットに手を入れたが、時間を確かめるまえに従僕が言った。「ロークズビー夫人がとても忙しくされておられます」

「朝食の手配でか？」ニコラスは訊いた。もう八時半で、きょうの出発予定時刻からすでにだいぶ遅れている。

「それと、その、つまり……」従僕が眉をひそめた。「ご覧になっていただいたほうがよろしいかと」

ニコラスは知りたいような、でも恐ろしいような気もしないでもなかったが、どちらなのか確信が持てないならば、とりあえず知りたい気持ちを優先させることにした。

「すばらしく聡明なお方で」従僕が言う。「ロークズビー夫人のことでございます」

「そうとも」ニコラスは請け合ったものの、朝の八時半に〈真鍮の雄牛〉亭でいったいどのようにその聡明さを発揮できるというのか想像もつかなかった。

ニコラスは厩の扉口へ歩いていき、つと足をとめた。車道の真ん中に二台の馬車が停まっていて、周りに小さな人だかりができている。

その誰もが自分の妻を眺めているらしかった。

大きなほうの馬車の踏み台に、ジョージーが深紫色の旅用のドレスに赤毛を飾り気なく婦人帽《ボンネット》にたくしこんだ姿で立っていた。

「ええ、そうして」馬車のなかにいる誰かに指示している。ひと呼吸おいて、今度はこう言った。「いいえ、そうではなくて」

「なにをしているんだ？」ニコラスは最初に近づけた人物に尋ねた。

「あんな奇妙なものは見たことがない」

ニコラスはあらためてその顔を見て目をぱちくりさせた。自分が話しかけたのは、ともに旅をしている一団のひとりではなかったといまさらながら気づいたからだ。「どなたです？」

「そちらは？」と訊き返された。

ニコラスはジョージーのほうを身ぶりで示した。「彼女の夫です」

「そうでしたか？」男性はにやりとした。「なかなかのものですな」そうして笑いだした。

ニコラスは眉をひそめた。いったいどうなってるんだ？

「もう十五分くらいは見物してます」

いけ好かない男だとニコラスは判断した。「そんなに？」ぼそりと言う。

「あれでうまくいくとは……」男性が感心したように首を振り、ニコラスに顔をまともに向けた。「北へ向かうのではありませんよね？」

「どうしてです？」ニコラスはいぶかしげに尋ねた。

それだけで見知らぬご親切な友人は、いや、向かうのだと受けとったらしい。「次の宿は決まってますか？　結果が知りたいんですよ。みんな賭けてます」

「なにに？」

「いや、つまり、結果が出ればということになりますが。ビグルズウェイドには立ち寄りますかね？　〈王の領域《キングスリーチ》〉亭に、うまくいったかどうか結果を言づてしておいてもらえませんか？」

ニコラスは最後にその男性をいらだたしげに一瞥してからジョージーのそばに立っているジェイムソンのほうへ地面を踏みつけるようにして向かった。

「ジェイムソン」意図した以上にややぶっきらぼうな口調になってしまったかもしれない。「どういうわけで、妻の周りに見物人が集まっているんだ？」

「おお、お目覚めになられたのですね！」ジェイムソンが言った。「おはようございます」

「それで？」ニコラスは訊いた。「どうなんだ？」

「みな期待をかけております。ロークズビー夫人はまさしく全力を尽くしておられます」

「だからなにをしているんだ？」

「もうちょっと高く！」ジョージーが声を張りあげた。「ええ、いいわ。そこに結びつけてくれれば。しっかりとね」

グラアウウッ！

そのいとも恐ろしい鳴き声をニコラスはほとんど忘れかけていた。「どこにいるんだ？」げんなりとした声で尋ねた。ただでさえ、昨夜はちゃんと眠れなかった。いや正しくは、たいして眠る時間がなかったのに、だ。これからまた一日じゅう馬車のなかであの獣と過ごすことになるとは考えるのも耐えがたい。

「かごを見つけました」ジェイムソンが大きいほうの馬車の踏み台に置かれた籐かごを指差した。「お気に召していただけてはいないようですが」

グラアウウッ！

ニコラスは決然と猫に背を向けた。「ロークズビー夫人は目下、あの猫についてなにか策を講じているという解釈で合っているだろうか？」

「あっと驚かせる奥様の計画を無為にするわけにはまいりません」

「もうちょっと……」ジョージーの声が聞こえてきた。「それで完璧ね！」

ジョージーがこちらにぐいと顔を出した。「これで――あら！　起きたのね」

ニコラスは小さく頭を垂れた。「ご覧のとおり」中庭に集まった人々を見まわす。「みなさんもご覧のとおり」

「あ、ええ」ジョージーは頰をほんのり染めたが、恥ずかしがっているというよりは得意げに見える。「ちょっとした見物《みもの》になっていたようね」

「それがどうしてなのかがわからないんだが」

「来て、ほら」ジョージーがせかした。「あなたにわたしの発明品を見てほしいわ」

ニコラスは一歩踏みだした。

「待って！」

足をとめる。

ジョージーが片手を上げた。「ちょっと待ってね」それから夫の背後を見やって言う。「誰か、猫を連れてきてくれない？」

どの猫のことを指しているのかは尋ねるまでもない。ひとりの馬丁によってキャットヘッドが入ったかごが持ってこられて、ひとりの女中に手渡され、さらにジョージーのもとへと届けられた。

「ちょっとだけ準備させて」ジョージーは言い、馬車のなかに入って扉を閉めた。

ニコラスはジェイムソンのほうを見た。

ジェイムソンがにんまりと笑った。

グラアウウオウウッ！

ニコラスは顔をしかめた。とうてい好ましい声ではない。そもそも好ましい声を発する猫ではないが、いつにもまして耳ざわりな鳴き声だ。

グラアウウオウウッ！

ジェイムソンのほうを見る。「これから五秒以内に妻が扉を開かなければ、なかに入るぞ」

ジェイムソンがぶるっと身をふるわせた。「どうかごぶじで」

揉み合うような音がして、今度はややくぐもった吼えるような鳴き声が聞こえた。ニコラスは息を吸いこんだ。妻を救いにいかなければ。

グラアァ……グラァァァ……。

ミャオ。

ニコラスはぴたりと動きをとめた。あの鳴き声はなんとなく……。

喜んでいる？

ミャオ。

「やりましたね」ジェイムソンが感嘆しているとしか言い表しようのない口ぶりで言った。

ニコラスはジェイムソンを見つめ、それからまた馬車に目を戻した。

ジョージーが扉を開いた。「どうぞ入って」いかにも優雅な女主人といった身ごなしだ。

恐れと好奇心をちょうど半々に抱きつつ、ニコラスは馬車の踏み段を上がり、そこで目にしたのは――

「ハンモックか？」

ジョージーが嬉々としてうなずいた。

「猫用の？」

「わたしが考案したの。もちろん、サムの手助けがなければ作れなかったわけだけど」

ニコラスはこれまでまるで気に留めていなかった馬丁を振り返って目を瞬いた。車内の片隅にしゃがんでいるサムという馬丁はずいぶんと誇らしげだ。

「すべて奥様のお考えです」馬丁は慎ましく述べた。

ニコラスはただ見つめることしかできなかった。まずは馬丁を、次にジョージーを、さらにはロープを緩く編んだハンモックに乗っかっている茶毛の猫を。

「気に入ってくれたみたい」と、ジョージー。

ニコラスにはまだ確信が持てなかった。キャットヘッドの鳴き声が満足そうに聞こえるのは確かだが、なんとも滑稽な姿だ。

それにとんでもなく不自然だ。脚は四本ともロープで編まれた網の穴から突きだしていて、毛に覆われた小枝のように揺れている。顔は押しつぶされているものの、またべつの大きな網目から猫の顎がしっかりと太いロープに支えられているのが見てとれた。

「窒息しないのか？」ニコラスはけげんそうにジョージーのほうを見やって尋ねた。

「ええ、快適そうよ。わかるの」ジョージーはキャットヘッドの脚をつかんで腹の下に戻してやった。「喉を鳴らしてるわ」

ニコラスはサムのほうを見た。どうしてなのかは自分でもよくわからない。でもわずかながらでも、まだまともな見方ができる人物はどこかにいるはずだ。「内臓を痛めないいんだろうか？」

「ええ、大丈夫よ」ジョージーが言う。「ちゃんと喉を鳴らしてるから。でも、あなたは大切なことを指摘してくれたわ。頃合いを見て、排泄させてあげなければよね」

「われわれもみな、頃合いを見て、排泄しなければならないわけだからな」ニコラスはいささかめまいを覚えつつ応じた。

「ええ、そうよね。ただ、そこにまた戻すのがちょっと大変そうだけど」

「つまり、出すのもということだよな？」

「まだ試してないから」ジョージーは認めた。

「こいつが差し迫るまえにうまく出せることを祈ろう」

背後でサムが小さく愉快げな笑いを洩らした。

「だけど、ご感想は？」ジョージーが尋ねた。

正直なところ、ニコラスは妻がどうかしてしまったとしか思えなかったものの、本人はいたって得意げなのだからとてもそんなことは口に出せなかった。

「斬新な思いつきだな」これもまた事実だ。斬新な思いつきであるとともに、妻はやはりどうかしている。

「この子に気に入ってもらえるか半信半疑だった」ジョージーは見るからに得意げに意気揚々と説明した。「それに馬車が走りだしたらどうなるのかはまだわからないけど、試してみる価値はあったわよね」

「たしかに」

「じつは今朝、あなたがハンモックでとても心地よさそうにしていたのを見たからなの」

「ぼくが？」

「起こしてはいけないと思って。あなたは夕べとても大変だったとみなさんから聞いたわ。あとでぜひ詳しく聞かせてね」

「きみはぼくを参考にこれをこしらえたのか？」

キャットヘッドが妙な鳴き声を洩らしたが、吼えるような声ではなかった。

「とはいえ……」ニコラスは適切な表現を探した。「喜んでいるとまでは言えないよな」

「でも、きのうよりはいいわよね」ジョージーが明るく言う。

「断然に」きっぱりと確信を持って言えた。あれ以上ひどくなりようもなかったが。

グルルルファモウ。

ニコラスはもっとよく見える位置に顔を動かした。猫の声量が落ちたのはたんに口をあけづらいからだということも考えられる。だが呼吸はできているのだから……。

「出発しましょうか？」ジョージーが言った。

サムがすばやく扉のほうに移動した。「かしこまりました、奥様」

だが馬丁がひょいと降りるのと入れ替わりにマリアンが扉口に現れた。

「きょうはこちらに同乗する？」ジョージーが尋ねた。

ニコラスは侍女にじろりと険しい眼差しを向けた。

「いえ、荷物をこちらに置いていたので」マリアンは言い、後ろ向きの座席にある小さな手提げ鞄をそわそわとした手ぶりで示した。

じろりと、険しい、眼差し。

「でも、もう一台の馬車に乗りますわ」マリアンはとても早口に言った。

ニコラスは侍女にほとんどわからない程度の小さなうなずきを返した。

「そうなの？」ジョージーが言う。「きのうよりはあの子もお行儀よくできるはずだけど」

「あ……でも……」

ニコラスはマリアンの顔からじっと目をそらさなかった。侍女のほうは反対にどうにかこちらには目を向けないようにしている。

「やはり……やはりそうしたほうが……」

マリアンがうっかり目を合わせた。ニコラスは眉を上げた。

「ヒバート夫人と親しくなっておきたいんです」侍女は言葉をほとばしらせた。「それにマーシーとダーシーとも」

「そう」ジョージーが応じた。「それもそうね」

「それに――」マリアンがキャットヘッドに用心深い目を向けた。「――なんだか不自然に見えますし」

ジョージーが眉をひそめた。「じつを言えば、たしかに不自然ではあるのよね」

ニコラスは猫を見つめた。じつのところ、目をそらすほうがむずかしい。

ミャオ。

「出発するか」ニコラスは告げた。誰かが決断しなければいけない。マリアンに鞄を手渡してやった。「次の休憩場所でまた会おう」

そうしてもう誰にも――キャットヘッドにも――有無を言わせぬすばやさでニコラスは馬車の扉を閉めた。

「やれやれ、やっとだ」ニコラスはつぶやいた。

「これでもう大丈夫ね？」ジョージーが尋ねた。なんとなく……緊張しているというわけでもなさそうだ。好奇心をそそられているといった感じだろうか。

「ニコラス？」

やはり少し緊張しているのかもしれない。

「馬車が動きだすから坐っていたほうがいい」

「あ、ええ、そうよね」ジョージーは腰をおろしたが、ニコラスが坐ってほしい場所にではなかった。

「後ろ向きに坐っていて気持ち悪くならないのか？」

「どうして？　あ、ええ。そんなには」

「そんなには？」

馬車が動きだした。ふたりは息を詰めたが、キャットヘッドはうんともすんとも言わなかった。

「そうでもないかしら」ジョージーが言いなおした。

「それならこちらに坐ればいい」ニコラスは腕を伸ばしてジョージーの手を取り、前向きの座席に導いた。「ぼくは嚙みつきやしない」

ニコラスは妻の手を放さなかった。

ジョージーが顔を赤らめた。「広々と坐っていたいのかと思って」

「じゅうぶんな広さがある」

ジョージーが軽く手を引き、ニコラスは仕方なく手を放した。落ち着けるように坐りなおすには手を使うのだろう。

馬車はゆっくりと宿泊した村を出ていき、ニコラスとジョージーはどちらも問題の猫を用心深く見守った。

だが、まったく鳴かない。

「信じがたい」ニコラスはつぶやいた。

「うまくいく自信はなかったんだけど」ジョージーが打ち明けた。

「ロークズビー夫人、きみはまさしく天才なのかもしれない」

ジョージーが顔を向けて、微笑んだ。

そうしてまたもニコラスは、その太陽のような笑顔と、それを見ると長い曇天の日に雲間から陽が射したように幸せを感じられることしか考えられなくなった。

「ジョージー？」

妻が興味深そうに瞳を輝かせた。

「いますぐきみにキスをする」

なぜならほんとうにもう待ちくたびれたからだ。

16

ジョージーは実際に耳にするまえにもう、なんとなくそう言われるような気がしていた。じっと自分を見つめる彼の目つきと手を握るしぐさから感じとれた。それにまだまともにキスをしていなかったことのほうがどうかしていた。

ふたりは結婚した。キスをするのはどちらにとってもあたりまえのこと。

実際にはどのようなものなのかがジョージーにはわからなかっただけで……。

というより、自分がどのように感じられるものなのかがわからないと言うべきだろうか。

ジョージーは夫を見つめた。

幼い頃から知っていて、ここ最近で急にただの幼なじみの男の子ではなくなった男性を。こんなふうに息がつかえて、彼の口から目をそらせなくなり、ふたりの唇が触れ合う感じを想像するとは思いもしなかった。

さらにジョージーはこの男性と同じ姓になったことについても考えた。幸せなときも困難なときも、死がふたりを分かつまでともに生きると誓いを述べた。聖なる結びつきであるはずなのに、ジョージーがいま感じているのは崇高なものではなく、低俗で肉感的なもので、わくわくするぶん、怖くもあり——

「ジョージー？」

ニコラスの声。胸に響いた。これも新たな発見。

「ジョージー？」

ジョージーは彼の口から目へどうにか視線を上げた。

「きみは考えすぎてる」ぼそりと言う。

「どうしてわかるの？」

ニコラスが口もとをゆがめた。「ともかくわかるんだ」

「あなたはわたしを知ってるのよね」か細い声で言った。

ニコラスには愉快な言葉に聞こえたらしい。「ぼくは昔からきみを知っている」

ジョージーは首を振った。「いいえ。いまとは違うわ」

「これからとも違う」ニコラスは断言した。

ふたりの隙間はほんの十センチもなく、そうしてゆっくりとやさしく、ふたりの唇が触れ合った。最初はほんとうに軽く擦れた程度だった。それからジョージーはうなじに手をまわされ、とろけるように身をゆだねてしまわないようにと必死にこらえた。彼の舌で唇をなぞられ、ただの先触れのようなものからもっと深いキスへと変わっていった。

もっと熱いものに。

思いも寄らない感覚が押し寄せてきてジョージーは息を呑み、唇を開くと、キスはますます親密で豊潤なものとなった。

これまではただ唇を触れ合わせるだけのことだとしか思っていなかった。それどころか、肌を通して血液にも流れこみ、心の奥底のほうにまで届いて、身体じゅうで感じられるものだったなんて。

「ニコラス」ジョージーはささやくように呼び、自分の声に驚きが表れているのに気づいた。「わかってる」ニコラスが答えた。「わかってる」

彼に腰を抱かれたけれど、ジョージーはすでに自分から身を乗りだしていたので引き寄せられたのはまるで気にならなかった。よくわからなくても、ともかく自分はこうされることを求めている。自分にこうしたい欲求があるということしかわからない。ただもっと近づきたい。

彼が欲しい。

ジョージーはキスを返した——実際にはどうあれ、自分ではそうしたつもりだった。こんなふうにキスをするのは生まれて初めてだ。ニコラスが気に入ってくれているようなので、自分が正しいことをしていると信じるしかない。

それにジョージーもたしかに心地よく感じられていた。

ためらいがちに片手を上げてニコラスの髪に触れた。これまでにもなにかの機会に触れたことはあったのだろうけれど、急にどうしても、たったいま、そこに触れて確かめてみずにはいられなくなった。柔らかいの？　弾力がある？　その両方？　ニコラスの髪は昔からちょっぴりくるんと丸まっていた。その巻き毛みたいな髪を軽くひっぱったらどれくらいすぐに戻るのかを調べてみたくてたまらない、ばかみたいな衝動に駆られていた。

でもまずはともかく触れたい。彼のぬくもりを感じて、自分と同じくらいに彼も求めてくれているのかを心ゆくまで確かめたい。

頭がくらくらするくらいに浮かれている。

すばらしく心地いい。

「ジョージー」ニコラスがささやき、その声からもジョージーには自分と同じような彼の驚きが聞きとれた。

だから彼が言ってくれたのと同じように返した。「わかってる」

ニコラスが笑った。ジョージーはその笑みを自分の頬から首筋へとたどる彼の唇から感じとった。

鎖骨のくぼみを唇で探られる快さにぞくりとして、頭をわずかにのけぞらせた。知らなかった……想像もできなかった……誰も教えてくれなかったし……。

ミヤオ。

「ニコラス」甲走ったかすれ声を洩らした。なんだかものすごくどきどきして心地よいことを彼がしてくれていて――

ミヤオ。

きっとこのまま聞こえないふりをしていれば……。

ミヤオ。

ジョージーはうっかり目を上げるという間違いをおかした。

キャットヘッド。

やけに強い眼差しをこちらに向けている。

「どうかしたのか？」ニコラスが温かい唇をジョージーの肌に触れさせたまま、つぶやいた。

「なんでもないわ」ジョージーはきっぱりと言った。目を閉じる。

グルルラ――

「やめて！」ジョージーはぱっと目をあけた。

ニコラスがびくんと身を引いた。

「違う、あなたじゃないの！」ジョージーはニコラスの肩をつかんだ。「やめないで」

ニコラスが困惑顔で見つめた。「どうなってるんだ？」

ミャーオゥ。

ジョージーは猫を睨みつけた。まぎれもなく、これまで聞いたなかでもっとも嫌みったらしいミャオだ。

「聞こえた？」ジョージーは訊いた。

ニコラスはなおも唇で妻の肌をなぞり、耳のそばのとりわけ感じやすいところに行き着いていた。「ほうっておけ」

「無理よ」

「こらえるんだ」

ジョージーはそしらぬふりで顔をそむけた。

猫なりに息を吸いこむ音が聞こえて、さらに——

グルルアウウッー！

「だめだ」ニコラスがほとんど呻くように言った。「だめだ、やめてくれ」

ジョージーは猫のほうを振り返った。「やめなさい」きつく叱った。

キャットヘッドが猫なりに小さく肩をすくめるようなしぐさを見せた。

ジョージーはニコラスのほうに顔を戻した。

グルルアウウッ！

「なんなの？」くるりと向きなおる。

キャットヘッドが喉を鳴らした。

「ずる賢い人たらし」ジョージーは吐き捨てるようにこぼした。

ニコラスはほとんど固まっていた。「ぼくに、それとも猫に言ってるのか？」

ジョージーは夫の腕のなかから逃れて、キャットヘッドを思いきり睨みつけられるように坐りなおした。「もうたくさん」

「それは猫のことだと信じたい」ニコラスがぼそりと言った。

「あなたがわたしにキスを始めると、ああやって恐ろしい声で鳴くのよ」

「きみがぼくにキスをしたらどうなんだろう？」

「ニコラス」ジョージーは唸るように釘を刺した。

「あの獣をかばいたいわけじゃない」ニコラスが言う。「だが、きのうも六時間以上は吼えていた。そしてその間、ぼくたちがキスをしていなかったのは確かだ」

「ええ、だけど、それはまたべつの話。きのうはハンモックにいたわけではなかった」

ニコラスは髪を掻き上げて、不自然な恰好で吊るされている猫を見やった。「念のために言わせてもらうと、あのハンモックがどのように役立っているのかがよくわからない」

「いまはおとなしいでしょう。それに、わたしが彼を抱いている必要もない」

「たしかに」ニコラスはつぶやいた。ゆったりと坐りなおし、有料道路《ターンパイク》で速度をあげる馬車のなかで静かに揺られているキャットヘッドをふたりで見つめた。

「じつに興味深い」ニコラスは低い声で言うと前のめりになって猫をまじまじと眺めた。

「その仮説を検証してみるべきだろう」

ジョージーはその提案に当惑した。「なんですって？」

ニコラスはたちまち研究者の顔に様変わりした。「仮説とは、その理論が成り立つかどうかを確かめるための――」

「仮説がなにかは知ってるわ」ジョージーは言葉を挟んだ。「それを検証するとはどういうことなのかがわからないだけ」

「ああ、なるほど、そういうことか。ご存じのとおり、科学的調査とは仮説を厳正なる検証により証明するものだ。実験によって証明されるまでは理論はただの理論にすぎない」

ジョージーはいぶかしげに夫を見つめた。「あなたの理論というのは具体的にはどれのこと？」

「正しくは」ニコラスはちょっと頭を傾けて答えた。「きみの理論だ」

「わたしの？」

「あの獣がぼくたちのキスをとめようとしているという仮説さ」

「わたしはそう言ったんじゃないわ」ジョージーは指摘した。「それにいずれにしても、本気でそうだと思ってるわけではないし。そこまで賢くはないでしょう」

「賢くても、賢くなくても」ニコラスが低い声で言う。「こいつは悪魔の落とし子だ」

「ニコラス！」

「スコットランドに着いたら、犬を飼おう」

「そんなことを大きな声で言わないで」ジョージーは忠告した。「ジュディスに聞こえるわ」

ニコラスは冗談だろうとでも言いたげな目を向けた。

「彼女はほんとうに賢いのよ」

ニコラスはひとしきり妻を見つめてから、いかにも呆れたようにかぶりを振り、瞳をぐるりと動かしてみせた。

「わたしの猫で科学実験をしたいのよね」

ニコラスは、いまだ毛むくじゃらの変わった植物みたいにハンモックで吊るされているキャットヘッドをあてつけがましく見やった。「実験を行なってもいいと？」

「やっぱり役立っているのよね？　すっかりおとなしくなったもの」

「ぼくがきみにキスをするまではな」

「それはまあ……そうね」

ニコラスの目が期待の光を灯した。「では実験してみるとしよう」

「ちょっと怖いんだけど」

ニコラスが払いのけるように手を振った。「キスしてもいいだろうか？」

ジョージーは少しどきりとしたのと同時に、じつを言えば、その淡々とした口ぶりに少し落胆のようなものも覚えた。とはいえ、拒む理由も見つからないので、うなずいた。

ニコラスがジョージーの顎に触れて、顔を近づかせた。ふたりの唇が触れ合い、またしてもジョージーはとろけそうになった。唇がちょっと触れ合っただけで、手先がしびれはじめて、身体じゅうが――

グルルアウウッ！

「なるほど」ニコラスが唸るようにつぶやいた。くるりと振り向いて猫を睨みつける。

ジョージーは目を瞬いた。「どうしたの？」ぼんやりした声だ。実際にぼんやりしている。

「まったく、邪魔くさいし……」

さらに言葉は続いたものの、声が低くて聞きとれなかった。

「ほんとに無邪気な顔をしてる」ジョージーは手を伸ばして、キャットヘッドのつぶれた小さな顔を撫でてやった。「わざと邪魔をしてるはずがないのよね」

「事実は事実だ、ジョージアナ。きみの猫は悪魔だ」

ジョージーは噴きだして笑った。そうする以外に答えようがない。

「ひっくり返してもいいかな？」ニコラスが訊いた。

「猫を？」

「彼がこっちを向かないようにハンモックをひっくり返す手はないのか？」

「ううん、ええ、ありそうにない」ジョージーはあらためて自分が考案した仕掛けを眺めて、顔を曇らせた。「彼をいったん取りだして反対側を向かせる以外には」

それはやりたくなかった。そもそもハンモックに入れるときにもキャットヘッドにもがかれて、手が引っ掻き傷だらけになってしまった。

でも、夫とのキスもやはり続けたいので、こう言った。「わたしたちが移動すればいいのよ」

ニコラスがじっと見返した。

ジョージーは指差した。「向こう側に」

「後ろ向きの座席だと気持ち悪くなると言ってなかったか」

「あなたがキスをしていなければ」

「まるで筋の通らない言いぶんだな」

ジョージーはにっこりした。「わかってるわ」

ニコラスは妻を見つめ、それから後ろ向きの座席に目を移した。

さらにこちらをしたりげに見下ろしているキャットヘッドに目を向けた。

「移ろう！」ニコラスはにんまりと笑って、妻を引き寄せて馬車の向かい側の座席に坐りなおそうとした。

ジョージーが笑いながら先に転がり落ちるように坐り、その上にニコラスが腰を落とした。

「こちらのほうがずっといい」ニコラスが吐息まじりに言う。

ジョージーはさらにくすくす笑った。「こんなに楽しめるとは思わなかった」

「きみはまだなにもわかっていない」ニコラスはささやいて、妻の首筋に鼻を擦らせた。

ジョージーは夫の顔が見えるように少しだけ身を引いて、いたずらっぽい笑みを浮かべた。

「あなたは山ほどキスをしたことはないと言ってたわよね」

ニコラスはまたも吐息まじりの低い声を発し、ぞくぞくさせられるほど得意げなしぐさで妻の膝の上に腰を落ち着けた。「結婚初夜を大いに楽しめるという程度のことならわかってる」

「あなただけ？」ジョージーはからかうふうに返した。

ニコラスが真剣な目になって、ジョージーの手を口もとに引き寄せた。「ジョージー、きみにとって快いひと時になるように全力を尽くすと約束する」

ニコラスがまじめくさって言うので、ジョージーは笑みをこぼした。彼にも笑っていてほしい。手を伸ばして頬に触れた。「快いどころではないんでしょう？」

ニコラスがひと呼吸おいて言う。「最初は女性にとっては大変かもしれない」

ジョージーは目を上げた。経験から言ってるの？「だけどあなたは……つまり……初めての女性とはこれまで……」

ニコラスは首を振った。「ああ。もちろんその経験はない。だけど……」咳ばらいをする。「そういった話は出るから」

ジョージーは夫の頬にまた触れた。ものすごく気まずそうで、それがよけいにいとおしく感じられた。きっと夫には経験豊富であってほしいと望む女性もいるだろう。数多の女性たちとの数多の経験。

ぞっとする。

ニコラスがこれまで多くの女性と関わっていなかったのは心からほっとした。ジョージーは夫にほかの女性たちと比べられたくなかった。それにフレディー・オークスとの関係をあのように取り沙汰されてからは、たとえば雌のガチョウにとって好ましくないことなら、雄のガチョウにとってもしないほうがよいことに決まっているとジョージーは結論づけていた。

「ジョージー？」ニコラスがちょっと面白がるふうに呼びかけた。「どこへ行ってしまったんだ？」

「えっ？」

ニコラスはジョージーの口角にキスをした。「ずいぶんと真剣な顔をしている」

「ちょっと考えてただけ」

「考えてただって？　考えている場合じゃない」

ジョージーは笑みをこぼさずにはいられなかった。「そう？」

「きみに考えていられる余地があるということは、ぼくの努力がまだまだ足りていないということだからな」

「あら、そんなことはまったく――あうっ！」

ニコラスの手はジョージーの膝の裏でいたずらっぽい動きを繰り返している。「こんな感じではどうかな？」

「そんなことをどこで覚えたの？」

ニコラスがにやりとして肩をすくめた。「そういったことはだいたい自然と身についてくるものなんだ」

ジョージーは吐息をつき、さらにまた吐息を洩らした。だって、馬車のなかでの長い旅路をずっとこんなふうに過ごせるのなら、ほんとうにすばらしいことだから。

そしてふたりにとっては幸運なことに、その日はまだ始まったばかりだった。

17

その一日が終わる頃には、ジョージーはおおよそすばらしい気分になっていた。

おおよそは。

キャットヘッドのハンモックは見事に五時間も持ちこたえた。キスをして、うたた寝をして、またキスをするという、すばらしくすてきな五時間を過ごせた。そんなうたた寝とキスの繰り返しの合間には、ニコラスが昨夜の複雑骨折のじつに刺激的で恐ろしくもある手当てについて、これ以上になく詳しく説明してくれた。

ジョージーはじっと聞き入った。そうした凄惨な話に自分で思っていたほどの胆力はなかったようで、ニコラスが骨を元の位置に入れ直したときの説明には胸が悪くなってしまったけれど、ほんのちょっとだけのことだ。それにもう少し訓練すれば平気でいられるようになる自信もある。ジョージーがそう言うと、ニコラスは自分も医療を学びはじめたときに同じように感じたと打ち明けてくれた。級友の何人かは気を失ってしまったらしい。それをからかう者たちもいたが、そのように気を失ってしまうのはごく自然なあたりまえのことだという。医学部の新入生にとっては通過儀礼のようなものなのだと。

ジョージーは男性が気を失うという話はあまり聞いたおぼえがなかった。卒倒して噂にのぼるのはいつも女性のように思える。けれども以前から、いわゆる身体が弱いことより、コルセットを着用していることのほうに原因があるような気がしていた。呼吸しづらくなる感覚をよく知る身として、肋骨が押しつぶされそうなほど肺を絞めつけて、活発に動きまわるようなことはほとんどできなくなる衣装をまとうのが身体によいとはとうてい思えない。

動きまわるどころか、ただ息をするのも容易ではなくなるというのに。

姉が宮廷で火をつけてしまった事件がとてもよい実例だ。姉のビリーはジョージーが知る人々のなかでも、多くの男性と比較しても、とりわけ運動能力に秀でた人物だ。なにしろ、馬に後ろ向きに乗って駆けさせていたこともある。その姉がコルセットで絞めつけてスカートを張り骨で広げたドレス姿でぶじに部屋を通り抜けられず誰かに火をつけてしまったというのなら、ほかに誰がそんな姿ですんなり通り抜けられるというのか、ジョージーには想像もつかなかった。

いいえ、たしかに、大勢の令嬢たちがうっかり放火してしまうなんてことはなく、宮廷で謁見をやり遂げているが、そのなかにそんな衣装を少しでも心地よく感じている女性はひとりもいないに違いない。

いずれにしても、男性が卒倒したという話は誰もこれまで聞かせてくれなかったので、肉体が切られるのを初めて目にして倒れる男性がひとりどころではないと知って、ジョージーは喜びを隠しきれなかった。

女性が医師になれないのは間違っているのではないだろうか。女性の患者を治療する仕事は女性の医師のほうがうまくやれるに違いない。男性より、女性の身体についてはよくわかっているはずなのだから。いたってわかりやすい論理だ。

ジョージーはニコラスにもそのように伝えた。すると夫は考えこむような面持ちになり、こう答えた。「たしかにそうかもしれない」

ジョージーは議論に応戦するかまえですでに身を乗りだしていた。でも反論されなかったので、一瞬言葉を失って座席に背を戻した。

「どうしたんだ？」ニコラスが訊いた。

「ほとんどの場合には、事実だから、それがことわざになるのだと思ってたわけ」

ニコラスはにやりとして、さらにしっかりと顔を見据えた。「どういう意味だろう？」

「あなたはあっさりわたしの出端をくじいたのよ」

ニコラスが笑みを広げた。「それはよいことなんだろうか？」

「あなたにとっては」かたや、ジョージーは自分にとってどうなのかはよくわからなかった。

ニコラスが笑った。「女性が医師になることを許すべきではないとぼくが反論するとでも思ったのか？」

「そこまで全面的に降伏してくれるとは思わなかった」

「もともとまったく反対の立場でなかったとすれば、降伏とは言わないよな」ニコラスが指摘した。

「ええ、そうなんでしょうけど」ジョージーはいまの言葉をしばし反芻した。「でも、この点については一度もあなたの意見を聞いたおぼえはないわ」

「その点についてはじっくりと考えたことがなかったからだ」ニコラスは小さく肩をすくめて認めた。「自分に直接関わりのあることではないから」

「そうなの？」ジョージーは眉をひそめた。夫の言葉になにかもやもやしながらも、その理由がはっきりとは説明できなかった。「あなたがもし女性と一緒に働いたとしたら」言いながら考えた。「患者さんへの見方が変わってくるかも。世界がまったく違って見えてくるかもしれないわ」

ニコラスは長々とジョージーを見つめてから、言った。「ずいぶんと真剣な議題になってきたな」

ジョージーはゆっくりとうなずき、夫に握られた手を見下ろした。軽く引っぱられ、すんなりと彼の腕のなかに抱き寄せられた。

「いまは重い話はしたくない」ニコラスがささやいた。

ジョージーも同じ気持ちだったし、首筋に艶めかしい言葉をささやきかけられてはなおさらだった。

そんなふうに午前中は過ぎていった。キスをしておしゃべりをして、おしゃべりをしてキスをする。二週間に及ぶ馬車の旅でもこれなら楽しめるかもしれないと思わせてくれるようなひと時だった。

ところが、あっという間に昼になり、旅する二台の馬車が停まった。それと同時にハンモックでおとなしく揺られていたキャットヘッドも含めて、すべて順調だった時は打ち切られた。

ジョージーは雄猫を取りださなければならなかった。どれほど心地よさそうにしていたとしても、生き物を何時間もそこに閉じこめておくのは道理にもとる。

旅行団の大半の人々と同じように、三匹の猫もしばしの休憩をとり、馬車の元の場所に戻された。ジュディスとブランシェはそれぞれのかごのなかで丸くなったが（ブランシェはまたもひとかけらのチーズでご機嫌をなだめられて）、キャットヘッドはそう簡単にはいかなかった。ジョージーがハンモックに戻そうとすると例の鳴き声をあげ……。

「おやおや」ニコラスが声を張りあげた。「腸《はらわた》を抜いてるんじゃないだろうな？」

ジョージーはキャットヘッドの右の前脚で額を蹴られつつも振り返り、夫を睨みつけた。

「あなたがやってみる？」

「無理だ」

ジョージーは自分の額から猫の前脚をどかしてハンモックのちょうどよい大きさの網目に入れ、哀しげな鳴き声とともにもう一本の脚で今度は顎を突かれた。「どうしてこんなにいやがるのかしら」不満をこぼし、猫の脚を自分の顎からはずす。「今朝はものすごくおりこうさんだったのに」

ニコラスが顎をさすった。「こいつがそんな昔のことを憶えているんだろうか？」

ジョージーは夫にさほど温かみのない目を向けた。

「きみがこいつはそんなに賢くないと言ったんだぞ」

「今朝のことを憶えているくらいには賢いわ」ジョージーは言い返した。

ニコラスは意に介するふうもない。

そんな具合にこの日後半の旅が再開された。

一時間近くも恨みがましい大きな鳴き声を浴びせられながら、ようやくジョージーはキャットヘッドをじっとさせておける体勢を見つけ、それから三時間も赤ん坊のようにあやしながら過ごした。途中でニコラスが代わろうかと申し出てくれたが、キャットヘッドはあきらかにジョージー以外には受け入れないと決めているらしく、五分後にはジョージーが子守に戻るのが全員の正気を保つために最善の策だと合意した。

部屋を予約してあるアルコンベリーの宿屋にたどり着いたときには、ジョージーの腕は疲れきって筋肉がぷるぷるふるえていた。しかも身体の不調だけにとどまらず、心にも鬱憤が渦巻いていた。ニコラスのほうを見るたび、午前中にふたりで過ごした時間がよみがえった。

恥ずかしがることではないものの、やはり恥ずかしくて――

いいえ。恥ずかしいわけではない。恥ずかしいのとは違う。

ジョージーはこの胸のなかに渦巻く妙な感情を表現するのにふさわしい鮮やかなひらめきを、ぴんとくる瞬間を待ったものの、まったくなにも湧いてこなかった。

確かなのは、ともかくなにかを感じているということだけ。

ニコラスについて。

それともニコラスに対して、い、い、て？

いいえ。そんなことはありえない。子供の頃から知っている男性だ。指輪を互いの指につけさせただけのことで、ふたりの関係ががらりと変わってしまう道理がない。そもそも結婚式をしてからまだたった一日しか経っていない。

「ジョージー？」当の男性がささやきかけた。

ジョージーは見下ろした。夫はすでに馬車を降りていて妻が降りるのを手助けしようと腕を伸ばしている。こちらほどではないにしても、疲れているように見える。

「まずはなにか食べよう」ニコラスは妻の手を取ると言った。

ジョージーはうなずいて、夫の手をかりて馬車を降りた。自分がいま抱いている感情がどんなものであれ、ひとまず胸にとどめておかなければいけない。ひとつには、彼の真意はまだよくわからないままで、こちらの一方的な感情だとしたらといったことまで考えていられる心の余裕がないし、もうひとつの切実な理由として、牛一頭でも食べられそうなほどお腹がすいているからだ。

もちろん、調理されたものにかぎるけれど。そこまで野蛮ではない。

夕食をとるにもすでにだいぶ時刻は遅く、そこに到着した誰もがみなまずは食事にありつこうとしていたので、ジョージーとニコラスが案内されたのは食堂のなかでもどうやら二番目に上等な席のようだった。使いこまれて傷もある長いテーブルの端とはいえ、さいわいにも清潔だ。同じテーブルの向こう端の暖炉に近い席には、揃って不機嫌そうな顔の両親と息子の三人家族が腰かけていた。一家はもうほとんど食事を終えているようだが、ジョージーはあまりに疲れているし空腹だったので、その席が空くまで待ってはいられなかった。テーブルのこちら端でもじゅうぶんに暖かい。

「空腹なんだな？」ニコラスが妻のために椅子を引いて尋ねた。

「もうぺこぺこよ。あなたは？」

「同じだ」ニコラスは向かいに腰をおろし、帽子をテーブルの上の傍らに置いた。髪が乱れ、毛があちこちに少し撥ねている。お屋敷の正餐室であればとんでもない姿だけれど、旅路の宿屋でなら微笑ましく見える。

「あちらの皿から肉をひったくってしまいかねないくらいだ」ニコラスはテーブルの反対端にいる三人家族のほうに頭をわずかに傾けて言った。

けれどもひとりの若者がチーズとパンのかごを運んでくると、ニコラスは彼の腕を目にするなり、食べ物を物欲しそうに目で追うのはやめた。

「ひどいやけどだ」ニコラスは給仕係の少年の袖に触れた。「ちょっといいかい？」

少年は腕を引き戻そうとしたが、脇の下に瓶を挟んでいたので動かせなかった。すぐさま瓶をテーブルに置き、短すぎる袖を引きおろそうとしながら、あとずさった。

「なんでもありません」少年は肩越しにちらりと目をやった。「すぐに残りの料理もお持ちします」さっと頭をさげて、「旦那《サー》さん、奥様」と言い添えると、逃げるように立ち去った。

少年が消えた戸口から目を離そうとしないニコラスをジョージーはじっと見ていた。夫は深呼吸をして、自分の前に並べられたものを見下ろし、空腹そうな目でパン、チーズ、ワインのボトルへと視線を移した。

それからまた厨房の戸口のほうを見やる。

そしてパンに目を戻し、手を伸ばしかけて、動きをとめた。ひとつのことをするのがやっとの気力しかなく、少年について考えていると、パンをどうやって食べればよいのかわからなくなってしまったとでもいうように。

夫はお腹がすいているらしく……しょうがないといった顔つきだ。

ジョージーはニコラスにキスをしたくなった。

「あの子はすぐにスープを運んでくるわ」正直に言えば、自分がスープとあの少年のどちらのほうを待ち望んでいるのかわからないけれど。なんとなくふたりとも食べ物に手をつけられないまま待っていると、落ち着かなげなそぶりの若い女性が湯気の立った深皿をふたつ運んできた。深皿がテーブルに並べられ、女性が立ち去ろうとしたとき、ニコラスが呼びとめた。「ご婦人？」

女性が立ちどまって振り返った。「なんでしょう？」さっと膝を曲げてニコラスに礼儀を示したが、いまにも駆け去りたがっているようにしか見えない。

「つい先ほど給仕してくれた少年だが」ニコラスは言った。「腕が――」

「大丈夫なんです、旦那さん」女性は早口に答えた。

「だが――」

「お願いですから」女性はそわそわと声をひそめた。「ミスター・キッパーストラングは、食事の片づけが終わるまで仕事以外のことをするのはお気に召さないので」

「だが、あの少年の腕――」

厨房の戸口から年嵩の男――ミスター・キッパーストラングなのだろうとジョージーは察した――が出てきて、これ見よがしにこぶしに丸めた両手を腰にあてた。若い女性はテーブルのほうに向きなおり、ジョージーとニコラスのあいだに置かれているパンをいかにも切っているようなふりをした。

「マーサ!」ミスター・キッパーストラングがしゃがれ声で呼んだ。「なんをぼけっとしとんか」なにを言っているのかジョージーには聞きとれなかったものの、マーサをテーブルから離れさせたがっていることだけははっきりとわかった。

「マーサ?」ジョージーはそっと声をかけた。「よければ、あの子がやけどした理由を教えてもらえない?」

ニコラスがこちらを見たが、諫めようとしているのか、後押ししようとしているのか、それともまったくまたべつの意図があるのか、さっぱり読みとれなかった。これまではずっとニコラスの考えていることなら、少なくともだいたいの気分くらいは読みとれる自信があった。それなのに思いがけず結婚してみたら、まるで知らない人のように感じられるなんて。

「どうか、奥様」マーサはパンを切り刻みながら懇願するように言った。「わたしたちは仕事を失ってしまいます」

ジョージーは目を合わせようとしたが、マーサはパンに視線を落とし、さらに二切れのパンを刻んでからナイフを置いた。

ジョージーはニコラスのほうに目を移した。なにか言ってくれないのだろうか？　自分が言うべきなの？　自分たちが口出しすべきではないということ？

ニコラスが息を吐いて、一瞬、さらにまた椅子に沈みこんだように見えた。

それから、疲れたように息を吸い、立ちあがった。

「お客様？」ミスター・キッパーストラングが大きな声で呼びかけた。「マーサがへまをしでかしましたでしょうか？　まったく役立たずな女で――」

「いや、違う」ニコラスは言った。にっこり笑みを浮かべながらも目は笑っていない。マーサの肩をぽんと叩いて、彼女を周りこむようにして進みでた。「彼女の仕事は丁寧で手早い。妻もぼくもとても満足している」

がっしりとした風体の食堂の亭主は憮然としている。「なんなりとおっしゃっていただければ――」

ニコラスは最後まで言わせなかった。片手を上げてとどめ、マーサのほうを向いて言う。「悪いが、妻は空腹で疲れている。部屋に案内して、なんでも望みどおりに取り計らってもらえないだろうか？」

ジョージーが「いえ、ちょっと待って」と言うより早く、ニコラスは厨房の戸口のほうへ歩きだしていた。

「ちょっとよろしいかな」ニコラスはジョージーの耳にも横柄に聞こえるような口ぶりで

言った。「ぼくは医者なんだ。それで、つい先ほどお会いした少年の腕のやけどがじつに気がかりなんだが」

ミスター・キッパーストラングは大きく鼻息を吐いた。「ただのかすり傷ですよ、旦那。どんくさいやつで、私に雇ってもらえただけでも幸運なんだ。しっかり仕事を覚えれば、けがもせずにすむようになる」

「それでも」ニコラスの声はいくらか鋭さを帯びていた。「ここしばらく、あのようなやけどの治療はしていないので、腕慣らしをさせてもらえないだろうか。なにしろ、治療目的でわざと人をやけどさせるわけにもいかないもので」

ジョージーはとんでもなく場違いにも噴きだしそうになってこらえた。最後のひと言は自分が彼にまえに言ったことの受け売りだと気づいたからだ。

ミスター・キッパーストラングはどう答えればよいのかわからないらしく、しかもニコラスはすでにその脇をすり抜けて進んでいた。亭主がようやく言葉を発する気力を取り戻したかに見えたときにはもうニコラスの姿は厨房の戸口の向こうへ消えたあとで、なおもぶつぶつと言いながら急いであとを追いかけるしかなかった。

それから少しのあいだ静寂が続いた。ジョージーは目を瞬いた。さらにもう一度瞬きをする。自分は完全においてきぼりにされてしまったということ？

「どうなってるの？」声に出して言った。

マーサが答えるべき問いかけなのかどうかを決めかねて、用心深く見守っている。

ジョージーはいまさらながらスプーンをまだ持っていたことに気づいて、置いた。目を上げてマーサを見る。

マーサがなんとも弱々しい笑みを浮かべてみせた。「お部屋にご案内いたしましょうか？」

ジョージーは首を振り、独り言のようにつぶやいた。「ここに置き去りにされるなんて信じられない」

「あの……では……」マーサが両手を揉み合わせて、いまにも炎が噴きだしてくるのではと心配するように厨房の戸口を見つめた。

「わたしだって、ちゃんと手伝えるのに」ジョージーはマーサのほうを見た。「頼んでもくれないなんて」

「奥様？」

ジョージーは席を立った。

「奥様」やや慌てた口ぶりでマーサが繰り返した。

「厨房へ案内してもらえないかしら」

「はい？」マーサの顔から血の気が引いた。「いえ、本気でおっしゃってます？」

「もちろんですとも」ジョージーは〝自分のように有能な女性が追い払われてたまるものですか〟という決意を込めて言った。

そんな一面が自分にあったとはちょっと意外な気もしたけれど、考えてみれば昔からとてもよいお手本となる女性たちが身近にいた。

「ですが、奥様、厨房ですよ」

「ミスター・キッパーストラングとミスター・ロークズビーがそこにいるわけよね」

「あのお医者様でございますか？」

「そうその人」

「あの、でも、奥様」マーサが言う。「あなた様が行くようなところではございません」

そう言われるとよけいに、そこ以上に行くべき場所はないと心が決まった。

ジョージーはしっかりと笑みを湛えた。「むしろ行くべきところなのよ」

「ですが、あなた様は貴婦人です」

問いかけのようには聞こえなかったのでジョージーは答えなかった。代わりに、ニコラスが先ほどまで坐っていた椅子を周りこんで歩きだした。マーサはいまにも泣きだしそうだった。

「ですが、奥様、お聞きください」マーサが戸口のまえに立ちはだかろうとでもするように慌てて先回りした。「お医者様――あなたのご主人から仰せつかったんです――」

「なんでもわたしの望みどおりに取り計らってほしいと言われたはずよね」

「それはお食事のことで……」マーサが弱々しく言う。「なんでもお運びいたします」

そのとき厨房からガシャンという音が響きわたった。マーサが恐るおそる戸口のほうに踏みだすと同時に、そこからニコラスがぐったりとした少年を担ぎあげて大股で出てきた。

「ジョージー！」マーサが呼んだ声には懸念と驚きがはっきりと表れていた。

ジョージーはどきりとして動きをとめた。「いまなんて？」

「ジョージー」マーサがニコラスのほうを指差した。

「彼の名前はジョージーなのか？」ニコラスがマーサに訊いた。

「わたしの愚弟です」マーサは訛りをまるで感じさせないスコットランド語特有の言いまわしで答えた。

「それで、弟さんの名前がジョージーなのね？」ジョージーは念を押した。

マーサがうなずく。

「わたしの名前もジョージーなの」胸に手のひらをあてた。

マーサは驚愕していた。そのように恐れおののいている理由が、男性の名前を持つ貴婦人がいることになのか、宿屋の給仕係の自分が貴婦人を呼び捨てにしてしまったためなのかは判然としない。

しかも自分がそのような形相になっていることにマーサはまったく気づいていないようだ。かたやジョージーはふと、自分がもうほんの少しも疲れを感じていないことに気づいた。今回ばかりはニコラスも妻からの手伝いの申し出を拒みようがないだろう。

その隙にもうひとりのジョージーが唸り声を洩らした。

ニコラスが少年の声に気づいていたとしても、そのようなそぶりはこちらのジョージーですら見分けられなかった。「マーサ。きみの弟さんはよくなる。だが、厨房では腕を固定できないんだ」

「どういうことです？」マーサがきょろきょろと見まわし――

ミスター・キッパーストラングがどういうわけか粉まみれで戸口から飛びだしてきた。「どうなってるんだ？」強い口調で訊いた。

ニコラスが歯を食いしばり、我慢の限界に達しかけているのがジョージーには見てとれた。「ここでならどう？」ほがらかに問いかけて、ジョージーは大きなテーブルを手ぶりで示した。誰も答えてくれないので腕をおろし、不慣れな手つきながらも、マーサがまだ取りかかれずにいた不機嫌な一家の食事のあと片づけを始めた。

「待ってくれ」ニコラスは、みんながそのとおり動きをとめたことに驚いた顔をした。誰もがじっと指示を待って見つめている。ニコラスはわずかに首を振り、少年のジョージーをテーブルの向こう端に運んでいった。

「なにがあったの？」ジョージーは尋ねた。

ニコラスはちらりと目を向けただけで、すぐに患者のほうに顔を戻した。「ぼくが腕に触れたとたんに気を失ったんだ」

「あの子はわたしに大丈夫なふりをしていたんです」マーサが小声で言った。

「小鍋にお湯を沸かして、清潔な亜麻布も少し用意してもらえませんか？」ニコラスは食堂の亭主に頼んだ。

ミスター・キッパーストラングはぽっかり口をあけて呆然と見ている。「私にお湯を持ってこいと？」

ニコラスは微笑んだ。「ええ、お願いします。よろしければ」

「わたしはなにを手伝えばいい？」ジョージーは意欲満々に尋ねた。

「正直に言っていいかな？」ニコラスが訊いた。

ジョージーはうなずいた。

「食べ物をくれ」

18

ニコラスが〈アルコンベリー紋章《アームズ》〉亭の階段を上がって部屋へ向かったのは、それからまる二時間後のことだった。

ジョージーには驚かされた。目覚ましい活躍だった。夫に食べ物をくれと頼まれたときにはさすがにどうかしてしまったのかというように見つめ返していたが、それもほんのいっときのことだった。

夫がしようとしていることを察するやジョージーはてきぱきとうなずいて、テーブルに置かれた食べ物のほうを向いてパンとチーズ、それにニコラスが要望した牛肉の薄切りをせっせと切り刻んだ。それらをニコラスが少年のジョージーの治療をしながら食べられるように口にちょっとずつ放りこんでくれた。

ジェイムソンとともに馬車から治療道具を取ってきてくれるようニコラスが頼んだときにも、ジョージーはその場をいったん離れることをためらわず、すぐに言われたとおりにして、戻ってくるとまた夫の口に食べ物を含ませてくれた。その間にニコラスは少年のやけどの状態を見きわめて、創面切除に取りかかった。

ジョージーはニコラスと同じように腕まくりをして手伝いが必要なときに備えた。ニコラスの額の汗を拭き、やけど部分の皮膚を剝がす手助けもして、蠟燭を近づけてくれた。素手に蠟が垂れてしまっても。

だが少年の腕の治療を手伝いはじめると、ジョージーは夕食を夫の口に運ぶほうは忘れてしまったようだった。ニコラスも食べるのを忘れていたが、こちらはいつものことだ。どうやら患者の治療に集中していると空腹も時間の経過も気にならなくなってしまうらしい。着々と少年の腕の治療を進めるなかで妨げとなったのは、顔に垂れてきた髪（ジョージーが後ろに戻してくれた）と明かりの乏しさ（これもジョージーが蠟燭をもう一本灯してくれた）だけだ。

当初の見立てよりも治療は容易ではなかった。やけどをしてからまる一日経っていたうえ、適切に洗浄されていなかったからだ。汚れや埃が患部のやわな皮膚に付着しており、感染症の兆候が見られないのはニコラスからすればちょっとした奇跡だった。慎重かつ手ぎわよく処置を進めた。この類いの治療は得意としていて、進めるにつれ結果が目に見えるので満足感も大きいのだが、時間がかかる。少年になるべく痛みを与えないよう最善を尽くすとなるとよけいに。

ようやく残りはもう、大きなやけどの周りにある軽いやけどの部分だけとなり、ニコラスは少年のジョージーの腕から妻のジョージーの顔へと目を上げ、彼女が文字どおり寝入ってしまっていることに気づいた。

「大丈夫かい」静かに声をかけた。

ジョージーがびくんとして目をあけた。

「上階《うえ》でベッドに入ったほうがいい」

「いいえ」ジョージーはぼんやりとした目で首を振った。「あなたを手伝うわ」

「きみの手助けはなくてはならないものだった」ニコラスは力強く答えた。「だが、もうほとんど終わった。それにきみはもうくたくただろう」

妻は瞬きをして、うつむいた。自分の足もとを見ているとしか思いようがない。

ニコラスは笑った。笑みをこぼさずにはいられなかった。

「蠟燭の明かりはいらないの？」ジョージーが訊いた。

「人はまだいる。誰かに持っていてもらうよ。行くんだ。こっちはもう大丈夫だから、ほんとうに」それでもまだ妻は納得しているように見えなかったので、ニコラスは言葉を継いだ。

「きみなしでできる自信がなければ、もう寝ていいなんて言わないさ」

その言葉に気をなだめられたらしく、ジョージーはあくびをした。「ほんとうに？」

ニコラスはうなずいた。「行ってくれ。きみはベッドに入るまえにやることもあるだろうし」

「起きて待ってる」ジョージーは断言した。

でも、無理だった。起きて待つことは。ジョージーがそうしようと努力したのは間違いないが、ニコラスは予想以上に遅くまで食堂にとどまることとなった。少年のやけどの治療を終えると、マーサが気恥ずかしそうに進みでてきて、自分の肘の腫れ物についての見立てを尋ねた。さらにはミスター・キッパースストラングからひどい耳鳴りに悩まされているのだと打ち明けられ、キッパーストラング夫人に——ミスター・キッパーストラングに妻がいたとはニコラスはいまだ信じがたいのだが——脇に連れだされて、足の親指の外側がでっぱっているのを診てもらえないかと頼まれた。

　親指の側面のでっぱり。これぞ、医療の奥深さよ。

　部屋に戻ったときには疲れきっていた。物音を立てないよう注意を払っていたので、ドアを開いてもジョージーに気づいた様子はなかった。実際に横向きに寝転がり、片手を顔のそばにおき、呼吸に合わせて胸が穏やかに上下していた。

「ぼくたちの結婚初夜はまたもやおあずけとなってしまったようだな」ニコラスはささやきかけた。といっても、ほとんど声は出さず、口を動かしただけのようなものだった。それでも、その言葉を口に出して伝えたかった。それにジョージーの髪を撫でたいし、顔にふんわりとかかっているほつれ毛を払いのけてやりたい。でも、目覚めさせたくはない。自分にとって彼女が必要でも、彼女にはなにより睡眠が必要で、こちらもそれは同じに違いなかった。

　ふたりの初夜を完璧にできるのかはわからないが、ニコラスは最大限の努力をしようと決意していたし、努力したところでどちらもこれほど疲れきっていては思うようにいかないのは目に見えていた。

　ニコラスは月光が射す枕で眠るジョージーを見下ろした。両家のこれ以上にないくらい見えみえの策略により至った婚姻だ。窓から洩れ射す月光は甘やかで、編んだ長い髪をベッドの片側に垂らして寝ている妻にはやけにそそられる。その三つ編みの髪を持ち上げて枕の上に戻してやりたいという妙な衝動に駆られた。

就寝まえにそうしてまとめなければいけないほど髪が長いのはどのような感じなのか、ニコラスには想像もつかなかった。これまで一度も髪を伸ばしたことはない。たんに長髪は自分の趣味には合わず、率直に言って伸ばしても煩わしいだけとしか思えなかった。兄のアンドルーは肩の下まで髪を長く伸ばしていたこともあったが、十年近く私掠船に乗っていたので、束髪がそれらしい身なりの一部でもあったのだろう。

ニコラスはジョージーの髪が好きだった。おろしたところは見たおぼえがなく、たとえ見ていたとしてもだいぶ幼い頃に遡る。でも、後ろに結い上げていても、まさしく温かみを象徴するような色だ。赤には違いないが、ただの赤ではなく、いわゆる赤毛と呼ばれる色でもない。つまりはオレンジ色でもない。

馬車のなかでともになんとなくまどろんでいたとき、それにジョージーがうたた寝して自分だけが起きていたときに、ニコラスは彼女の髪の房を見る角度により、色合いが変わることに驚かされていた――赤と褐色とブロンド、それに銀白色もあきらかに少しは交じっている。そのすべての色が重なり合って、冬の日の朝焼けとしか表現しようのない髪の色を生みだしていた。

ニコラスは就寝用のシャツに着替えて、妻を起こさないよう気をつけてベッドに上がった。そうしてうとうとしながら、ふと、冬の日ならば暖かさをほのめかしてくれる曙光ほどありがたいものはないと思い返した。それから、なるべくジョージーが眠りやすい空間をこしらえてやらなければと考えつつも、引き寄せられるように近づいていた。ニコラスは横向きのジョージーの後ろから身を添わせるようにして手を取り、眠りに落ちた。

ジョージーは五感をひとつずつ起こしていくようにゆっくりと目覚めた。朝の空気が顔にひんやりとして、瞼を通してピンク色の陽光を感じた。キルトの上掛けにくるまれて、ものすごく心地いい。ぼんやりと靄がかった頭もしだいに目覚めてきたけれど、さらにもぐり込んで、逞しいぬくもりのなかにきつくくるまれていたい。

ニコラスの腕のなかに。

はっと目をあけた。

ベッドにニコラスがいた。驚くようなことではないものの、夫がそこに来たのを見たおぼえがない。昨夜はあれからどうなったの？　親密なことはなにもしていないはず。ジョージーという自分と同じ名前の少年の治療を手伝って、ニコラスから先に部屋へ上がって寝支度をしておくようにと言われた。ニコラスは妻がひとりで寝支度できるよう配慮してくれたのだろう。ジョージーは夫の思いやりを感じた。それから……。

寝入ってしまったのに違いない。

ジョージーは情けなさに気が沈んで、また目を閉じた。結婚初夜にさっさと寝入ってしまう花嫁なんてどこにいるの？　自分たちの場合は正確には結婚した日の翌日の晩にあたるのだけれど。そんなことはどうでもいい。いずれにしても、自分はとんでもない妻だ。

ジョージーはそのまま何秒間かはともかくただじっとしていた。これからどうすればいいわけ？　彼を起こす？　それはよくない。そっとベッドを抜けだす？　腰の辺りに彼の腕がのっている。起こさないようにこの腕をおろすことなんてできるの？

ニコラスを起こさずに動けるのだろうか？

ジョージーは試しにほんのちょっとだけ身をずらしてみた。

ぐれむむれんふ。

洩れた声からして、眠そうだ。それに愛らしい。ちゃんと顔を見られればいいのだけれど、どちらも同じ側を向いて横たわっていた。ほんのちょっとこちらが身をずらした程度でも夫が眠そうなつぶやきを洩らしたのだから、寝返りを打てば起こしてしまうのは間違いない。

でも、もうほんのちょっと身をずらすくらいなら大丈夫かも。もうちょっとだけ、じりじりと動いて、まずはどうにか彼の腕の下から逃れる。それから向きを変える。そうすれば、どんな顔をして寝ているのかがわかる。静かにすやすやと寝ているのか、見ている夢が顔に表れているかもしれないし。

唇は閉じているのか、ほんのちょっぴり開いてる？　それに目はどうだろう？　そういえば、彼が目を閉じた顔をちゃんと見たことがあっただろうか？　目を閉じた顔が記憶に残るほど長々と目を閉じる瞬きをする人はいない。あの青くきらめく虹彩が見えなくても、やはりロークズビー一族らしい顔に見えるのだろうか？

ジョージーはまたもほんのちょっとだけずれることに意識を集中して、シーツに身を擦らせるようにじりじりと前に進んだ。それからいったん待った。急いでうまくいくはずがない。また動きだすのは、ニコラスがちゃんとまだ眠っているのを確かめてからだ。

それにベッドを離れるまえにもまたいったん間を取らなければならないだろう。お尻に彼の手が触れているのが、いままで感じたことがないくらい心地いいから。

ジョージーは吐息をついた。ニコラスの手はすてきだ。大きく、力強くて、器用で、爪はまっすぐ平らに整えられている。男性の手をこんなに魅力的に思えるなんて、わたしは頭がどうかしてしまったの？

そのとき、ニコラスが身じろいで、まだ寝ぼけている人がよくやるようにあくびをして、伸びあがるようなしぐさを見せた。「ジョージー」眠たげで不明瞭なかすれ声。

「おはよう」ジョージーはささやきかけた。

「ジョージー」ニコラスはまた呼んだ。今度はもう少し明瞭で、楽しげな声だ。

「あなたは寝てたから」どうすればいいのかよくわからないのでそう言った。「起こしたくなかったのよ」

ニコラスがあくびをした。ジョージーはその隙にベッドを離れようとしたが、彼の手に引きとめられた。「行かないでくれ」

ジョージーはベッドをおりなかったものの、上体を起こした。「支度しないとよね。そろそろ――」部屋のなかを見まわした。時計があるとしても、見当たらない。「何時なのかしら」

後ろでがさごそと音がして、ジョージーはニコラスが起きあがって窓のほうを見ているのを目の端にとらえた。「夜が明けたばかりじゃないか」ニコラスが言う。「太陽がまだ地平線からさほど離れていない」

「そう」

それでなにが言いたいの？　まだベッドを出る必要はないということ？　わたしにベッドをまだ離れてほしくないと？

「ぼくは夜明けが大好きなんだ」ニコラスが静かに言った。

ジョージーは振り返るべきなのだろうと思った。ニコラスはすぐ後ろにいて、まだ自分の腰に手を触れているだけでなく、身体のぬくもりが感じられるほど密着している。けれども気が高ぶって、妙に落ち着かないし、どうすればいいのかわからなかった。

それにどうすればいいのかわからない状態が好きな人なんていない。

「昨夜ぼくが部屋に来たときにはきみは眠っていた」ニコラスが言う。「起こしたくなかったんだ」

「ありがとう、それでその――」ジョージーは人がたいがいなにを言えばいいのかわからないときにするように少しだけ首を振った。「それでその、ありがとう」感謝の言葉を繰り返した。後ろ向きで言ってもそう変わらない気もしたけれど夫と向き合った。そうしなければ臆病者だし、臆病者にはなりたくない。「とても疲れていたの。起きて待っているつもりだったんだけど」

ニコラスが微笑んだ。「かまわないさ」

「いいえ、わたしはそうは思わない」

「ジョージー」その声には思いやりが満ちていた。「きみには睡眠が必要だった。もちろん、ぼくのほうにも」

「あら」つまりは夫に求められていなかったということ？　馬車のなかで過ごしたひと時を思い返すとジョージーはなんだか納得がいかなかった。ニコラスはいかにも求めているかのように自分にキスをしていた。ほんとうはもっとそれ以上のことを求めているかのように。

ニコラスがジョージーの耳の後ろに髪の房を撫でつけた。「考えすぎだ」

ジョージーは眉をひそめて夫を見つめ、青空色の瞳から愉快そうな表情を見てとった。

「どうすれば考えすぎずにすむのかしら？」たぶん声にいらだちがちょっぴり滲んでしまったのだろう。ニコラスにはすぐに気づかれてしまう。たとえそうではなかったとしても、めずらしいことでも、わかりづらいことでもない。

ニコラスが軽く肩をすくめてみせた。「わからないけど、それ以上考えていたら、きみの耳から湯気が出てくるのはまず間違いないな」

「湯気。嘘ね」

ニコラスがにやりと笑った。「煙かな」

「ニコラス」

「近頃、医学部で教えられていることをきみが知ったら驚くだろうな」ニコラスはいたって屈託のない顔で言った。

「そうでしょうね」

ニコラスの手はジョージーの太腿を這いあがり、手に飛び移って、さらに腕をのぼっていく。「またきみにキスをしたい」静かに言った。

ジョージーはうなずいた。こちらも同じ思いだけれど、どのように言い表せばいいのかがわからなかった。もしくはどのようなしぐさをすればいいのかも。凍りついてしまったわけではないものの――表現しようがないくらいの寒気に襲われた。

それでもじっと耐えた。まったく動かず、ほかのすべてのところとは正反対に呼吸だけは速まっていた。動き方がわからない。動く能力が失われていた。反応するだけで精いっぱいで、触れられると……たしかに彼に触れられていて……。

これまで経験したことのない感覚で、これからいったいどうなってしまうのかわからない。

ニコラスも上体を起こし、就寝用のシャツの少しあいた首もとから薄っすらとした胸毛が覗いた。ジョージーのほうもゆったりとした白いモスリンの寝間着姿なのでよけいに親密に感じられた。

「ジョージー」ニコラスが愛撫と懇願が相半ばするような手つきでジョージーの頬に触れた。

前のめりになり、ジョージーも身を乗りだして、ふたりは口づけを交わした。

馬車のなかでしたときとまさに同じように。

それなのにそのときとはまったく違っていた。

ニコラスがもう一度低い声で名前を呼び、もう片方の手でジョージーの頭の後ろを支えて自分のほうに引き寄せ、口のなかに舌をめぐらせた。そのキスは深く、熱く、すべてを奪いとりながらも、もっと与えたくてたまらない思いへとジョージーを駆り立てた。

完全に矛盾する状況だ――あのときと同じようなのに違うし、奪いとられながらも与えたい。ジョージーにとってはまったく初めての感覚なのに、ニコラスにはどうすべきかがはっきりとわかっているらしかった。

どうしてニコラスにはわかるの？　どうしてこれほど絶妙に動いて、触れて、与えて、奪って、欲望を煮えたぎらせることができるのだろう？

「どうすればいいのか教えて」ジョージーはか細い声で言った。

「もうしているとおりでいいんだ」

言葉どおりに受けとめていいのかわからないけれど、気にすべきことなのかどうかもわからない。ジョージーはともかくキスを続け、間違っていればきっとニコラスが教えてくれるはずだと信じて、正しいと思えることをした。

ニコラスが脚に触れると、たどられる快さにジョージーは肌がぞくぞくした。「ぼくがどうすればいいか、きみが教えてほしい」ささやき声がした。

ジョージーは思わず微笑んだ。「あなたはどうすればいいのか知ってるじゃない」

「ぼくが？」

ジョージーは顔にあたる呼気から戸惑いを感じとって少しだけ身を引いた。「まえにもしたことがあるのね？」

ニコラスが首を振る。

「でも――でも――あなたは男性だし」

ニコラスがいかにもむぞうさに肩をすくめた。でも目をちゃんと合わせようとはしなかった。「誰にでも初めてはあるものさ」

「でも――でも――」それでは道理が通らない。ふたりが生きる社会の男性たちは身を固めるまえに放蕩のかぎりを尽くす。それがあたりまえとされている。そうやって学ぶのだと。そうではないの？

「ぼくにとってきみが初めてなのが気になるのか？」ニコラスが訊いた。

「まさか！」なんてこと、思いのほか強い口調になってしまった。「いいえ、そんなことはないわ。ただ意外だっただけで」

「ぼくがそれほどの放蕩者だとでも？」ニコラスは自嘲ぎみに眉を吊り上げた。

「そうではなくて、とても上手だから」

ニコラスが口もとをほころばせて、いたずらっぽく笑った。「ぼくが上手だときみには思えるってことだよな？」

ジョージーは両手で顔を覆った。ああもう、手のひらがやけどしそうなくらいに顔が熱くなっている。「そんなことを言いたかったわけじゃなくて」

「いいや、そう思ってるんだよな」

ジョージーは右手の人差し指と中指のあいだをV字に開いて、そこから覗いた。「ほんのちょっとはそうかしら」

「ほんのちょっとは上手だと？」ニコラスがからかうように言う。「それでは誉め言葉にならないじゃないか」

「わたしにどんなに恥ずかしい思いをさせてるかわかってる？」

ニコラスがまじめくさってうなずいた。

「それでも、あなたはまるで悪いとは思ってない」

またもまじめな顔でうなずいた。「そのとおり」

ジョージーは人差し指と中指をぴたりと閉じた。

「ジョージー」ニコラスがささやきかけて、ジョージーの顔からそっと手を離させた。「きみが言うように、ぼくが少しでも上手にできているのだとすれば、自分にふさわしい相手とだからにほかならない」

「だけど、どうしてあなたにはやるべきことがわかるの？」ジョージーはいぶかしげに尋ねた。だって、もしニコラスが……こんなふうにできなければ……とても困ったことになっていたはず。事の成り行きを自分はすっかり彼に頼ってしまっている。

「いまのところ、ぼくがきみにしたのはキスだけで、それについてはじつを言うと、経験がある」

ジョージーは目を細く狭めた。「どなたと？」

ニコラスがきょとんとして唇をわずかに開き、それからいきなり笑い声をあげた。「ほんとうに知りたいのか？」

「立場が逆なら、あなたは知りたくない？」

ニコラスはすぐには答えなかった。「どうかな」

「でも、わたしは知りたいの。どなたなの？」

ニコラスはぐるりと瞳を動かした。「最初は――」

「一回じゃないってこと？」

ニコラスがジョージーの肩を軽く突いた。「答えを知りたくないのなら尋ねないでくれ、ジョージアナ・ブリジャートン」

「ロークズビーよ」ジョージーは正した。

「ロークズビー」ニコラスの目つきがやわらいだ。「そうなんだよな」

ジョージーはニコラスの肩に触れ、シャツの上から指で温かな首まで思わせぶりにたどった。「そうなんだけど……」

「そうなんだけど？」声音が高くなった。

ジョージーは目を合わせた。ぞくぞくしてそそられる妙な感覚が肌を駆け抜けた。「これではまだ」ゆっくりと言葉を継ぐ。「ほんとうにロークズビーになっていないとも言えるかもしれないわよね」

ニコラスは一度だけ口づけてから、軽く唇を寄せたままささやいた。「ではほんとうにそうなるために、しなくてはいけないことがあるわけだよな」

19

ニコラスはここまで長く未経験でいようと思っていたわけではなかった。そもそも具体的にどうしようと考えたこともない。結婚するまで女性と交わらないでいようなどとは。婚姻まえの性行為が道義に反するとも思っていないし、信心深い男でもない。梅毒についてはじゅうぶん承知しているので、医学的な見地から、むやみやたらな性交には関心を引かれるより拒絶心が働く。

とはいえ、新婦と初夜を迎えるまで童貞でいようなどとけっして決意してはいなかった。機会を得られなかったと言うほうが真実に近い。いずれにしても、これまでふさわしい機会には恵まれなかったし、どうにかしてその機会を得ようとするのもおかしなことだと思っていた。

女性と身を交えるのなら、それなりの理由があって然るべきではないだろうか。結婚していなければいけないというわけではない。必ずしも愛している必要もないだろう。けれども、ただ欲求を満たすだけのものでもないはずだ。

もっとずっと若いときに、友人たちがみな愚かにも見境なく悦びを求めていた頃に自分も経験できていたなら状況はまた違っていたのだろう。ケンブリッジ大学に入学して一年目にそのような機会があってもおかしくなかったのだが——いや、あったはずなのだが——折悪しく鼻風邪にやられて、その機会を逃してしまった。友人たちは飲みに出かけてどんちゃん騒ぎをして、高級娼館へと行き着いた。ニコラスも一緒に出かける予定だったのだが前日に風邪にかかり、鼻づまりのうえに二日酔いにも苦しめられるのは避けたかった。

そこでひとりぽつんと部屋にとどまり、友人たちはいわば男性器の使い道を教えられて帰ってきた。ニコラスは友人たちの自慢話に耳を傾けた。なにしろまだ十九歳だったからだ。いったい誰が耳を傾けずにいられるだろう?

だが、そのときにニコラスはこれでなにを自分は学べたのだろうかとも考えていた。友人たちの誰ひとりとして自分で話していることをちゃんとわかっているようには思えなかったからだ。ほんとうに学ぶためには女性に尋ねるしかない。

とはいえ、そのような機会にも恵まれなかった。誰に尋ねられるというんだ?

それでもニコラスは耳を傾けつづけた。何年ものあいだ、たいがい少しばかり、または大いに悦に入って自慢話をしてくれる男たちの話に。ほとんどはくだらないことばかりだったが、たまには考えさせられることも、つまり、なるほどと思わされるようなことも聞けた。そうした話は頭のなかにとどめてきた。

それらの情報がいつか役立つときがくるはずだからだ。女性といよいよ身を交えるときにはうまくやりたいではないか。

そのときがついに訪れ、こうして妻にキスをして、ニコラスは自分が緊張していることに気づかされた。自分にとって初めての経験だからではなく、彼女にとって初めての経験だからだ。自分が楽しめるのはもうわかっている。そうとも、人生で最上の朝になるという確信めいたものをはっきりと感じている。

でも、彼女にとっても人生で最上の朝にできるのかについては確信がない。快いものになるのか、楽しませられるのか、痛みを感じさせずにすむのかも定かでない。

そう考えてみると、ジョージーにとって満足のいくものにならなければ、つまるところ自分にとっても人生で最上の朝にはならないということではないのか。

学びつづけてきたものを生かせるときがあるとすれば、いまだ。

「どうしたの？」ジョージーがひそやかに訊いた。

ニコラスは長々と黙って妻を見つめていたことに気づいた。彼女を不安にさせてしまった。

「きみを知りたい」欲望でやわらいだ声で言った。「きみを隅々まですべて知りたい」

ジョージーが恥じらって顔から首をほんのりピンク色に染めた。

ニコラスは妻の額に口づけてから、こめかみへ、さらに耳のそばの小さなくぼみへと唇を擦らせ、「きみは完璧だ」とささやいた。

「完璧な人なんていないわ」否定の言葉とは裏腹に、張りつめた不安定な空気をなごませようとつい口走ってしまったとでもいうように声がふるえていた。

「ぼくにとっては完璧だ」ニコラスは低い声で言った。

「あなたはわかってないんだわ」

ニコラスは微笑んで見つめた。「どうしてきみはそうやって茶化してばかりいるんだ？」

ジョージーが目を大きく見開いた。「――」ニコラスはジョージーの鼻にキスをした。そして口にも。「――ぼくにとって――」今度も口に、でも低い声でささやきながらキスをする。「完璧だ」

あらためて見下ろして、自分の手並みの成果に満足した。ジョージーが何度か続けざまに瞬きをした。妻をすっかり当惑させていることにニコラスは喜びを覚えずにはいられなかった。ジョージーの表情が驚きと欲望のどちらを示しているのか判断するのはむずかしいし、その両方なのか、まったくべつの感情を示しているのかもしれないが、唇が開いているし、目は大きく見開かれていて、ニコラスはそのどちらのなかにも溺れてしまいたかった。

ジョージーのことはずっとまえから知っていたはずなのに、自分にとってこんなにも必要な女性であることにどうして気づけなかったんだ？

夜明けの陽射しに白っぽくきらめくジョージーの肌は、これまで目にしたどんなものより美しい。

ジョージーの寝間着は自分の就寝用のシャツと同じように飾り気がなく実用的で、心そそられる類いのものではなかったが、裾を思わせぶりに少しずつ引き上げてほっそりとした脚が見えてくると、ニコラスの胸は躍った。慌ただしく結婚式の準備が進められるなかで、ジョージーの母親が満足のいく花嫁衣装を揃えられないことに不満をこぼしていた。ニコラスもジョージーがフランス産のシルクやベルギー産のレースをまとう姿は見たいものの、いまでなくてもいい。いまの自分にそこまでじっくり眺めていられる余裕があるとは思えない。

「これはどうかな？」

「どうしてほしいのか、なんでも言ってくれ」

ジョージーは恥ずかしそうな目でうなずいた。

ニコラスは彼女の太腿に触れ、大きな手で表面を撫でてから、やさしくつかんだ。「これはどうかな？」

「いいわ」

そこから親指で内股の柔らかい皮膚へ、付け根に近づきすぎないよう慎重にたどった。

ジョージーはまだ準備ができていない。それはこちらもたぶん同じだ。彼女のそこに触れて、熱気を感じられたなら、こちらが破裂してしまいかねない。

この状態を持ちこたえなければいけない。経験したことがないくらいに硬くなっているし、初めてとはいえ、男の野性的な本能が硬く切迫しはじめているのを感じた。

彼女に自分のものである証しを焼きつけたい。

われを忘れてしまいかねないほどにその欲求は猛烈で激しい。

また話しだそうとした声はふるえていた。「ほかにどうしてほしい？」

ジョージーが尋ねられたことすら信じられないといったふうに見つめ返した。「なんでも」か細い声で言う。「あなたがしてくれることならなんでも好き」

「なんでも？」ニコラスは低く唸るように訊き返した。あまりにうれしい言葉で気恥ずかしいくらいだ。

ジョージーがはにかんでうなずいた。「すごくよかったわ、さっきの――」

「どれだろう？」ニコラスはせっかちに訊いた。とにかく知りたい。

「キスしてくれたでしょう」ジョージーはささやくように言い、鎖骨のすぐ下に手をやった。

「ここに」

ニコラスはふっと息を吸いこんだ。そこからなだらかに胸がふくらんでいる。早く探りたくてたまらないピンク色の蕾まであとほんの少しのところだ。

彼女を探る旅の始まりにはうってつけの場所でもある。

ニコラスはジョージーが手をやったところに唇をあて、舌でゆったりとみだらに円を描くように肌をなぞった。ジョージーが快さに切なげな声を洩らして背を反らせ、その声にニコラスはすでに身体の奥で燃え立っていた炎をさらに焚きつけられた。

「きみはとても柔らかい」陽射しにさらされたことがあるんだろうかと思うくらいに。彼女の隅々まで探りたい。彼女の身体の地図がほしい。自分の身体にその地図を描きたい。

ああ、まったく、いったいどこからそんな考えが出てくるんだ？　自分は詩人ではなく、科学者だ。それなのに彼女に――その唇に、頬に、首に――キスをしていると、たしかにどこからともなく詩が湧きあがってくる。

ジョージーの寝間着の襟ぐりは簡単な蝶結びになっていたので、その紐を少しずつ引くにつれ、結ばれた輪がしだいに小さくなって最後にほどけた。とりたてて脱がしやすい寝間着でもないのだろうが、首まわりが緩むと、胸もとがだいぶ開いた。ニコラスは初めてあらわになった部分に口づけて、さらにその下へ唇をずらした。

ほんの少しも取り逃したくなくて、さらに下へも口づける。

ジョージーの寝間着はそれ以上引きおろせそうになかったので、モスリンの布地の上から
そのままふっくらとした乳房へ進み、乳首にたどり着いた。

ジョージーが息を呑んだ。

ニコラスは乳首を口に含み、ジョージーが今度は快さそうな声を洩らしてまた息を呑んだ。

「気に入ってくれたかな？」否定されたら死んでしまいたくなるだろうと思いつつ尋ねた。

「ええ」

ニコラスはもう片方の乳房を手で包みこみ、布地の上から乳首を転がした。自分の下で
ジョージーが欲望に息を切らして悶えている。

神になったような心地だ。

「こんなに感じやすいところだとは思わなかった」ジョージーが言った。

ニコラスは驚かされた。「触れたことがなかったのか？」

ジョージーが首を振る。

「触れてみるべきだ」彼女が自分で触れるところを想像しただけで、達してしまいそうだ。

「あなたも同じように感じるの？」ジョージーが訊いた。

尋ねられたことを理解するのに少しの間を要したが、ニコラスは上体を起こすと破れずに
すんだのがふしぎなほどすばやくシャツを脱ぎ捨てた。

「触れてみてくれ」

そうしてくれなければ懇願してしまいそうだ。

ジョージーが手を伸ばしてきて、指先でまずは胸板に触れ、それからそっと乳首へとなぞった。ニコラスはぶるっとふるえて、ジョージーがさっと手を離した。

「だめだ」自分のものとは思えないような声だった。「とてもいい」

ジョージーが目を合わせた。

「続けてくれ」

ジョージーがまた手を伸ばし、先ほどよりもしっかりと触れた。突然なにをすればいいかがわかったというのではなく――どちらもわかっていないような気がする――夫を心地よくさせているとわかって安心し、さらに大胆になれたようだ。

そのような自信は欲情を激しくそそる。ニコラスにもそれがよくわかった。ジョージーが心地よさそうな声を洩らすたび、呼応するように自分の身体が熱くなる。

「キスしてもいい？」ジョージーが訊いた。

「頼む」

ジョージーが起きあがって、頭を傾けてじっとこちらを見つめた。うっとりと好奇心に満ちた目を向けている。夫の身体つきや胸板をつくづく眺めているらしい。こんなふうに細かく観察されるのは妙な気分とはいえ、責めることはできない。こっちも同じことをしたいからだ。それにそうすることでジョージーがもっと気楽に夫と初めての交わりのひと時を過ごせるのなら、何時間でもじっとしていられる。

ぞんぶんに探索してくれればいい。

正直なところ、これ以上に甘美な責め苦は思いつけないくらいだ。

ジョージーが身を乗りだして唇を触れさせると、ニコラスは息を詰めた。皮膚の下の筋肉がぴくりと反応しても、じっと動かずにこらえた。鼓動が高鳴り、心が身体に必死に抵抗しているかのようだ。ほんとうはジョージーをつかんでマットレスに押し倒してしまいたい。のしかかって、この身の熱さと重みを感じさせたい。

彼女が自分をどんなふうにさせているのかをわからせて、この瞬間はもう彼女の言いなりであるのだと伝えたい。

と同時に、自分も彼女を意のままにしたい。

ニコラスがふるえがちに息を吸いこむと、唇から入る呼気があえぐような音を立て、ジョージーが目を上げた。

「わたしがしていることは合ってる？」

ニコラスはうなずいた。「合いすぎてる」

「そんなことがありうるの？」

「ジョージー、きみはぼくを追いつめてる」

「でも、いい意味でよね？」ジョージーが低い声で言った。女性としての自分の技量に手ごたえを感じているのはあきらかなので答えを求めているわけではないのだろう。

ニコラスはまたうなずいて、彼女の手を取って自分の唇に近づけた。「きみを見たい」

ジョージーはなにも言わなかったが、瞳が明るくきらめいて、頬がたちまちほんのり赤く染まった。

「見せてもらえるかな？」ささやいた。

ジョージーはうなずいたが、動かない。寝間着を脱がしてもらいたいのだろうとニコラスは察した。まだそんなに大胆になれないのも無理はない。

ニコラスは薄い綿の布地を少し束ねるようにつかんで、ジョージーから目をそらさずにゆっくりと引き上げて頭から脱がせた。彼女の下半身はまだシーツに隠されているものの、それ以外のところはあらわになった。

すばらしい。

「きみはものすごくきれいだ」

ジョージーが薔薇色に染まった。顔も身体も。それでも、どこも隠そうとはしなかった。

ニコラスは乳房に触れて両手で包みこみたかったが、それ以上に互いの肌を触れ合わせたかったので、ジョージーを抱き寄せて、またキスをした。

もう一度。

さらにまたキスをしながら、ジョージーをしっかりと抱きかかえつつベッドに倒していった。下腹部を彼女に押しつけるとかっと熱くなり、問いかけた。「きみがぼくをどんなふうにさせているか感じるか？」

ジョージーがうなずきながらも不安そうに見えたので、ニコラスは言い添えた。「昂ると、ここが変化する。大きくなるし、硬くなるんだ」

ジョージーはまたうなずきはしたが、やはり物問いたげな目をしているので、ニコラスは彼女の頬に触れて言った。「男と女のあいだで起こることについては知ってるかな？」

「ええ。母から聞いてる。ビリーからも」

どういうわけかそれを聞いてニコラスは笑みがこぼれた。「それで、ふたりの説明を比べると違いはあるのか？」

「姉のほうがはるかにわかりやすかった」

「しかも励まされるものだったのならいいんだが」

ジョージーがちょっといたずらっぽく口角を上げた。「とても励まされたわ。ただ――」

言葉を切って小さく首を振った。

「聞かせてくれ」

「だめ」ジョージーは首を振ったが、笑みを浮かべている。「話せない」

「お姉さんはなんて言ったんだ？」

「言えない。とにかく言えないの」

ニコラスは彼女の耳もとに唇を寄せた。「それならどうにか聞きだしてやる。ぼくなりのやり方で」

ジョージーが夫の顔を見ようと身をねじったが、ニコラスは彼女の脇腹に手をやり、こそっとくすぐった。

ジョージーが甲高い声をあげた。

「たしかきみはくすぐられるのに弱かったよな」

「やめて。もう、ほんとうにやめて」

「ではビリーがなんて言ったのか教えろ」

「もう――ニコラス、やめてったら」

「教えないと……」

「わかった、わかったわ」

くすぐるのはやめたが、手は添えたままだ。

ジョージーがあてつけがましく視線を下げた。

「まだ脅しをやめられると決まったわけじゃない」ぼそりと言った。

「非情ね」

ニコラスは肩をすくめつつ、結婚して初めてのベッドでこんなに笑い合えるなんて自分たちはどれほど恵まれているのかと思った。

ジョージーがむくれ顔でいったん唇を引き結んでから言った。「ビリーはこう言ってた。あなたはぜったいにうまくいかないと思うでしょうけど、それは間違いで、うまくいくんだと」

ニコラスはその言葉の意味を考えた。「どうしてそれが言いづらかったんだ？」

「だってこう言ったのよ。収まらないだろうとわたしが思うって」ジョージーが奥歯を嚙みしめるようにして言う。

「だからどうしてそれが言いづらいことなんだ？」

「だってそうなんだもの」

ニコラスは互いの額を触れ合わせた。「収まるさ」

「どうしてわかるの？」ジョージーが反論するように訊いた。

そう言われてニコラスは笑いだした。笑いすぎて自分の身を支えきれなくなり、ジョージーにもたれかかって押し倒した。それでもまだ笑いはおさまらず、ついにはジョージーの上から転がりおりて、仰向けに横たわった。

笑いすぎて、いまさらながら涙が出ていたことに気づいてぬぐった。

「そんなに面白いことを言ったつもりはないんだけど」

「だからこそ面白いんだ」

ジョージーがしかめ面をした。というより、しかめ面をしようとしている。ニコラスにはその努力が見通せた。

「ちゃんと収まる」あらためて言った。

「お医者様だからわかるの？」

ニコラスはジョージーの太腿の付け根に触れた。さらに内側に手を伸ばすまでもなく、彼女が熱くなっているのは感じとれた。それに濡れはじめている。

「きみはぼくと生きるために生まれてきた人だからだ」

ジョージーはさらに親密に触れられると背をそらして吐息を洩らした。「それなら、あなたもわたしと生きるために生まれてきたのよね?」ただ息を吐いているかのような声で訊く。撫でるにつれジョージーがなめらかになってくると、ニコラスは誇らしさと喜びで精気がみなぎってきた。「きみがぼくにとってベッドをともにする初めての女性だということを考えれば、ああ、たしかに、そうだったんだよな」

ジョージーが目をきらめかせ、ニコラスは喜ばせついでにさりげなく彼女のなかに指を入れた。そこはきつくすぼまっていた。収まりそうにないと思われても仕方がないほどにそのなかはきついが、自分は辛抱強い男だ。この身は解き放たれたくて悲鳴をあげていたとしても、ジョージーに受け入れる準備ができるまではいくらでもこうして指で撫でて愛でていられる。

「感じるか?」欲望でかすれがかった声で訊いた。「どれだけ濡れているかわかるかな?」

ジョージーがうなずいた。

「それならちゃんと収まる。きみの身体も変化しているんだ」

ジョージーが興味深そうに顔を輝かせた。知性が駆り立てられてでもいるかのように。たぶん実際に知性が駆り立てられていて、すでに欲望にとらわれていなかったなら、そのままなにか考えはじめていたのだろう。ニコラスは自分の言葉がその身に触れるのと同じくらいに彼女を昂らせているのに気づいて、耳もとに唇を寄せた。「こんなふうに触れると、きみは柔らかくなっていく。それに濡れてくる。そうやってぼくを受け入れる準備をしているんだ」

ジョージーが頼りなげにうなずいた。

「空《むな》しい感じがしないか？」

ジョージーが困惑して眉間に皺を寄せた。

「なにかもっと欲しいような」ニコラスはささやいた。「もっとここに」

彼女のなかにもう一本の指を入れる。

「ええ！」ジョージーがあえぐように答えた。

「つまり、空しい感じがするんだよな？」

「したわ」

「でもいまはしないと？」

ジョージーが首を振る。

「またそうなる」ニコラスが指を動かすと、そこがまた熱を帯びてきた。「さらにもっと欲しくなる」

「もっと指が欲しくなるの？」

ニコラスはいたずらっぽく笑った。「そうしてほしいのか？」

「わからない」

「試してみるか？」

ジョージーがうなずく。

ニコラスはさらに指を入れた。「奥様の仰せのとおりに」

「なんなの！」ジョージーは甲走った声をあげたが、つらそうなわけではなかった。それは顔から見てとれた。

このまま極みまで導くこともできそうだ。そうしようとはニコラスはもともとまったく考えていなかった。ほんとうにただ自分を受け入れる準備をさせたかっただけだ。でも、もしジョージーが極みに達して、ニコラスがこれまで散々聞かされてきたように女性特有の〝ささやかな死〟を一度経験させてやれたなら、そのあとで当然のごとくふたりが結びついたときにも快さがさらに増すのではないだろうか？

「広げられるのは好きみたいだな？」ささやきかけた。

少し間があったが、ジョージーが発した言葉は明瞭だった。「ええ」

「こんなふうに動かすのは好きかな？」

彼女の呼吸が浅くなった。

「好きだと解釈するとしよう」

「ニコラス……」

「これはどうだろう？」指を曲げて彼女の内側をくすぐった。

ジョージーは気に入ってくれている。なにも言ってはくれなかったが、言えないだけではないだろうか。気に入ってくれているのはあきらかだ。

親指を動かして彼女の入口の縁を撫でると、話に聞いていた小さな襞はとても感じやすかった。「これはどうだ？」愉快げにささやいた。

ジョージーは唇を開いてあえぎだした。そうするうちにうなずきが見てとれた。

「もっとか？」

ジョージーがうなずいた。もどかしげに。

「いつかここにキスさせてくれ」指で奏でる旋律にみだらな歌詞をのせる。「そうして舌で――」

「ああっ」

なかに入った指をジョージーがきつく締めつけながら背を反らせた。ニコラスもふるえる襞に指を締めつけられて、あろうことか同時にいまにも達しかけていた。

「いまのはなんだったの？」ジョージーは息を切らしていた。

「フランス人は〝ささやかな死《ラ・プティ・モール》〟と呼ぶ」

「わかる気がする」

ニコラスが指を抜くと、ジョージーがさっと目を向けた。「いまはほんとうに空しく感じる」低い声で言う。

ニコラスは体勢を整えた。

「収まりそうね」ジョージーが言った。

ニコラスはうなずいた。「ああ、そうとも」

いまやジョージーの身体は受け入れる準備ができているどころか、筋肉が温まって、悦びで顔が上気している。ニコラスは下腹部を三度擦らせるようにしてから彼女のなかにしっかりと収まった。これほどの心地よさは味わったおぼえがないということしか、いまはもう考えられそうにない。

まだ動きだしてもいないのに。

「痛むか？」そう尋ねながらも、頼むからどうか痛まないと言ってくれ、頼むと胸のうちで祈っていた。

「いいえ。とても変な感じだけど、痛くはないわ」ジョージーが目を上げた。「あなたは痛いの？」

ニコラスはにやりとした。「いや、まったく」

「これから、どうするの？」

ニコラスは両肘をついて少し身体を浮かせて動きだした。「こうする」

ジョージーが驚いたように目を見開いた。

「痛みを感じたら教えてほしい」ここに至っては彼女の言葉以外に自分を押しとめられるものがないのはわかっているので、念を押した。ジョージーへの渇望に駆り立てられ、ともかく彼女を突いて、自分を感じさせたくてたまらない。自分のしるしを刻んで、彼女をわがものにして、彼女のなかに入って、このような悦びを味わわせられるのは自分だけだと確信したい。自分だけが――

予兆にも気づけないほどたちまち昇りつめてしまった。

ニコラスは叫びをあげて腰を押しだし、また突いて、彼女のなかに自分の精が隈なく行き渡るくらいまで何度も突くのを繰り返した。

そうしてついに崩れ落ちた。

このようなことをいまに至るまでずっとしようとは思わずにいられた自分が信じられない。いや、信じざるをえなかった。なぜかと言えば、ほかの女性とではこのようにいかなかったのは間違いないからだ。

相手がジョージーだから。

そうとしか考えられない。

20

三週間後

ジョージーは到着してからこんなにも早くニコラスがスコッツビーを発ってしまったことがどうにもやりきれなかった。

一緒に過ごせたのはひと晩だけだ。

ひと晩。

ヒバート夫人が凝ってはいないがおいしい夕食を用意してくれた。夫人はやきもきしながら、新たな住まいでの最初の一夜のために最善を尽くしたのですがと詫び、今後はご満足いただける献立をご用意しますのでと約束した。ジョージーはまったく意に介していなかった。黒パンとその日の残り物のスープといった宿屋の食事でもかまわなかったくらいだ。ニコラスと一緒にいられさえすれば。

ふたりだけで。

北への旅は心から楽しめた。ほとんどずっとキャットヘッドが鳴き叫んでいようと、サムのマーシー（それともダーシーのほうだろうか？）への恋心が報われなかったのだとしても、なんの差しさわりも感じられなかった。サムの恋心は双子のもうひとりのほうに移り、やはり戻って、さらに――いいえ、じつのところ、ともかく三人のあいだで相当なすったもんだが繰り広げられたらしいということ以外にジョージーはなにも知らない。あげくに、ヒバート夫人が娘を叱責し、さんざん叱ったあとで、そもそも罪のないほうの娘を叱っていたことに気づいたといった有様だった。

ジョージーはそうしたことにはまったく気づいていなかった。新婚の夫と愛しあい、おしゃべりをして笑い、その合間の静かなひと時に安らぎ、さらには艶めかしく探り合った晩の幸せにうっとりと浸りきっていたからだ。

婚姻とは、このえうなくすばらしい制度なのかもしれないと考えるようになっていた。ところがそれも目的地に到着するまでのことだった。

状況が変わるのはわかっていた。こんなにもすぐにとは思っていなかっただけで。

ひと晩。それだけで終わった。

長旅のあとでちゃんと湯に浸かれたのはなによりうれしかった。髪も洗ったので、いつになくたっぷりと時間をかけて入浴した。昔から姉のビリーが髪を洗って、まだ濡れているまっすぐな髪にりんご酢とラベンダー油を合わせたものを少しつけて、櫛で梳かすだけで仕上げてしまうのをジョージーはうらやましく思っていた。

自分の場合にはそう簡単にはいかない。くるんと丸まりやすいうえに、毛髪の量がものすごく多く、細くて柔らかい。その髪を整えるのはマリアン曰く「司祭様がみずから告解するような苦行」だそうだ。とても慎重に乾かさなければ、翌朝はいばらのような頭で起きることになる。

　あとは三つ編みにしておく方法もある。そうしたとしても慎重に櫛で梳かして丁寧に風を通して乾かしたときほどきれいにまとまりはしないが、だいぶ時間は短縮できる。だから翌朝にニコラスが発ってしまうと知っていたなら、少しでも早く新居のふたりの寝室に戻るために髪を編んでいただろう。

　いらだっていたはずなのにジョージーは笑みをこぼした。まだなめらかに湿っていた髪をおろしたとき、夫は呆然としていた。ほんとうになにげなく、重みでヘアピンが緩んでしまったので髪をおろしただけのことだった。いつものように直そうと頭を軽く振って髪を後ろへまとめ上げようとした。いつになく自分の巻き毛を腹立たしく思っていると、ニコラスに両手で髪をつかまれ「たまらない」というささやきとともに抱き寄せられた。

　その一夜で髪は乱れきってしまったので、翌朝にはそれを見たマリアンにいまにも十字を切りかねないそぶりをされた。笑いだしても当然の状況だったのに――マリアンはカトリック信徒でもない――その気力も出ないほどジョージーは沈みこんでいた。

　ニコラスがいなくなってしまったから。

　自分を起こして別れの挨拶をしてくれたのはせめてものなぐさめだ。ニコラスはジョージーの頰にそっとキスをして、肩を軽く揺さぶった。ジョージーが目を上げると、ニコラスはベッドの反対側に坐って、高い窓から洩れ射す柔らかな陽光に包まれてこちらを見ていた。

　ジョージーは微笑んだ。いままでは夫のそのような姿を見たら必ず顔がほころぶ。それから恥ずかしげもなく飛び起きて、なにもまとわないまま、すでに身なりを整えていた夫にすり寄り――

と、ニコラスはすでに馬に鞍が付けられているので、キスをしたらすぐに発つと告げた。楽しげでやさしかったけれど、こんなにも早く旅立ってしまう現実は湿った寒風のようにジョージーには感じられた。

ニコラスはキスをして、去った。

そうして、もう一週間が経とうとしている。

ジョージーはここ数日、しじゅう、ふくれ面をしていた。やることはたくさんあるので忙しい日々なのだけれど、夫においてきぼりにされたのが気に入らなかった。

ええ、たしかに、どのみちいますぐにはエディンバラへついていけないことはわかっている。ニコラスはご婦人には不向きな下宿屋にまだ暮らしているのだから。

それに、ええ、厳密にはおいてきぼりにされたわけではないこともじゅうぶん承知している。ニコラスは学校へ戻らなくてはならなかった。必要に迫られてのことだ。夫はまだ学生の身で、いくつかの試験をすでに受け逃してしまっている。

さらに、ええ、こうなることはちゃんとわかっていた。驚くようなことではなく、不機嫌になる権利もない。

でも、ジョージーは不機嫌だった。なにしろ、見知らぬ国の見知らぬ土地に来て、それもスコットランドの荒野とも呼べそうな場所に自分はいて、夫がやるべきことをしているだけとは知りつつ、見捨てられたように感じられる。

だからジョージーはスコッツビーの住まいを整えようと動きまわった。暇を持てあます者は悪魔につけこまれるといったことわざを信じているわけではないけれど、忙しさは往々にして不機嫌な気分をまぎらわせてくれるものだろう。

とはいえ、やれることにも限りがあった。屋敷を整えるのはヒバート夫人の役割でもあり、簡単に言ってしまえば、そうした仕事には彼女のほうがジョージーより長けていたからだ。さらに言うなら、スコッツビーにはなるべく長居したくはない。どうせエディンバラに家を借りて引っ越すのでしょう？　すぐに誰もいなくなる家にどれだけ意欲を注げるというのだろう。

ジョージーは退屈していた。

それに、わびしかった。

ニコラスはここから数時間で行ける場所で、興味深いことばかりを学んでいるというのに。夫がエディンバラへ行ってしまってから一週間近くが経ち、ジョージーは帰りをじりじりと待っているそぶりは見せないように努めていた。じりじりと待たずにはいられないとしても、それをあらわにする必要はない。

こうして屋敷の女主人になってみると、令嬢として暮らしていたときのようにたやすく家のなかの風景に溶けこめないことを思い知らされていた。オーブリー屋敷では誰にも見咎められずに、窓辺の椅子で背を丸めて本を読んでいたし、自分の部屋に引きこもってもいられたのに。

それに比べてこのスコッツビーの家ははるかに小さい。しかも主人一家はいま自分ひとりしか住んでいないので、使用人たちの目を一身に集めることとなっていた。

使用人たち全員の目を。

ほんとうにひとりきりになることは不可能だ。ジョージーは体調がすぐれないふりをしようとしたが、ただちになおさらあからさまに気遣われることとなった。使用人たちがみな母から〝身体の弱い〟娘に無理はさせないようきつく言い渡されてここへ同行したのは間違いない。

つまり、仮病ではひとりになれなかった。

けれどもようやく、ニコラスが帰ってくると約束した金曜日が訪れた。土曜日や日曜日には授業がないので（いつもそうとはかぎらないと釘を刺されたが）金曜の晩に馬で帰ってくると約束していた。それが何時になるのかはわからない。午後四時くらいから深夜にかけてのあいだではないかとジョージーは見積もっていた。

早ければ早いほうがいい。ヒバート夫人が村で雇った料理人は、追いはぎや、いたずら好きな妖精についての恐ろしい物語を湧きでる泉のごとく話して聞かせてくれる。妖精のほうはさほど心配していないものの、ニコラスがひとりきりで馬を駆けさせていると思うと、追いはぎの話はジョージーに不安を抱かせた。

馬車で帰ってきてもらったほうがよかったかもしれない。

それではよけいに時間がかかってしまうだろうけれど。

ジョージーはため息をついた。いまや窓に貼りついて待っていた。

「わたしは哀れね」誰にともなく言った。

いいえ、哀れなのではない。さびしいだけ。ふと、自分らしくない考えだと気づかされた。昔から自分の好きなようにさせてもらえるほうがうれしかった。友人たちや家族とともに過ごすのもたしかに楽しいけれど、けっしてひとりでいるのが苦痛なわけではなかった。静かなほうが好きだ。ひとりでいるのも楽しめる。

誰かをこんなにも恋しく感じることになろうとは考えもしなかった。

夜の九時になると、ジョージーはまた窓辺に戻り、哀れな気分におちいった。念のために言っておくなら、一日じゅう、そうしていたのではない。午後に一度自分を哀れんだあと、奮起して、ほとんどどうでもいいような家事を見つけてすませた。それから夕食をとった。お腹がすいていたし、ニコラスが妻にじっと待っていられるのを望んでいないのはわかっていたからだ。

けれどもこうしてまた夫を待っている。日に日に時間が長く感じられるようになっていた。夏至に近いので、太陽は九時過ぎまで沈まない。そのあとも真っ暗になるまでには一時間くらいはかかる。スコッツビー周辺はかなり樹木が鬱蒼としているので、実際よりも夜闇が濃く見えるのかもしれないけれど。

でもどうやら、ただじっと待つ身は長いという古いことわざは真実のようだ。というのも、寝室用の便器を使おうと立ちあがるや、ニコラスがちょうど馬に乗って車道に入ってきたようで、ジョージーが寝室から急いで戻ってきたときにはすでに玄関広間に夫がいた。

「おかえりなさい！」彼の腕のなかに飛びこんでしまわないようにどうにか我慢した。こんなに疲れた顔を目にしていなければ、飛びこんでいただろう。

しかもニコラスは濡れていた。スコッツビーでは雨は降っていなかったけれど、エディンバラから帰ってくる途中のどこかで降られたのに違いない。

「マーシーに入浴の支度をさせるわ」ジョージーは〝若いほうの〟ウィーロックより先に夫の帽子に手を伸ばした。「とても寒そう」

「スコットランドの夏はたぶんどこかの国の冬並みだからな」ニコラスは上着を脱いでわずかに身をふるわせた。

「どんな一週間だった？　新しいことを学べた？」

ニコラスがどことなく意外そうな目で見返した。自分が学んでいることに関心を向けられるのに慣れていないのかもしれない。「ああ、もちろんだ」夫は答えた。「おもに血液循環の特性に重点をおいて学んだ。あとは少し――」

「それで不動産業者とは会えたの？」

ニコラスはジョージーの前に飛びだすように現れたウィーロックに上着を渡した。「不動産業者？」

「家の」ジョージーは言った。

「家の」ニコラスが繰り返した。

「わたしたちが住む家よ」

ニコラスが目をしばたたいた。

夫は疲れているのだとジョージーは自分に言い聞かせた。辛抱強くならなければと。だかららこう言った。「エディンバラで。いつまでもスコッツビーにいるわけにはいかないでしょう」

「ああ、もちろんだ。ただその時間がなかった」

「そう」ジョージーは食堂に入っていく夫のあとに続いた。そのように言われるとは思っていなかった。

ニコラスが部屋のなかを見まわした。「なにか食べるものはあるかな?」

「ええ、もちろん、あなたのためにちゃんと冷めないようにしておいたわ」ジョージーは身ぶりで椅子を勧めた。「坐って」

ニコラスが腰をおろし、ジョージーもその隣に坐った。「仔羊の煮込み」夫に伝えた。「とてもおいしいの。焼きたてのパンもあるし、デザートはラズベリーのトライフル。先に食べてしまってごめんなさい」

「いや、いいんだ、そんなことは気にしないでくれ。ぼくが遅かったのだから」

ヒバート夫人が夕食を並べるのをジョージーはじっと見守った。さらに、ニコラスが何口か食べるまではおとなしくしていた。でも、これ以上は我慢できない。「それなら連絡も取らなかったということ？」

ニコラスがぽかんとした顔で見返した。

「不動産業者に」ジョージーは念を押すように言った。

「ああ、うん」ニコラスは口をぬぐった。「すまない、取らなかった」

ジョージーはできるかぎり落胆を顔に出さないよう努力した。夫は忙しかったのだと自分に言い聞かせた。人命を救う方法を学んでいるのだから。

ニコラスが腕を伸ばしてジョージーの手を取った。「来週は連絡を取ると約束する」

ジョージーはうなずいて、まる五秒数えてから口を開いた。「あなたがその人に連絡を取ってから、どれくらいで家が見つかると思う？」

「わからない」夫の声にいらだちが滲みはじめた。「家を借りたことはないからな」

「だけど、あなたのお父様は先に書付を送っておくとおっしゃってたわよね？　だから、その人はあなたから連絡がくると思っているはずだわ」

「そうかもしれないな」

「実際に会ったときにはもうちゃんと用意されているかも」

ニコラスが髪を掻き上げた。「正直なところ、わからない。ジョージー、ぼくはくたくたなんだ。この件について話すのはあすにしないか？」

ジョージーはこわばった笑みを浮かべた。今夜はこわばった笑みしか浮かべられないような気がする。「そうね」

夫がまた食べはじめて、ジョージーはそれを見守り、そのうちに黙っているのが歯がゆくなって、問いかけた。「今週はなにか新しいことを学べた？」

ニコラスがじっと見返した。「さっきも同じことを訊かなかったか？」

「あなたがちゃんと答えてくれなかったから」

「きみが最後まで答えさせてくれなかったんじゃないか」

「ごめんなさい」声に滲んだ皮肉っぽさは隠しきれなかった。「あなたが不動産業者に会わなかったことで頭がいっぱいになっていて」

「忙しくてその件まで手がまわらなかったことは謝る」ニコラスがぶっきらぼうに言った。「きみのためにケントに戻っていたあいだにできなかったことを片づけるのに追われていた」

そういうこと。感謝してほしいわけね。そう思われてもあたりまえであることをジョージーは忘れかけていた。

「わたしと結婚してくださってありがとう」椅子をぐいと後ろに引いて立ちあがる。「あなたにご迷惑をおかけすることになってごめんなさい」

「おい、やめてくれよ、ジョージー。ぼくがそんなことを言いたかったわけじゃないのはわかるだろう」

「そんなことを言おうと思っていたわけではないことはわかってる」

「勝手に決めつけないでくれ」ニコラスが忠告して立ちあがった。

「こうなることはわかってたのよ」

ニコラスが自分の脳天まで見えたとしてもふしぎではないくらいに瞳で天を仰いだ。

「もう寝るわ」ジョージーはドアのほうに歩きだし、夫に呼びとめてほしいと、なにかを、なんでもいいから言ってほしいと願った。

「ジョージー、待ってくれ」

腕に手をかけられて、振り返る。

「ぼくはいらだったままベッドに入りたくない」

ジョージーのなかでなにかがやわらいだ。「それはわたしも同じ」

「ぼくたちがいらだっている理由すらわからない」

ジョージーは首を振った。「わたしのせいよ」

「いや」ニコラスの声はふたりを丸ごと包みこんでしまいそうなほどの疲労に満ちていても明瞭だった。「いや、それは違う」

「あなたが恋しかった」ジョージーは言った。「それに退屈だった。だから、あなたといられるようにエディンバラへ引っ越せる知らせをとにかく聞きたかったのよ」

ニコラスがジョージーを抱き寄せた。「ぼくだって同じ気持ちだとも」

それならどうして不動産業者に会いに行ってくれなかったのかとジョージーは思いながらも、くだらない指摘だとわかっていた。夫は疲れきっているのだから、仕方のないことだ。

「ぼくがきみと結婚したことをきみに感謝してもらいたくない」

「だけど本心だもの」ジョージーは正直に伝えた。

「それなら、いいんだ。感謝してくれ」

ジョージーは身を引いた。「なんですって？」

「きみが感謝したければ、すればいい」

ジョージーは目を瞬いた。そんなことを言われるとは思っていなかった。

するとニコラスは妻の手を取り、自分の口もとに引き寄せた。「だけど、ぼくにも感謝させてほしい」

そのときジョージーは悟った。自分はこの人を愛しているのだと。愛さずにいられるわけがないでしょう？

「もうベッドに入ってもいいかな？　とても疲れている。このまま立っていられる自信すらない」

ジョージーは言葉を口にできそうにないのでうなずいた。この感情、つまり愛にはまだなじめなかった。どのようなものなのかがわかるまでにはもう少し時間が必要だ。

「いろいろと話すのはあすの朝でもいいかな？」ニコラスが訊いた。「家のこと、不動産業者、街への引っ越し。すべてあとでもいいだろうか？」

ところが、話せなかった。話そうと言うだけで終わった。それ以外のこと――心から楽しく過ごせたのだから仕方がない――だけに気を取られ、日曜の晩にニコラスがエディンバラへ戻るときにもまだ重要なことはなにも決まらないどころか話し合ってもいなかった。そしてジョージーにはまたしても、たいしてやれることのない一週間が待ち受けていた。

「この家には図書館もないのね」ニコラスが発って二日後、ジョージーは飽きあきしてマリアンにこぼした。

「狩猟小屋ですもの」靴下を繕っていたマリアンが目を上げた。「狩りをしに来て読書をなさるでしょうか？　歩きまわって獲物を仕留めるだけではないんですか？」

「本は必要だわ」ジョージーは言った。「本も、紙とインクも必要よ。とりあえずは刺繍でもして我慢するしかないけど」

「糸がありません」マリアンが伝えた。「繕いものができる程度のものしかないんです。ケントからお持ちしませんでしたので」

「どうして？」ジョージーはいらだたしげに尋ねた。

「お嬢様は刺繍をお好きではありませんでしょう」マリアンがやんわりと指摘した。

「好きになってきたところだったのよ」ジョージーはむっつりとつぶやいた。ただ平行に線を縫いつづけるだけの作業は気に入っていた。たしかに楽しめたとは言えないのかもしれないけれど、達成感を得られたのは事実だ。

「お花を摘んではいかがでしょう」マリアンが提案した。「あとはええと……刺繍の糸を探してみるとか。先日、ヒバート夫人が物置でモスリンの布を一巻見つけたんです。すばらしく上質なものが手つかずのままでした。ほかにもなにか出てくるかもしれませんわ」

「刺繍がしたいわけじゃないわ」ジョージーは言った。

「ですが先ほどは――」

「ええ、そうね」自分がいかに矛盾したことを言っているのかをわざわざ説明されたくもないので遮った。「お買い物に行きましょう。あす、いのいちばんに」

「村へでございますか?」侍女がいぶかしげな目を向けた。すでに村には出かけていた。すてきなところだ。商店はないけれど。

「いいえ。エディンバラへ」

「わたしたちが?」

「どうしてだめなの? 馬車があるじゃない。御者もいるし」

「ですが……」マリアンが眉をひそめた。「どうなんでしょう。わたしたちはこちらに留まっていることになっていたのでは」

「誰がそう決めたの?」ジョージーは言い返した。「わたしはこの家の女主人なのよね? 誰にお伺いを立てなければいけないの?」

「ミスター・ロークズビーでしょうか?」マリアンが言う。

「あの人はここにいないじゃない」

ジョージーの声が大きすぎたのか、マリアンがやや尻込みするような表情を浮かべた。

「あの人はここにいない」ジョージーはもう少し口調をやわらげて言いなおした。「取り仕切りをまかされているのはわたし。そのわたしが、エディンバラへ行くと言ってるの」

「とはいえ、誰もエディンバラへ行ったことはありません。最初は土地勘のある方と行くほうがよろしいいんじゃありませんか?」

「そういう方はミスター・ロークズビーしか、誰も知らないじゃない。しかも彼はもうあちらにいる。大丈夫よ、マリアン。なんだかわくわくするじゃない」

けれどもマリアンはわくわくしているようには見えず、ジョージーにもその気持ちはわからないでもなかった。マリアンはいつもどおりを好む。そこがジョージーと気が合う理由のひとつでもある。つい最近まで、ジョージーはそれこそいつもどおりに暮らしていた。

「あす、とおっしゃいました？」マリアンがため息まじりに訊いた。

「あす」ジョージーはきっぱりと答えた。すでにもう機嫌は直っていた。


翌日の早朝に出発し、午前十時にはエディンバラの街はずれにたどり着いていた。

「まあ、見て、お城よ」ジョージーは街の中央の丘にそびえる巨大な城塞を指差して声を張りあげた。

マリアンがよく見ようと馬車の座席を滑るように窓辺に近づいてきた。「あら、まあ」驚きの声をあげた。「すぐそこに」ジョージーのほうを見る。「見学できるんでしょうか？」

「どうかしら。いまは監獄として使われているのよね」

マリアンがわずかに身をふるわせた。「それでは、たぶん無理ですわね」

「ほかの用途に使われていればべつだわ」ジョージーは言った。「確かめてみましょう。でも、どのみちきょうは時間がないかしら。やることがたくさんあるから。まずは不動産業者を訪ねないと」

マリアンがすばやく向きなおった。「なにをおっしゃるんです？　それはだめです。ミスター・ロークズビーに同行していただかなければ」

ジョージーはとりすまして膝の上で両手を組み合わせた。「あの人はわたしがいないとそういったことに取りかかれないのよ。だから、わたしが段どりをつけないといけないわけ」

「ジョージアナお嬢様――」マリアンはまだロークズビー夫人という呼称に慣れていないし、じつを言えば、ジョージー本人もそのように呼ばれることにはまだどうもはじめていなかった。「――おひとりで不動産業者を訪ねるのはいけません。まだなにも決まっていないのですから」

「ずっと決まらないまま」ジョージーはわざとあいまいに言った。「それは確かね」

「ですが――」

「あら、見て、着いたわ」

こぢんまりとした建物の前で馬車が停まり、ジョージーはジェイムソンが扉を開いて踏み台を置くのを待った。

「行ってくる」ジョージーは固い決意で告げた。「あなたは一緒に来てもいいし、馬車のなかで待っていてもいいわ。来てくれれば礼儀に適った訪問になるはずだけれど」

マリアンはおそらくはため息をつこうとして低い声を洩らした。「わたしを早死にさせようとでも」

「なに言ってるのよ、マリアン。娼館に入るわけでもあるまいし」

マリアンが渋面で唇を引き結び、入口の扉の上に掲げられた看板を見やった。「ミスター・マクダミドはわたしたちが訪ねることをご存じなんですか？」

「知らないでしょうね」ジョージーは正直に答えた。「でも、わたしが名乗ればわかるわよ。マンストン卿から連絡がいってるはずだから」

「はずでございますか」

「間違いないわ」ジョージーは肩越しに振り返って答えて、通りに踏みだした。「揚げ足をとらないで」

侍女はまだ納得しているようには見えない。

「たぶん、どうしてまだ来ないのかと思ってるんじゃないかしら」ジョージーは手袋の縁を少し引いて皺にならないよう手になじませた。「もう家を探しだしてくれていたとしても驚かないわ」

「それならありがたいことですけれど」マリアンは認めた。「きょう、お住まいを決めてしまわれるおつもりではありませんよね？」

「ええ、もちろん、そんなことは無理でしょうから」ジョージーはさらりと返した。いくらそうしたくても、無理だ。まずはともかく借りる家の確保に気を注がなければ。それ以外のことはそのあとでいい。

最後にまたマリアンを一瞥してから、建物の前の踏み段をずんずん上がり、入口の扉を押し開いた。「まずはここからだわ」

「もう、ほんとうにすばらしかった！」数時間後にジョージーはそう声を張りあげていた。ここはニコラスが講義を受けている解剖学教室と目と鼻の先にある〈白 鹿《ホワイト・ハート》〉亭で、マリアンとともにテーブルにつき、お茶を飲んでいる。「すばらしかったわよね？」

マリアンは口をあけたが、言葉を発するまえに、ジョージーがみずから答えた。「すばらしかった」

ジョージーはそばのあけ放された窓のほうを向き、空を見上げてにっこり笑った。澄みきった青空も祝福してくれている。「家が見つかったのよ！」

「家ならスコッツビーにございます」マリアンが指摘した。

「ええ、だけど、これでエディンバラで暮らせるようになる。そのほうがずっと理に適っているでしょう。ミスター・ロークズビーは毎日馬で行き来しなくてもよくなるんだから」

「旦那様は毎日馬で行き来なさってはいませんわ」マリアンが言う。

ジョージーはぐるりと瞳を動かした。「わたしが言いたいことはわかるでしょう。スコッツビーは美しいところだけど、とんでもなく不便なんだもの」胸に手をあてる。「わたしは新妻なのよ。夫のそばがわたしの居場所でしょう」

「それはそうですけど」マリアンが認めた。なおも神経の高ぶりを鎮めようと手で顔を扇いでいる。女性ふたりで不動産業者の事務所に入ることに侍女がどうしてあれほど二の足を踏んでいたのかがジョージーにはわからなかった。自分にとっては気分が浮き立つことにしか思えなかったからだ。

ミスター・マクダミドはジョージーに家を貸すのを渋っていた。物件を紹介することすらしたくないようだった。ご主人様をお連れくださいと言った。あるいはお父様を。あるいはお兄様を。ともかく決断できる方を、と。

「お言葉ですが」と、ジョージーは冷えきった声で言い返した。「わたしにはじゅうぶんに決断できる能力があります」

ジョージーはさほど冷淡になれる性分ではないものの、母やレディ・マンストンの振る舞いならずっと見てきた。そのようなふりをすることならできる。

「ご主人様の署名が必要なのです」ミスター・マクダミドはパイを食べるようなおちょぼ口で返した。

「承知してますわ」ジョージーは鼻先で笑うように答えた。「でも、夫はとても忙しい身なんです。肝心なことだけに力を注げるよう、下準備のようなことはすべてわたしにまかされています」

間が悪くマリアンが目を潤ませるほどに咳きこんで危うくすべてを台無しにしかけた。さいわいにもミスター・マクダミドは彼女になにか飲み物を用意するほうに気を取られ、ジョージーが侍女にきつくささやいた言葉は聞いていなかった。「いまはやめて！」

マリアンが困惑ぎみに「ですが、ミスター・ロークズビーはお嬢様になにひとつまかせておられません」と返した言葉も。

言わせてもらえば、マリアンは嘘がへたすぎる。

それから十分ほど、のらりくらりとごねた末に、ミスター・マクダミドはマンストン卿から家探しをたしかに頼まれていたことを認め、新婚夫婦にふさわしい物件にふたつ心当たりがあると伝えた。それでも断固として明確に、夫人だけに物件を案内することはできないと拒んだ。断固として明確に、そのようなご希望を検討することさえできないと拒み——

ジョージーは即座に立ちあがり、べつの不動産業者を訪ねると告げた。

すると信じられないくらいにあっさりと最初の物件に案内されることとなった。

そこではだめだとジョージーはすぐさま見きわめた。床がたわんでいて、窓があまりに少なかった。でも、二軒目は——ずいぶんと話に聞かされていた新市街《ニュータウン》にあり——完璧だった。明るく、風通しもよく、家具付きですぐにも貸しだせる状態にある。装飾は自分の好みどおりとは言えないまでも、じゅうぶん満足できた。それに、すぐにでも引っ越してこられるのなら……。

居間は青色の間でも緑色の間と同じくらい好ましい。はっきり言って、どちらでもかまわない。

「お茶はもういいかしら？」腰をおろして五分と経たずに、ジョージーはマリアンに問いかけた。「ニコラスを探しに行きたいの。ミスター・マクダミドはきょうにでも賃貸契約を結べると言ってたでしょう」

「旦那様はとても驚かれるのではないでしょうか」マリアンが言う。

「でも、うれしい驚きよ」ジョージーは本心よりも自信のある口ぶりで言った。自分が家を勝手に探したからといってニコラスは怒りはしないだろう。でも、事前に知らせずにエディンバラにやってきたことには気分を害するかもしれない。男性にはそのように妙なところがある。だけど、もうやってしまったことなのだから、ジョージーはともかく夫に伝えたくてたまらなかった。

ミスター・マクダミドは紹介した家の利便性を説明したいがために、考えなしに医学部の場所まで語っていた。おかげでジョージーはマリアンとジェイムソンとともに迷わずティヴィオト・プレイスを目指して進むことができた。

その解剖学教室となっている大講堂と、講堂の底にある小さな講壇を見下ろす急こう配の聴講席についてはニコラスから聞かされていた。話すだけの講義もあれば、公然と死体を切り開いて説明が行なわれることもあるという。

ジョージーはそこまで見たいかはともかく、夫が長い時間を過ごしている教室をぜひ自分の目で見てみたかった。

解剖学教室には難なく行き着けたものの、ジョージーがドアの隙間から覗くと、百人どころではない男性たちがこちらに背を向けていて、そのなかにニコラスの姿を見つけた。ジョージーは昼間用の深緑色のドレスにどこの客間でもさして褒めてもらえそうにはない帽子をかぶっていたが、そこではどう見ても場違いだった。

それに目立つ。

けれどもジョージーはツキに恵まれていた。入口のドアの外にベンチがあり、肘掛けに乗りあがるようにすれば、講義のだいたいのところは聞きとれた。話されている用語の半分もわからなかったけれど、文脈を頼りに夢中になって耳を傾けた。

「聞こえた？」ひそひそ声でマリアンに訊いた。血液についての説明で、人体にどれくらいの量が流れているのかが語られている。

マリアンが目を閉じた。「わたしは聞きたくありません」

ジョージーはさらに身を乗りだした。今度は血液が赤い理由や、神経系を調整するにはいかに頻繁な瀉血《しゃけつ》（十九世紀末まで悪血を除くという概念から行なわれていた治療処置）が必要かといった話をしている。

「人体は生きたからくり人形だ！」

ジョージーは両手を見下ろした。「そうなのよね」つぶやいた。

「なにをなさってるんです？」マリアンが小声で訊いた。

ジョージーはしいっと侍女を黙らせて、またドア口へ耳を傾けた。ああもう、肝心なところを聞き逃してしまった。

「……あらゆる動作を行なうには……」

ジョージーは両手を開いては閉じた。なるほど。わかるような気がする。

「さらにほかの人体と相互に意思疎通を行なうには……」

それを聞いてジョージーはニコラスのことを考えずにはいられなかった。

「もう行きましょう」マリアンが強く進言した。

「どうして？　いやよ」

「顔が赤くなってます。あそこでなにが話されているのかは知りませんが、適切でないことだけはわたしにもわかります」マリアンはそそくさと立ちあがり、廊下の向こう側で待機していたジェイムソンと短くなにか言葉を交わした。それからジョージーをせきたてるように建物を出て中庭へと導いた。

21

「ジョージアナ？」

ニコラスは講堂を出て廊下で待っていたジェイムソンを目にして心臓がとまりかけた。従僕がエディンバラに、ましてや医学部の敷地内にいるなど考えられないことだった。

緊急事態でもないかぎり。

ジェイムソンは主人の顔から恐れを読みとったらしく、ニコラスが「いったい――」と口に出しかけたところで「なにも問題はございません、旦那様！」といきなり口走った。

それでもニコラスが驚き――と恐れる理由はないと言われても拭えない懸念――で目をぱちくりさせながら、従僕に導かれて陽射しが注ぐ中庭に出ていくと、妻がそこにいた。

「ジョージアナ？」もう一度言った。妻は侍女となにか話していて呼びかけに気づいていないらしい。「ここでなにをしてるんだ？」

「ニコラス！」ジョージーがいかにもうれしそうに呼びかけて返した。さっと立ちあがって歩み寄ってくる。「すばらしい知らせがあるの！」

ニコラスがまず思ったのは、身ごもったということだった。

とはいえ、あまりに早すぎる。起こりえないことというのではなく、最近のふたりの行為を振り返れば、むしろそうなる可能性はきわめて高いが、それが判明するにはやはり早すぎる。推測できたとしても、まだわかるはずがない。

それにそもそも、気ぜわしい大学の中庭の真ん中で夫に告げる話でもないだろう。

ニコラスはいまだ妻のうれしそうな顔をいささかいぶかしく眺めつつ、差しだされた両手を取った。「いったいどうしたんだ？」

「あら、そんなに心配そうな顔をしないで。よい知らせであるのは間違いないから」

「心配するさ。あたりまえだろう。きみがここまでやってくるなんて」

いうまでもなく、ジョージーがエディンバラを訪れるのは初めてのことだ。この街に不案内なうえに、ご婦人には安全ではない場所も多い。それどころか、自分ですら足を踏み入れるのは安全ではない場所がいくつもある。

「ミスター・マクダミドと話したの」ジョージーが言った。

「誰だ？」

妻の顔にちらりといらだちらしきものがよぎったが、すぐに振り払えたらしい。「ミスター・マクダミド。不動産業者よ」

「あ、そうか」しまった、もう一週間以上も会いそびれている人物だ。大学でやらなければならないことに追われて時間がなかなか取れずにいた。「父の知り合いだよな」

「いいえ、あなたのお父様の従者が連絡を取っていた方よ」ジョージーは誤りを正し、夫の両手を軽く握ってから腕を引き戻した。「あなたのお父様と対面したことがないのは確かだわ。あったとすれば――いいえ、まずありえないわね」

ニコラスはしばし妻を見つめたが、その不可解な発言を読み解く手がかりを与えてくれるつもりはさらさらなさそうだった。「ともかく、どういうことなのか教えてもらえないだろうか」率直に言って、推測しようとする気力もない。

「わたしたちの家を見つけたの！」ジョージーが声をはずませた。

「なんと、それはよかった――」

だが妻は興奮していて夫の祝福の言葉にも耳を傾けていられないらしい。「最初は案内するのも渋っていたの」ジョージーは夫の言葉を遮ったことにすら気づいていない様子で続けた。「わたしがいくらあなたは忙しいと言っても、あなたに来てもらわなければと言い張って。だからこの取引をふいにしたくなければ、わたしと話さないといけないことを伝えたわけ」ジョージーはひと息ついて瞳で天を仰いだ。「はっきり言って感じのいい人ではなかったんだけど、わたしは家をすぐにでも見つけたかったから我慢したのよ」

「家を借りたのか？」ニコラスは訊いた。

「もちろん、契約はまだしてないわよ。あなたがしなければいけないことだから。でも、わたしはあなたに物件探しをまかされていて、わたしが選んだものなら承諾してくれると言っておいた」ジョージーはわずかに目を狭め、いったん唇を引き結んでから言葉を継いだ。「わたしが選んだものを気に入ってくれるといいんだけど。そうでなければ、わたしは見くだされて、悪くすると、あの感じの悪い不動産屋は二度とご婦人をまともに相手にしなくなるでしょうから」

「その男に家探しを頼みたがるご婦人がいるとも思えないが」ニコラスは言った。

「わたしの場合は選択の余地がなかったのよね。すぐに家を探したかったから。それに──」わかりきったことだとでもいうようにひらりと手を振った。「──ほかに不動産業者をどうやって見つければいいのかもわからないし」

どこの不動産業者にしても同じようなものだろうとニコラスは思った。本人が契約者となる未亡人ならどこでも喜んで応対してもらえるだろうが、既婚婦人はまたべつだ。夫に簡単に却下されかねない。

「どうやって物件を案内させたんだ？」ニコラスは妻に尋ねた。

ジョージーは得意そうな笑みを浮かべた。「ほかの不動産業者を見つけると脅したの」

ニコラスは笑い声をあげた。「やるな。さすがだ」

「でしょう」ジョージーが生意気そうに応じた。あきらかに悦に入っているようで、そんな妻の顔がニコラスには自分でも意外なほどに愛らしくてたまらなかった。

「これからすぐ事務所に行ける？」ジョージーは意気込んできびきびと続けた。「きょうの午後にもあなたを案内したいとおっしゃってたから。わたしはあなたに時間がありますようにと祈ってた」

「大丈夫だが、ぼくが見に行くまでもない」ニコラスは腕を伸ばして互いの小指を絡ませた。「きみがいいと思うのなら、ぼくはきみを信用する」

ジョージーは信じられないとでもいうように見つめ返した。「ほんとうに？」

「もちろんだ」ニコラスは肩をすくめた。「どのみち、ぼくよりきみの見立てを尊重すべきだ。ぼくよりきみのほうが長くそこで過ごすのだから」

「それなら、その貸家を契約しに行ける？」ジョージーは生きいきと顔を輝かせた。「ご用意しておきますと言われたんだけど、正直なところ、それがどういうことなのかよくわからなくて。あの人は、あなたが勝手な振る舞いをしたわたしを叱りつけて、怒鳴りこんでくるかもと半信半疑だったんじゃないかしら」

「勝手な振る舞いをしたきみを叱りつける？」ニコラスは低い声で繰り返した。「なかなかいい考えだな」

「ニコラス！」ジョージーが声を張りあげた。目を大きく見開き、頭を傾けて、そばのベンチに控えている侍女のほうをそれとなく示した。

「聞こえてないさ」ニコラスは声をひそめて言った。「それにどうせ、ぼくがどんなつもりで言ったのかわかりはしない」

「それはそれで問題よね。あなたにわたしの行動を認めてもらえてないなんて彼女に思われたくはないから」ジョージーはほんの少しだけ身を引いた。「認めてくれてるのよね？」

「きみがぼくのいないところで不動産業者と話をつけたことについてかい？　ああ、もちろんだ。もっと早く考えつけていたらと思うくらいだ」妻の顎に触れ、自分のほうに顔を上向かせた。「ただし、今後またこういったことをするときには、事前に知らせてほしい。きみがなにをしようとしているのかを知りたいから」

「ほんとうにほんとうのことを言うと、とっさの思いつきだったの。きのう急に思いついたことだから」ジョージーは気恥ずかしそうに目を伏せた。それに少しばかり言いづらそうだ。

「一週間ずっとあなたのいない田舎で過ごしているのがつらくて」

「すまない」ニコラスは妻の手を握った。スコッツビーに彼女を残して発つのは気が引けたが、ほかにどうしようもなかった。

「あなたが謝る理由はないわ」ジョージーが言う。「こうなることはわかってた。ただ、こんなにつらいものだとは思わなかっただけ」

ニコラスは身をかがめた。ほんの数センチだけ。なにしろここは人目につく場所だ。「ぼくがいないときみがみじめになると聞けてよかったと言ったら、悪い夫かな？」

「みじめとは言ってないわ」ジョージーはちょっと甘えるようなそぶりで頭を傾けた。

「なぐさめてくれないかな。ぼくはきみといられなくてみじめだった」

真実とは言えなかった。みじめさを感じる暇もないほどほとんどずっと忙しかったからだ。そこまで忙しくないときでも疲れきっていた。

でも、ジョージーには会いたかった。晩に下宿屋の狭いベッドに寝転ぶと、彼女に手を伸ばして抱き寄せたくてたまらなくなった。それに昼間も、思いがけずなにかに気づくと――たいがい妙だったり愉快だったり珍しかったりするものだ――ジョージーに教えることができたならと、もどかしくなる。

恐ろしくなってもふしぎではないくらいジョージーがそばにいるのがあたりまえのように

思えてきた。

恐ろしくはならなかったが。

それどころかなおさら、そばにいたいと思うようになった。ニュータウンに家を構えられれば、その願いは叶えられる。「ミスター・マクダミドの事務所はどこだ？」妻に訊いた。

「いますぐ契約しに行こう」

ジョージーがにっこり笑って手提《レティキュール》げから一枚の紙を取りだした。「ここ。住所が書いてあるわ」

ニコラスはその紙にさっと目を走らせた。「そんなに遠くないな。歩いていこう。ちょっと待っててくれ。ジェイムソンときみの侍女の居場所を手配してやらないと。安全な場所できみを待っていてもらえるように」

「そんなに長くはかからないでしょう」

「ああ、でも、せっかくきみが来てくれたのだから、きょうは一緒に過ごしたい。街を案内するよ」

「ほんとうに？　ほかにやらなくてはいけないことがあるんじゃないの？」

やらなければいけないことなら山ほどある。まだ勉強の遅れを取り戻せていないし、今週の後半には担当教授のひとりとの面談を控えていてその準備もしなくてはいけないが、いまはもうジョージーの笑顔しか目に入らなくなっていた。妻がやってきたとなれば、一緒にいたい。

「いますぐにはない」そう答えた。「行こう。まずは賃貸契約を結ぶ。それから街を楽しもう」

ジョージーが差しだされた手を取ってにっこり笑うと、ニコラスははっと記憶を呼び起こされた。フレディー・オークスの手当てをしていたときにもこうしてジョージーに笑いかけられ、空から太陽をひっつかんできて彼女に差しだしたい衝動に駆られたのだった。

その思いは本物だった。ジョージアナに笑いかけられただけで、自分はもうなんでもできそうな気分になる。

どんなものにでもなれそうだ。

これが愛なのか？　このように頭がくらくらしてくるおかしな感覚、自分がなんでもできてしまいそうに思えることが？

結婚したとたんにいつの間にか恋に落ちてしまっていたというのだろうか？　あまりに性急で、あっという間の出来事で、とはいえ……。

「ニコラス？」

妻を見つめた。

「どうかしたの？」ジョージーが訊いた。「ずいぶん遠くへいっちゃったように見えたわ」

「いや」ニコラスは静かに答えた。「ここにいるとも。ぼくはいつだってここにいる」

ジョージーが困惑顔で眉間に皺を寄せ、ニコラスはそれも無理はないと思った。わけがわからないことを言っている。と同時に、ようやくなにもかもがぴたりと収まったかのように思えた。

これがきっと愛だろう。

おそらく。

たぶん。

間違いない。

一時間半後、ジョージーは〈マグリーヴィー夫人の独身紳士のための上等下宿〉の階段を忍び足で上がっていた。

「上等な行動とはとても言えないわね」ささやいた。

ニコラスが唇に指をあててみせた。

ジョージーはくすりと笑った。声は立てずに。でも笑わずにはいられなかった。ニコラスの下宿部屋に忍びこむなんてほんとうにわくわくしてしまう。

ミスター・マクダミドの事務所での契約手続きはすんなりと片づいたが、自分よりもニコラスがずいぶんと愛想よく応対されていたことは少しばかり腹立たしく思わずにはいられなかった。

文句はこぼさず我慢したけれど。口に出したところでよいことはなにもない。ともかく契約書に署名して、さっさと賃貸契約を結べればそれでいい。じっと黙って従順な妻を演じるのが目的を達成するためのいちばんの早道なのはあきらかだった。

自分らしい姿ではなかったし、それはニコラスもよくわかっていて、重要なのはその点だ。けれどすべての事務処理を終えても、マリアンとジェイムソンとまた落ち合ってスコッツビーへ馬車で帰るまでにはまだ少し時間があった。実際には数時間も。ニコラスは街をちょっと案内しようと言ったが、そうして歩きだすと、この下宿屋にたまたま通りかかり、マグリーヴィー夫人の姿はちょうど見当たらず……。

というわけでいま、ジョージーは笑いをこらえながら階段をのぼっていた。

「とてもいけないことをしている気分ね」錠前に鍵を差してまわしているニコラスにささやいた。

「いけないことをしているんだ。とても、とてもいけないことを」

ニコラスが横目でちらりと見やり、ジョージーはなにが起こったのかわからないうちにともに部屋に入ってドアが閉まったと思うと、ベッドに放りだされていた。

「ニコラス！」声をひそめながらも叫んだ。

「しいっ。ぼくを窮地に追いこむつもりか。女性を連れこんだのがばれたら大変なことになる」

「わたしはあなたの妻よ」

ニコラスは呆れるほど屈託のない顔でこちらを見つめた。「だが、それを説明するのにどれだけ時間がかかるのかを考えてみてくれ。せっかくこんなふうにできる時間がふいになる」

ジョージーはキャッと小さな悲鳴を洩らした。こんなふうにというのが、手で太腿に触れているることなのか、唇で首筋をなぞっていることのほうなのかはわからないけれど、どちらにしてもとても心地いい。それに、いつまで静かにしていられるのかについてはまるで自信がない。

「見つかったらどうなるの？」ジョージーは訊いた。「追いだされてしまう？」

ニコラスが肩をすくめた。「さあな。それでも路頭に迷うことはない。新たな家を借りる契約をすませたのだから」

ジョージーはほんの少しのあいだだけでも真剣に頭を働かせようとした。「住める準備が整うまでに一週間はかかるでしょう。それにスコッツビーでどんなにあなたと一緒に過ごしたくても、毎日行き来できるわけではないし。あなたが疲れはててしまうわ」

ニコラスは妻の唇にさっとキスをした。「それなら、見つからないようにできるかぎり静かにしなければだな」

「ええ、そうよね」ジョージーはそう答えつつも、すでに不安になっていた。あとたった一週間とはいえ、ニコラスにはこの部屋が必要だ。「マグリーヴィー夫人はきっとわかってくれるわ」

ニコラスが唸るように言った。「どうしてぼくたちはマグリーヴィー夫人の話をしているんだ？」

「あなたがこの部屋から追いだされては困るから」

「追いだされないさ。できるだけ、ともかく静かにすればいいことだ」

ジョージーはぐっと息を呑んだ。彼の声は熱くて心そそられるし、その腕のなかにいるととろけそうになる。

「できるかな？」ニコラスはジョージーがそうされるのを好きだともうわかっていて太腿を軽く握り、親指をそうっと彼女の入口ぎりぎりのところまで滑らせた。

「なにを？」

「静かにすることだ」

「いいえ」ジョージーは正直に答えた。

「困ったな」手をとめた。「やめるしかないか」

ジョージーは彼の手をつかんだ。「やめないで」

「だが、きみが音を立てるのでは無理だ」ニコラスはいかにも仕方ないといったふうに首を振った。「どうすればいいんだ？」

ジョージーは大胆にも夫の下腹部に手をかけた。服の上からとはいえ、意図は伝わったはず。「わたしはどうしたらいいの？」

「生意気娘め」ニコラスが低い声でささやいた。

ジョージーは彼を軽く握った。「あなたは静かにしていられる？」

ニコラスが片方の眉を吊り上げた。「きみが静かにできるならぼくだってできるさ」

ジョージーはこれまで片方の眉だけを吊り上げられたためしがなく、今回もおどけたウインクもどきのしぐさになった。「それを言うなら、あなたが静かにできるならわたしだってできるわ」

夫にまじまじと見つめ返され、ジョージーはまだ燃えあがらずにいられるのがふしぎなくらいだった。笑いださずにいられるのも。やにわにニコラスが立ちあがった。

「なにをしてるの？」ジョージーもすぐさま起きあがって坐った。

「なるべく――」ニコラスはクラヴァットに手をかけた。「――音を立てずに服を脱がないと」

「まあ」

「まあ？」ニコラスがおうむ返しに言った。「それだけか？」

ジョージーは唇を舐めた。「あなたの決意はとてもうれしく思うわ」

ニコラスは亜麻布の結び目をほどいて首から取り去った。「ぼくの決意をうれしく思う、か」また妻の言葉を繰り返した。

「とてもうれしく思うわ、よ」ジョージーは正確に言いなおした。

ニコラスが笑った。いたずらっぽく。「ぼくがどうしてもらったらうれしいかはわかるかな？」

「なんとなくなら」ジョージーはつぶやいた。

ニコラスがシャツのボタンをはずしはじめた。たった三つだが、頭から脱ぎ去るのならすべてはずさなければいけない。ジョージーは自分も服を脱がないととは思いつつも、彼がいかにもゆっくりと思わせぶりに脱ぐのを眺めているほうが、これまで目にしたどんなものより気をそそられそうだった。

夫はなにも言わないけれど、言葉はいらない。しっかりと目を合わせているので、なにを求められているのかがジョージーには読みとれた。自分のドレスの胴着《ボディス》に手をかけ、襟ぐりに巻いてある絹の肩掛け《フィシュー》に指を滑らせる。

ゆっくりとフィシューを取り去った。

「大胆になってるわよね」小声で言う。

ニコラスが欲望で燃え立ったような目でうなずいて、シャツを引き上げて頭から脱ぎ捨てた。

「自分ではボタンをぜんぶはずせない」ジョージーは身をねじって背を向けながらも肩越しにちらりと夫を見やった。

「ドレスというのはまったく無駄に凝っている」ニコラスが並んで坐って、妻のドレスのボタンをひとつずつはずしはじめた。

「必ず誰かに手伝ってもらわないといけないし」ジョージーは静かに言った。

上からいくつかのボタンがはずされると、あらわになった肌にニコラスが口づけた。「いつでもお手伝いいたしますとも、ロークズビー夫人」

ジョージーはぞくりとした。どうして触れられるのと同じくらい夫の声にもそそられてしまうのだろう。ふだんは完璧な紳士なのに、夫婦のベッドでふたりきりになったとたん、突如としてとんでもなくみだらなことを言いはじめ……。

熱っぽく妻を欲する言葉を口にして気をそそるだけではない。ニコラスは自分が求めていることを教えてくれるし、ジョージーがなにかを求めているときにはそれを聞いてくれる。

どういうわけか、そのようにされるとよけいにどぎまぎさせられた。どうしてほしいか教えてくれと言われても、なかなかそれができなかった。ジョージーは彼に主導権を握ってもらい、決断をゆだねたいのだけれど、そうさせてもらえそうにない。

してほしいことを教えてくれと言う。

ジョージーはどうしていいのかわからなくなって首を振ったが、それでは許してもらえなかった。夫は乳房に触れて、きみが求めているのはこれかと尋ねる。さらに太腿のあいだに手を滑らせて、これかと訊く。

ふたりともどうにか静かにしようと努めながらも、ニコラスは罪作りな言葉を耳もとにささやきかけてくる。

「きみを味わいたい」

ジョージーはぞくりとした。その言葉がどんなことを指しているのかはわかっている。

「ドレスを脱がすまでもない。スカートの下にもぐって、きみが砕け散るまで舐めてやろう」

ニコラスは唇を肌に触れさせてジョージーの身体をたどり、乳房にはじっくりと甘美な責め苦を与えた。それから彼が目を上げ、そうすると、ああ、どうしてなのかよけいにみだらに感じられ、目が合うとジョージーは全身を焦がされている気がした。

この世界じゅうに女性は自分しかいないみたいに思えた。ニコラスに見えている女性は自分だけだと。彼が欲する相手は自分だけ。

「それで」ニコラスは期待のこもったかすれ声で言った。「なにか言ってくれるよな？」

ジョージーはうなずいた。彼が欲しくてたまらない。

ニコラスがスカートのなかに手をくぐらせたが、ほんのわずかしか進まなかった。「まだまだ足りないな」

「欲しいわ」ジョージーは小声で言った。

「なにを？」問いかけたかと思うとニコラスはあっという間にまたのしかかってきて、顔を向き合わせた。「きみはなにが欲しいんだ？」とせかした。「教えてくれ」

ジョージーは身体に稲妻が走ったかのように感じた。どうしてほしいのかと訊かれると、なぜかわからないけれどよけいに彼が欲しくてたまらなくなる。

「あなたにわたしを味わってほしい」

ニコラスはさらにしばし目をしっかりと合わせてから、獣じみた唸り声を洩らし、飛びこむようにジョージーの下に入って、脚を開かせ、そのあいだを口で探りはじめた。

ジョージーは危うく叫びかけた。思わず片手で口を押さえた。

ニコラスが顔を出して得意げに笑ってみせた。

「やめないで」ジョージーは懇願した。

ニコラスはかすれがかった含み笑いを洩らしてまた顔をもぐらせ、これ以上には考えられないくらい巧みに舌を動かしはじめた。

もう初めてではないのに、いまだにジョージーは彼にこのようなことをされているのが信じられなかった。いいえ、それでは正しくない。信じられないわけではない。きっと彼にならなにをされてもかまわないだろうから。

信じられないのは、自分がこんなにも心地よさを感じていることのほうだ。彼の口が……あそこにあるなんて。親密すぎる行為だ。それに彼が果てて……自分も果てたら……ふたりは必ずまたキスをする。

つまり、自分自身を味わうことになる。

みだらで、艶めかしく、それでもジョージーはそうするのが好きだった。

ところがいつの間にかニコラスはそこから離れ、今度は太腿の内側にやさしいキスの雨をじっくりと降り注いでいて、ジョージーが彼に来てもらいたいところに戻ろうとする気配はなかった。彼に入ってほしいところに。

夫はもどかしげな唸り声を洩らしてさらにジョージーの脚を開かせたが、なおも唇を寄せたまま含み笑いをしている。

「じれったそうだな」ぼそりとニコラスが言った。

「あなたが欲しい」

「わかってる」やけに愉快げな声だ。

ジョージーは背を反らせて腰を突きだした。「来て、ニコラス」

夫は軽く肌を噛み、やさしく歯を擦らせるようにして求められているところのすぐそばまで近づいた。「もうすぐだ、ジョージアナ」

「お願い」どうして彼をこんなにも欲しくてたまらなくさせる方法を夫が知っているのかわからないけれど、そんなことはもう気にしていられなかった。とにかくもう――

「ああっ！」

「しいっ」ニコラスがジョージーの口を手で覆った。「静かにしなければ」

けれども彼の舌は、ジョージーの中心を突いて、すでにもっとも感じやすいとわかっている部分にゆっくりと円を描きつづけている。

「ニコラス、わたし――」

ニコラスがまたもしいっと黙らせると同時にジョージーの口に指を入れ、その指を妻に吸われて唸り声を洩らした。

「なにをするんだ、ジョージー」呻くようにささやきかけられた。自分と同じくらいに心地よく感じてもらえているのか見当もつかないけれど、夫の指を吸うのは格別にみだらに思えて、なおさら欲情をそそられた。

彼の舌の動きが速くなった。

ジョージーもさらにきつく指を吸った。

「ジョージー」夫の声はくぐもり、ふるえていた。

身体がこわばり、張りつめてきた。

ニコラスは二本の指を彼女のなかに入れて動かしながら、口でも軽く噛んだり舐めたりしている。

ジョージーははじけ飛んだ。

いいえ、いった。そのように呼ぶのだと、少なくともそれが呼び方のひとつなのだとニコラスが教えてくれた。そう聞かされてジョージーはなんとなくおかしな気がした。というのも、いったとき、つまりニコラスがそこまで連れていってくれたときにはとても重要な場所にやってきたように感じられるからだ。

うまく説明することも言い表すこともできないけれど、いるべきところに着けたことだけは確かだ。

彼と一緒に。

ニコラスと。夫とともに。

家に。

「ああ、どうしたらいいの」吐息を洩らした。動ける自信がない。骨まで溶けてしまったみたいに。

「きみがいく瞬間がとてもいい」ニコラスが上へ身をずらしてきて互いの顔を近づけた。

「さらにまたきみが欲しくなる」

押しつけるというより、それとなくちょっとねだるふうにニコラスの下腹部がジョージーを突いた。彼は硬くなって、なおも妻を求めていた。

「ちょっとだけ待って」ジョージーはどうにかそう言った。

「ちょっとだけ？」

ほんとうはよくわからないものの、ジョージーはうなずいた。茫然自失の状態だった。信じられないくらいに肌が敏感になっている。ニコラスはまだほんの軽く触れているだけで、それも腕だというのに、どうしようもなくぞくぞくしてくる。

「どうすればいいのかな？」ニコラスの低い声はわずかに笑いを帯びていた。

「動けないの」

「ほんのちょっとも？」

ジョージーは首を振りつつも、目だけはしっかり愉快げに笑った。それから少しのあいだ、ニコラスの狭いベッドにふたりでぴたりと寄り添って寝転んでいた。ようやくジョージーが先に口を開いた。「あなたはズボンも脱いでないのね」

「脱いでほしいのかい？」

ジョージーはうなずいた。

ニコラスが妻のほうを向いて頬に口づけた。「きみは動けないんじゃなかったのか」

「それでまた奮起できるかも」

「そうなのか？」

ジョージーはまたうなずいた。「あなたにも満足してほしいから」

ニコラスが真剣な目になった。「ジョージー、きみにはいつだって満足している」

「だけど、まだ……」

ニコラスは妻の手を握り、互いの身を向き合わせた。「見返りを求めるようなことじゃない。ぼくはきみに惜しげなく身を捧げる」

「わたしもあなたに惜しげなく身を捧げたいの」ジョージーはささやいた。たちまち気恥ずかしさで顔が熱くなった。「また動けるようになったら」

「待つとも」ニコラスはジョージーの鼻にキスをして、さらに閉じた瞼に片方ずつ口づけて、最後に唇を触れ合わせた。「いとしいきみのためなら、いくらでも待てる」

22

「瀉血のことがよくわからないの」

ニコラスは虚を衝かれてジョージーを見返した——いや、衝撃を受けて。

いや、信じがたい思いだった。

なにしろ、これまでもっともすばらしい交わりを終えて五分と経たずにその場で耳にした言葉だったからだ。とはいえ、初めて交わりを経験したのがほんの数週間まえであることを考えれば、そこまで言うのは大げさなのかもしれないが。

たしかに地球が一回転したかのようにニコラスには感じられた。気候が激変するのではないか、昼夜が逆転するのではないかとすら思った。

そうとも、ふたりが新たな重力を生みだしていたとしても驚きはしなかっただろう。月を引き下ろせたとしても。

そんな状態からどうして突拍子もなく妻が血液を抜きとる治療について質問するのか、わけがわからない。

「いまなんて言ったんだ？」

「瀉血よ」ジョージーが答えた。このような体勢で、つまりはどちらも裸でベッドにいるというのに、もはや甘やかな戯れにはみじんも興味はないといったふうに、それも腕を絡ませたまま。ジョージーは夫の顔がもう少し見えるように身を返した。「よくわからないの」

「知らなければいけない理由があるのかい？」ニコラスは横柄に聞こえないよう願った。そのようなつもりはない。とはいえ、ややこしい論題だ。一般に瀉血について科学的に理解できている人はそういないだろう。

正直なところ、ニコラス自身も理解できているとは言いがたかった。役立つかもしれない治療というだけで、ほんとうに説明できる者がいるのだろうかと思ってしまう。ともかく、そう思うときもある。

「それは、ええ」ジョージーは夫の腕のなかから出て、片手で頭を支えて横向きに寝転んだ。「理由があるわけではないわ。だけど、きょう午前中に講義が少しだけ聞こえたの。どうも納得がいかなかったのよね」

「きょうの講義は瀉血についてというわけではなかった」ニコラスは説明した。「血液の循環を妨げるものについての話の最後に触れられただけで」

ジョージーは瞬きを何度か繰り返した。

「それが主題だったのね。血液の循環」

またもジョージーは黙りこんだ。そして夫のいまの説明は会話の本筋とは違うことが確かめられたとでもいうように、こう続けた。「わかったわ。でも、問題はこういうことなの。戦場では必ず出血多量で死ぬ人がいるのなら、もちろんそのほかの場面でも出血多量で死ぬ人はいるわけだけれど、人体から血を抜きとることがどういうわけで治療の役に立つのかが、わたしにはよくわからない」いったん押し黙って夫を見つめた。「血液は生きるために必要なものであるのは確かだわ」

「ああ、だが、血液のすべてが生きるために必要なんだろうか？」

「そうね、でも、あるに越したことはないんじゃない？」

「そうともかぎらない。体液が多すぎてしまうのは浮腫と呼ばれていて、非常に危険な症状でもある」

「浮腫？」

「むくみだ」ニコラスは説明した。

「あれを斑状出血と言ってたのと同じね」ジョージーは唇をわずかにすぼめた。「あなたたちのようにお医者様が使う言葉は、わたしたち一般の人たちにはわからないのよね」

「痣のことを言ってるのかな？」ニコラスはそしらぬふりで尋ねた。

ジョージーは夫の肩をぱしりとぶった。

「ぼくに斑状出血させるつもりか」わざと哀れっぽく言った。

「そんな言い方をするの？」

「まさか」

ジョージーはくすりと笑ったが、またしてもさらに粘り強く元の話題に戻した。「まだ教えてくれてないわ――どうして患者さんの血を抜くのか？」

「バランスの問題だ」ニコラスは言った。「体液の」

「体液」ジョージーはけげんそうに繰り返した。「科学的事実として認められてるの？」

「相反する理論もある」ニコラスは事実を伝えた。「学派によっては瀉血を支持していないところも出てきている。医師が英雄的医療の支持者か、固体病理説派かによっても見解は大きく異なる」

ジョージーにはひとまず情報が多すぎたらしい。「ちょっと待って。まずは英雄的医療と呼ばれるものがあるということよね？」

「医療はすべて英雄的だとも言えるが」ニコラスは冗談めかして答えた。

「そういうのはやめて」ジョージーがいらだたしげに言った。「もっとちゃんと話を聞きたいの。英雄的と名づけるなんて、科学の分野にしてはずいぶん自惚れている感じよね」

「ぼくもその語源についてはよくわからない」ニコラスは認めた。「英雄的枯渇理論とも呼ばれている」

「そちらならまったくいやな感じはしないわ」ジョージーはつぶやいた。

「簡単な呼称のほうが一般になじみやすいというわけだよな」

「でも、それはどういうものなの？」

「体液のバランスを取ることで健康になるという考え方だ」ニコラスは説明を続けた。「黒胆汁、黄胆汁、粘液、血液」

「どれも体液なのね」ジョージーが察して言った。

「そのとおり。つまり身体の固体部分の臓器から病気にかかるという固体病理説に相反する

たり。

ジョージーが眉をひそめた。考えこむときに妻がこのような顔つきになることにニコラスはもう気づいていた。それにとても心惹かれる顔つきでもある。ジョージーはなにかについて考えこみはじめると、表情がくるくる変化する。眉が下がったり、瞳がきょろきょろ動いたり。

わが妻はじっとおとなしく熟考する女性ではない。

ふとニコラスは思い当たった。「きみは瀉血したことがあるのか？　呼吸疾患で」

「二度」ジョージーが答えた。

「それで効果はあったのか？」

ジョージーが肩をすくめた。「お医者様によれば、あったと」

ニコラスにはその返答では足りなかった。「どのような診断基準で？」

「成功したかの判断基準？」

ニコラスはうなずいた。

ジョージーはあっけらかんと見つめ返した。「わたしが死んでないから」

「というのはつまり――」

ジョージーが首を振って遮った。「母によれば、それこそがなによりの治療の成果だと」

ニコラスは笑ったが、本心では愉快に思ったわけではなかった。

「だけど」ジョージーが続ける。「わたしは瀉血のおかげでよくなったとは思えないのよね。

どちらかと言えば、悪くなった気がしたの。とても疲れた。しかも痛かったし」

「疲れるのは仕方のないことなんだ。身体が新たに健康な血液を作りだそうとするわけだから」

「――ほかの三つの体液とのバランスを取るためね」ジョージーが結論づけた。

「そういうことだな」

ジョージーが眉をひそめ、喉の奥から唸るように妙な声を洩らした。すっきりしない点があるのだろうとニコラスは読みとった。

「瀉血をしなければよくならなかったかどうかは証明しようがないわけよね？　それで治りが早まったのかどうかについても」

「そうだな」ニコラスは認めた。

ジョージーはニコラスと目を合わせ、射貫くようにまっすぐ見つめた。「そのような場合にはあなたもわたしに瀉血をする？」

「答えようがない。そのときの状況を正確に知っているわけではないから。きみがどの程度の呼吸困難を起こしていたのかもわからない。呼吸が浅かったのか、速かったのか。発熱していたのか。筋肉の痛みはあったのか。脾臓に硬直が見られたのか」

ほとんど具体例を羅列したに過ぎない問いかけだったが、ひと呼吸おいた。「実際に事実をすべて把握せずに医療の助言を与えるのは危険だ」

「そのとき診てもらったお医者様は実際に事実をすべて把握できていたのかしら」ジョー

ジーがつぶやくように言った。

「いまのぼくよりは把握していたのは確かだ」

ジョージーが小さな鼻息でその言葉を一蹴した。「でも考えてみて。わたしは呼吸が苦しかったの。わたしに悪いところがあるとすれば、血管ではなく、肺よね」

「すべては繋がっている」

ジョージーが瞳をぐるりと動かした。険しげに。「あなたは陳腐なことを言うだけで、なんの説明にもなってないわ」

「残念ながら、医療も科学であり学問だからな」

ジョージーが人差し指を立てて振った。「ほらそれも」

「そんなつもりで言ったんじゃない。ほんとうに。診療の手引きとなる根拠がもっとあればいいんだが。心からそう願っている。だから呼吸困難の患者にぼくが瀉血を選択するかどうかはわからない。いずれにしても、最初の選択肢ではないな」

「だけど、誰かが呼吸困難を起こしたとして」ジョージーが静かに続けた。「べつの選択肢を検討する時間もないとしたら」

ニコラスの背筋に寒気とすら感じられないようなひやっとする怖気が走った。ジョージーが呼吸困難の発作を起こしたところはまだ見たことがない。ただし何年もまえから聞いてはいた。事後にだいぶ経って耳にするのがつねで、後遺症もないのはあきらかだったので、どれくらい重症だったのかをこれまで知らなかったわけだ。

それに、ニコラスは若かった。医療に関心があったわけでもない。医者になろうとはまだ考えてもいなかった。

「ジョージー」考えを整理しつつ、ゆっくりと話しだした。「かかりつけの医師にぜんそくの可能性を指摘されなかったか？」

「ええ、もちろん、されたわ」ジョージーはどことなく、なにをいまさらといったようにもとれる口調と面持ちで答えた。

「いや、違うんだ」そのような態度をとりたくなる気持ちはニコラスにもわからないでもなかった。多くの医者は――大学に属しておらず、つまり医学の進歩についていけていない医者ならなおのこと――呼吸器の疾患をなんでも〝ぜんそく〟で片づけがちだ。そのことをニコラスはジョージーに説明してから、こう尋ねた。「突発性、または痙攣性ぜんそくと言われたことは？」

ジョージーは少し考えてから、申しわけなさそうに小さく肩をすくめた。「わからない。わたしは聞いてないわ。両親は聞いていたかもしれないけど」

「きわめて特殊な呼吸障害なんだ」ニコラスは説明した。「人によって症状が異なる」

「それなら診断がむずかしいわよね？」

「だからといって治療がむずかしいというわけでもないんだ。人によって治療の効果も様々なようだが。朗報としては命にかかわることはめったにない」

「めったにない」ジョージーが抑揚のない声で繰り返した。

「ぼくがお世話になった亡き教授——昨年亡くなったんだ——が、その疾患についてとても詳しい論文を書いた」

ジョージーが微笑んだ。「奇遇ね」

「じつのところ」ニコラスは続けた。「医療のあらゆる問題についてどれも詳しい論文を書いていた。生涯をかけて疾病の分類と整理に大きな功績を残した人物なんだ」

「本にまとめられてるの?」ジョージーが訊いた。「ぜひ読んでみたいわ」

ニコラスはいささか驚いて妻を見つめた。「きみが?」

「あなたは?」

「ぼくはすでに読んでいる」カレン博士の研究書はエディンバラ大学の医学生には必読書とされている。興味のない項目は読み飛ばしている級友がいるのも知っていたが、ニコラスは全編の細部までつぶさに注意を払って読み通した。

たやすいことではなかった。『疾病分類学方法論概要』は端的に言って難解だ。

「楽しんで読めた?」ジョージーが訊いた。

「もちろんだ。いや、ほとんどはかな。医学のすべての領域に関心を抱ける医者がいるんだろうか」

ジョージーが思案顔でうなずいた。「わたしも読めたら楽しめると思うのよね」

「きみならきっと楽しめる。教授のべつの著書のほうが楽しめるかもしれないが。病気の分類よりも治療法に重きが置かれている本なんだ」

「ええ、そうね、そちらのほうが面白そう。その本は持ってるの？」

「ああ」

「こちらに、それともスコッツビーに？」

ニコラスは本があふれだしそうな書棚をちらりと見やり、そちらに頭を傾けた。「そこにある」

ジョージーは振り返って目を向けたが、夫がどの本を指し示しているのかわかるはずもない。「持ち帰ってもいい？　あなたが必要ならべつだけど」

ニコラスは笑った。「今度きみに会うときまでは不要だ」

ジョージーがうれしそうに顔を輝かせ、ニコラスは自分も含めてどの医学生よりも妻ならはるかに興味深く『医学実地初歩』を読めるのではないかと思った。

「ありがとう」ジョージーが枕に頭を落として吐息をついた。「これであなたがいないあいだにやることができたわ」

「そんなに退屈してるのか？」

哀しそうというより、ちょっと恥ずかしそうに口の片端を下げた。「そうではないはずなんだけど。やることはいっぱいあるんだもの。でも、なんにもないとも言えるの」

「したいことがないということか」

「そんなところかしら」ジョージーは枕から少しだけ顔を上げてこちらを見た。「わたしたちの住まいを整えるのはしたいことよ。充実感が得られるでしょうから。だけど、これから住むのはスコッツビーではないでしょう」

「あと一週間だ」ニコラスは妻の手を握った。

ジョージーはうなずいて、枕の上に寝そべって目を閉じた。「帰らなくてもよければいいのに」

「ぼくも同じ気持ちさ」とはいえ、このベッドでは自分ひとりで寝るのも快適にとはいかない。ふたりではどちらもろくに眠れないだろう。もっとべつの好ましい理由からしても。「何時かわかる？」ジョージーはまだ目を閉じたままで、こちらがやりきれない気持ちにさせられるほど満足そうだ。

その状態から彼女をすぐにも起きあがらせなければならないだけに、ニコラスはやりきれなかった。

ベッド脇の小卓に手を伸ばし、懐中時計を確かめた。「もう出なければ。きみはあと三十分で馬車に戻らなくてはいけない」

ジョージーが不満げな低い声を洩らした。「行きたくないわ」

ニコラスは含み笑いをして、妻を軽く突いた。

「もしわたしがここに残ったら」ジョージーが片目だけをあけた。「教会の鼠みたいにおとなしくする。あなたが食べ物を運んでくれれば、あなたの医学書をここで読んでればいいし――」

「――マグリーヴィー夫人が掃除に来たら心不全を起こしてしまうだろう」

「掃除に来るの？」

「一日おきに」

とたんにジョージーが慌てはじめた。「一日お――」

「きょうではない」ニコラスは急いで言った。

「そう、よかった」ジョージーは仕方なさそうにシーツを引き寄せながら起きあがって坐った。「もちろん、ここにいるなんていうのは冗談よ。というか、ほとんどはたしかに冗談」

ニコラスは妻の顎を撫でた。「いてくれたら、晩に戻ってくるのがものすごく楽しみになっていただろうな」

ジョージーが支度をしようとベッドをおりて、書棚を向いてドレスを身に着けた。ボタンをとめるのを手伝わなければいけないが、そうするとうなじの柔らかな肌に口づけたくてたまらなくなるのは目に見えていた。

「本を渡してくれるのを忘れないでね」ジョージーが夫の貪欲な眼差しには気づかずに言った。「どれなのかわたしにはわからないから」

「左端の緑色の本だ」ニコラスは伝えた。「でもぼくが取ろう」妻がそんなものを読みたがるとはいまだふしぎな気もするが……いや、あらためて考えてみれば、まったく不自然なことではない。

医療に関わりがないかぎり、こんな分厚い本を読みたがる者がいるとは考えてもみなかった。

だが、ジョージーはべつだ。彼女ならそう思うのも納得がいく。女性も医療を学べる学校があればと考えてしまう。わが妻なら優秀な学生となるはずだ。

ふたりとも身支度を終えると、誰にも気づかれずに下宿屋を抜けだした。エディンバラにしては暖かい日で、馬車が待つところまでとても気持ちよく歩けた。ニコラスはジョージーと腕を絡ませ、もう片方の腕に分厚い医学書をかかえていた。これといって意味もない、たわいない話をしながら。明るくなごやかな雰囲気で、沈黙を埋めなければという気遣いもいらず、ただふたりでいるだけで心地よいし楽しかった。

旧市街《オールドタウン》のはずれにあるわりあい静かな広場で馬車が待っていた。ジェイムソンと御者が御者台でパンを分け合って食べていて、ジョージーの侍女は馬車のなかにいるらしい。

「お待ちしてました」ふたりがそばに来ると侍女が顔を突きだした。「もう暗くなってしまいます」

そんなことはなかったが、指摘しても意味がないとニコラスは判断した。マリアンが馬車のなかに戻るのを待って、ジョージーを押し上げた。

だが妻が頭を低くして馬車に乗りこんでも、ニコラスは手を放さなかった。

「ニコラス？」ジョージーがなんとなく面白がるふうに夫を見下ろした。

ニコラスは見つめた。もうすっかり見慣れた妻の顔を。いや、もうずっとまえから見慣れていたはずだ。それなのにどういうわけか新鮮に思えた。ジョージーの目は相変わらず青く陽気そうだが、こちらの瞳ほど明るい色ではない。鼻は――鼻もまえとなにも変わらない。

唇も、髪も、ほかのところもなにひとつ変わらないのに……。

新たなジョージーだった。

こちらも新たな自分だ。

ふたりは始まったばかり。

「きみを愛してる」ニコラスは言った。

ジョージーが目を大きく見開いた。「どうしたの？」

「きみを愛してる」ニコラスは妻の手袋をした手を口もとに引き寄せた。「知っておいてほしかっただけだ」

ジョージーが辺りを見まわした。うろたえているというほどではないが、少し戸惑っているのかもしれない。いまにも誰かが「驚いた？」と叫んで飛びだしてくるのではとでも思っているかのように。

「きみを愛してる、おばかさん」

ジョージーが唇を開いた。「おばかさん？」

「ぼくを信じないからさ」

「わたしは——あなたを信じてる」

「それでいい」ニコラスは笑って、辛抱強く返答を待った。

ジョージーが目をぱちくりさせて、口もとをちょっとだけ動かした。肩越しにすばやくちらりと侍女を見やる。ニコラスにはその理由がわからなかったが、反射的なものなのかもしれない。でもそれから妻は向きなおって言った。「あなたはわたしを愛してる」

「そうとも」

「それなら」ジョージーはぐっと息を吸いこんだ。「わたしもあなたを愛してる」

「それを聞けてほんとうによかった」

ジョージーがぽっかり口をあけた。「それがあなたの答えなの？」

「きみが、どうしたのと訊いたんだ」ニコラスは念を押した。

「驚いたんだもの」

ニコラスは小さく肩をすくめた。「ぼくは驚いてなかった」

ジョージーが息を呑んだ。「あなたは――」

「あ、いや、ああ」妻からまたも二の腕をぶたれないようにわずかにあとずさった。「それはしなくていい。きみはぼくを愛してる」

ジョージーが目を細く狭めた。それだけでニコラスは笑ってしまった。

「そうなんだよな。撤回はできないぞ」

「いま、あなたが言ったことは信じられない」

ニコラスは馬車の踏み台に上がり、片手で屋根の端につかまりながら、もう片方の腕を妻の腰にまわした。

「ニコラス？」

「待ちきれない」

ジョージーは顔を赤らめて笑みを浮かべ、小声で言った。「人目を引いてない？」

「気になるのか？」

ジョージーが首を振る。「あなたは？」

「ちっとも気にならない」ニコラスはここでまたキスをした。「でも残念ながら、きみはもう行かなければ。夜道を旅させたくないからな」

ジョージーがうなずき、ニコラスは踏み台を降りた。「金曜の晩にまた会おう。授業が終わり次第すぐスコッツビーへ向かう」

それから扉を閉じて、去っていく馬車を見送った。これではもう彼女が恋しくなるに決まっている。

ミスター・マクダミドの話では来週末には新居に越せるとのことだった。

ニコラスは待ちきれなかった。

23

二日後、ジョージーはエディンバラに戻ってきた。

来る予定にはなっていなかった。だからもちろん、ニコラスも妻が来るとは思っていない。夫はきょうの晩にスコッツビーに馬で帰ってくる予定だったのだけれど、ミスター・マクダミドから、新居を借りるにあたり署名しなければならない追加の書類があるとの書付がジョージーのもとに届けられた。来週ニコラスに署名に出向いてもらえばすむこととはいえ、じつを言えばジョージーはエディンバラに戻ってくる口実が欲しかった。

そこで綿密に計画を立てた。また講堂の外で夫を待ち伏せし、ふたりでミスター・マクダミドを訪ねて必要な書類にニコラスが署名し、ふたりで馬車に乗ってスコッツビーに帰る。そうすれば、ニコラスもひとりで馬を走らせるより快適に帰ってこられるというわけだ。

もうエディンバラの歩き方はわかっているので――少なくとも講堂まではたどり着ける――付き添う必要はないとマリアンを説得できた。ジェイムソンと御者がいれば事足りる。そもそもジョージーはもう未婚の娘ではなく、外出時につねに付添人《シャペロン》が必要なわけではない。マリアンにはスコッツビーに残ってもらえば、当然ながら帰りの旅路は馬車のなかでニコラスとふたりきりでゆっくり過ごせる。

まだ結婚したばかりとはいえ、ジョージーは愚かではなかった。

でもまずはエディンバラに到着するのが先決だ。昔から馬車のなかで読書をするのは苦ではなかったので、暇つぶしに読もうとニコラスに借りた医学書を持参した。

医学博士ウィリアム・カレンの『医学実地初歩』。まだ前書きと序章しか読めていない。でも、それだけで五十二ページにも及ぶのだから、わたしが怠け者とは言えないはず。題材は興味深いのだけれど、なにぶんこのようなものを読んだことはなく、ふだん好んで手にしている本よりはるかに集中力が必要で時間もかかる。

しかもニコラスから手渡されたのは一巻目だけだとジョージーは気づいた。全四巻のうちの第一巻。

これを読むだけで何カ月もかかりそう。

そう考えて、下宿屋の夫の書棚にあふれかえっていた本を思い返した。あれをぜんぶ読んだのだろうか？　そんなことがひとりの人間に可能なの？

ケントでぜんそくを診てくれていたシモンズ先生もこうした本を読んでいたのだろうか。『医学実地初歩』の奥付には初版の刊行年は一七七七年と記されている。シモンズ先生はゆうに六十歳は超えている。この本の発行年には医学研修をとうに終えていただろう。いまも自分で医学を学びつづけているのだろうか？　必要なことよね？

医学部で学んだあとは誰がその医師たちの能力を確かめているのだろう？　そんな人はいないの？

疑問は尽きない。

でも、答えを見つけるのはいまでなくていい。まずはこの本を読むだけで精いっぱいだ。

第一部の最初のページをめくる。

発熱、または熱病。

熱を出すことよね。面白そう。

ジョージーはそのページを瞬く間に読んでしまってから、次のページを開いた。

第一編。

待って、第一部の第一編？

さらにページを開く。

第一章。

ジョージーは目を瞬いた。第一部の第一編の第一章。

なんてこと。

ともかくカレン博士はものすごく細かく項目分けしていて、そのほとんどが一ページの半分にも満たない。余白があるぶん、次の項目に頭を切り替えやすいのかもしれないけれど。

第一章は序章で七項目にわたって述べられていたことについての八項目めから始まっていた。

ジョージーは好奇心から第一編の終わりまでぱらぱらとページをめくった。ぜんぶで二百三十四項目にも及んでいる！

発熱について二百三十四項目も知るべきことがあるなんて考えられる？

それほどの知識が求められるという事実を思い知らされ、ジョージーはそのような分野を学んでいるニコラスに畏敬の念を新たにした。もともとじゅうぶんに敬意を抱いてはいたけれど。

それから一時間ほど読書を続け、その合間には馬車の窓の向こうを流れていく田園風景にもたまに目を向けた。そうせずにはいられなかった。目を休めるのも大切だ。カレン博士がこんなにたくさんの項目に小分けしたのもそのためなのかもしれない。このようにむずかしい題材に人が集中していられるのは一度に半ページ程度だとわかっていたのかも。

どんなに興味深いことでもどうしてこれほど読むのが大変なのだろう？　四十四項目めを読みはじめたところで、なんとなく気がくじけてきた。「説明するというのはむずかしいことなのかも……」

ため息が出た。理解するのもまたむずかしい。休憩が必要なのかもしれない。目を閉じた。ほんのちょっとだけ。

数分休んで頭をすっきりさせられたら、また医学書の読書に挑もう。少しまどろむだけで……。

「奥様？　ロークズビー夫人？」

ジョージーはぼんやりと目をあけた。もうここは――

「奥様」ジェイムソンが馬車の扉を開いてこちらを見ている。「到着しました。エディンバラに」

そういうことね。

ジョージーは瞬きをして目を覚まし、むぞうさに額を擦りつつ窓の向こうを見やった。馬車は大学の講堂の外に停まっていた。ここに馬車を長く停めてはおけない。計画では、ジョージーとジェイムソンが馬車を降りて、御者が数日まえにも停めていた広場に馬車を移動させることになっていた。

「ごめんなさい」ジョージーは手荷物をまとめた。「いつの間にか寝てしまったのね」

「乗り心地がよろしかったのでは、奥様」

それに分厚い本のせいだとジョージーはひそかに思った。

ジェイムソンの手をかりて降りると、馬車が走り去ってから向きなおって言った。「建物のなかまで来てくれなくても大丈夫よ」

ジェイムソンも本心では外で待っていたいのに違いなかった。前回、講義が聞こえてくるところで待っていたときにはちょっと気分が悪そうに蒼ざめていた。あとでマリアンから聞いた話では、血を見て気を失ったことが何度もあるとこぼしていたという。

それでもジェイムソンは首を振った。「申しわけございませんが、奥様、おひとりでなかへ入られてはいけません」

「大丈夫よ」ジョージーは請け合った。「行くべきところはちゃんとわかってるんだから。講義室の外にベンチもあるし。そこにおとなしく坐って、ミスター・ロークズビーが出てくるのを待ってるわ」

ジェイムソンは納得がいかないようだった。「ミスター・ロークズビーが賛成されるとは思えません」

「あの人はまったく気にしないわ」というのはささやかな嘘だった。ニコラスもジェイムソンと一緒にいてもらったほうがいいと考えるのはまず間違いないけれど、妻がひとりでいたからといって怒りもしないだろう。

「教室のすぐ外で坐ってるから」ジョージーは粘り強く言った。「万が一なにかあれば、大声をあげる。そうすれば、ミスター・ロークズビーが駆けつけてくれるでしょう」

けれどもジェイムソンが頑としてゆずらないので、ふたりで建物のなかへ入ることとなった。ジョージーはその場にこそふさわしいのではと考えて、大きな緑色の医学書を手にしていた。

エディンバラ大学は女性の入学を認めていないのだから、それを持っているからといってその場になじめるわけではないけれど、誰かの助手や、偉い先生の来客にでも見えるかもしれない。

そんな見込みも低いとはいえ、本があるほうが心強い。いうなれば、教養の鎧。

建物のなかに入ると、ジョージーは講堂のあけ放されたドアのすぐ脇にあるベンチに腰をおろした。ジェイムソンは廊下の向こう側に立っているが、何分もしないうちに顔色が悪くなってきたので、そこではまだ講義の声が耳に入らないようにするには近すぎた。

無理もない。きょうの講義は傷の手当てについて語られていて、さらに教授が寄生虫についても説明しはじめた。

蛆虫についても。

どのような関連があるのかはいまひとつよくわからないものの、あまり関心は湧かなかった。ジェイムソンはすっかり血の気を失い、壁に貼りついている。外に出たほうが気分がよくなるだろう。「ジェイムソン」ジョージーは従僕の注意を引こうとささやきかけた。

聞こえていないらしい。それとも立っていようと踏んばることだけで精いっぱいなのかもしれない。

「ねえちょっと、ジェイムソン！」

返事はないが、何度か唾を飲みこんでいるのが見てとれた。

ジョージーは目を見開いた。好ましくない状況だ。

「ジェイム――」そんな場合ではなく立ちあがり、急いでそばに寄った。「ジェイムソン、たぶん外に出たほうが――」

「うぐ、あの、目がかすんで……」

ああ、大変。このままではきっと――

「……あっううっ！」

ジェイムソンの胃のなかにあったものすべてが――ほんとうになにもかもが――その口からあふれでた。

ジョージーは飛びのいたが、完全に避けるには遅すぎた。靴と、たぶんドレスの裾にもかかってしまい――ああ、それも、従僕は魚を食べていたのに違いなかった。

ジョージーも胸がむかむかしはじめた。もう、いや……。

「おお、ロークズビー夫人」ジェイムソンが呻いた。「お詫びのしようもござ……」

どうやら一度ではすべて出しきれなかったようで、またも吐き気をもよおしてきて、今度は朝食の残りかすらしきものを噴きだした。

ジョージーは手で口を押さえた。臭う。ああ、だめ、この臭いのせいでこちらまで吐きそうになる。

「外に出なければなりません」ジェイムソンが唸るように言った。

「行って！」ジョージーはむかむかしてきた胸を押さえた。ジェイムソンには外に出てもらわないと。この臭いから逃れられれば、こちらは朝食をお腹にこのままとどめておけるかもしれない。「お願い！」

ジェイムソンが駆けだしていったのと入れ替わりに、講堂から男性たちが続々と出てきた。

「なにごとだ？」何人もが強い調子で問いかけている。

「病人が出たのか？」

「いったい――」

誰かが床の吐瀉物に足を滑らせた。

ほかの誰かがジョージーのほうに倒れこんできた。

彼らはみな医者となって人助けに身を捧げようとしている人々だ。

「ご婦人、具合が悪いのか？」

「熱があるのか？」

続々と押し寄せてきたが、そのなかにニコラスの姿はなく、ジョージーはあの臭いから逃れられもせず……。

なるべく息を吸わないようにした。

ぐっと息を呑みこんだ。

もう一回。でも悪臭が鼻をつき、吐き気をもよおした。

さらに息を呑みこもうとしても、うまくいかなかった。

浅く息をつく。

「ご婦人――」

「ニコラスは」ジョージーはぜいぜいと息をした。「どこに――」

息が苦しい。口をあけ、息を吸おうとしても、肺まで取りこめない。

息ができない。

空気が必要だ。

人々が近づきすぎている。

息ができない。

息ができない。

ほんとうに息ができない。

ニコラスはだいたいいつも講堂の前のほうに坐っている。おそらくはこの数年に強いられてきた精読のせいでなんとなく視力が落ちたような気もするし、講義中の教授たちの表情を読みとれるほどの集中力を保てるとも思えない。

きょうも二列目に坐っていたので、講堂の外で異変が起きていたことに気づくのは最後のほうになってしまった。席で振り返ったときにはドア口付近にいた学生はほとんど外に出ており、さらに数人が席から立ちあがって出口へと急いでいた。

ニコラスは隣に坐っていた学生と視線を交わした。どちらも肩をすくめた。

「なにかあったのかな？」ニコラスは訊いた。

「誰かが廊下で卒倒したんじゃないか」もうひとりの学生が答えた。

「廊下で誰がなにをしていたというんだ？」さらにべつのひとりも加わった。

ニコラスはまたも肩をすくめた。授業中は講堂の外の廊下はたいがいがらんとしている。遅刻した学生が教授に気づかれないよう最後部の席に滑りこもうと駆けてくることは時どきあるし、授業を抜けだす学生をベンチで待っている人々もたまにいる。数日まえにジョージーもそうしていたわけだが、結局は侍女に外で待つよう説得された。

「モンロー博士！」慌てた叫び声がした。

見るからにいらだたしげに学生たちの退出を待っていた教授が帳面を置いて、講堂の急な階段を駆けあがっていく。

「ぼくたちも手伝いに行くべきじゃないか？」隣の席の学生が問いかけた。

ニコラスは首を振った。「人が多すぎてもな。かえって邪魔になってしまう」

とそのとき、さらに誰かが言葉を発するまえに甲走った叫び声が響きわたった。

「彼女は息をしていない！」

彼女？

ニコラスは立ちあがった。最初はゆっくりと、それからやっと頭が脚に追いついた。

彼女？

ここに女性の学生はいない。いるはずがない。ただし……。

ジョージーが来ているとしたら……。

ニコラスは駆けだした。

隣にいた学生の脇をすり抜けようとしてつまずき、よろめきながら通路に出た。

ジョージーがここにいる。わけもなくニコラスはそう悟った。妻がここにいて、自分を必要としているのだと。

階段を駆けあがり、人を掻き分けて廊下に出た。床にいる誰かの周りに人だかりができていた。

「邪魔だ」誰かが叫んだ。「モンロー博士に道をあけろ！」

ニコラスは突き進んでいった。「あれはぼくの妻だ」まだ姿も見えないのに言った。「ぼくの妻なんだ」

どうにか人だかりをすり抜けると、床にジョージーが坐って息をしようとあえいでいた。

「横たわらせるんだ！」モンロー博士が指示した。何十年もの臨床経験からやるべきことを知っている医師ならではの威厳を感じさせる口ぶりだ。

だが、ジョージーは仰向けに寝かされたとたんに痙攣しはじめた。

「だめだ！」ニコラスは叫んだ。「それではじゅうぶんに空気を取りこめない」

「彼を向こうへ連れていけ」博士が撥ねつけた。

ニコラスは博士の腕をつかんだ。「彼女はぼくの妻なんです」

モンロー博士が鋭い目つきで振り返った。「彼女の身を大事に思うのなら、さがって私にまかせなさい」

ニコラスは唾を飲みこみ、一歩さがって、自分の担当教授——このグレート・ブリテン島でもっとも名を知られ尊敬されている医師のひとり——の診察を見守った。

「痙攣性ぜんそくの既往症があります」ニコラスはそれが確かな見立てであることを祈りつつ伝えた。ジョージーから聞いた話のあらゆる点から導きだした診断だ。いま目にしている状態もその診断をあきらかに裏づけている。ジョージーはあえぐように息を吸おうとしていて、どうしても空気を取りこめずに胸をふるわせている。

モンロー博士がさっとうなずいた。

「教授」ニコラスは言った。「起きあがらせたほうがいいのでは」

ジョージーと目が合った。うなずこうとしているのがニコラスには見てとれた。

博士は唸りつつもジョージーに手をかして上体を起こさせた。ジョージーは空気を大きく呑みこんだが、まだ足りていないのはあきらかだ。

お願い、と彼女の目が言っているように見えた。腕を夫のほうにさっと突きだした。

ニコラスは進みでていった。博士に場所を空けなければいけないのだろうが、ジョージーが自分を必要としている。

「私が言ったことが聞こえなかったのか？」モンロー博士が鋭い声で釘を刺した。

「彼女がぼくの手を求めているので」ニコラスはできるだけ穏やかな声で返した。「安心させてやりたいんです」

博士はさっと一度だけうなずいてから言った。「どのくらいの頻度で呼吸困難を起こしている？」

「成長してからはほとんど起こしていないはずです」ニコラスは答えた。「子供の頃には何度もあったようですが」

ニコラスは確かめるように妻を見た。ジョージーが小さくうなずいた。呼吸は落ち着いてきたようだが、吐く息はヒューヒューと口笛のような音を立てている。

「改善されてきたようですね」ニコラスは注意深く様子を見ながらジョージーの背中に腕をまわして支えた。「空気を吸えるようになってきたか？」

妻はまたも小さくうなずいた。「さっきより……よくなったわ」

「まだ安心できんな」博士がいかめしく告げた。「改善してきたように見えてまたぶり返してしまう症例も診てきた。興奮状態になりやすい若い女性の場合にはとくに」

「興奮状態になりやすい女性ではありません」ニコラスは断言した。

「わかってるの――これは――」ジョージーはなにか言おうとしていたが、うまく息継ぎができないらしかった。

「話さなくていい」ニコラスは言った。「もう少し時間が必要だ」

「だけど――あの人――」

「瀉血が必要だ」モンロー博士が言った。

「えっ?」ニコラスは絶句して博士を見つめた。「いえ、彼女はすでに改善しています」

「だから回復を早めるためだ」博士は取り囲んでいる学生たちのほうを見た。「私の手術刀《ランセット》を。すぐに!」

数人が慌ただしく駆けていった。モンロー博士がジョージーの手首を取り、脈を測りはじめた。

「教授、だめです」ニコラスは訴えた。「瀉血はしないほうがいい」

博士が呆れたような目を向けた。

「まえに瀉血をしていたんです。効き目はなかった」

これも事実であるようニコラスは祈った。自分がそこに居合わせていたわけではない。詳しいことまでは知らない。だが、瀉血の処置は助けにならなかったとジョージーは話していたし、身体の状態や体調については本人の説明を信じるべきだ。

モンロー博士は耳を貸そうとしなかった。「腕の血管が見えるように袖を切らなければ」

そばにいた学生に告げた。

「瀉血などさせない」ニコラスは強く抗議した。「効き目はないんだ」

「彼女はこうして生きているだろう」モンロー博士が一蹴した。

「ええ、でも、瀉血をしたからじゃありません。そのせいでよけいに具合が悪くなったと本人は言ってました」

博士はふんと鼻を鳴らした。「何年もまえのこととなればよけいに、患者の話があてにならないのは常識だ」

「妻の説明は信用できる」ニコラスはジョージーを見つめた。まだ顔色は悪いが赤みが戻り、博士の指示で寝かせられていたときの恐ろしげな唇の青みも消えていた。「気分がよくなってきたんじゃないか？」ジョージーに訊いた。「さっきより――いててっ！」

ほかの医学生がぐいと乗りだしてきてニコラスにぶつかった。みな偉大なモンロー博士の処置を見たがってぐるりと群がっていた。

「さがってくれ！」ニコラスは学生たちに大声で求めた。「空間が必要なんだ」

ジョージーがうなずいた。「取り囲まれてしまって。それで――」

またも口笛のようにヒューヒューと息を吐いた。

「全員、後ろにさがるんだ」モンロー博士が命じた。「処置をする場所を空けてくれ」

「彼女が呼吸するために空間が必要なんです」ニコラスは言い返した。

モンロー博士は鋭い眼差しでニコラスを見てからジョージーに向きなおった。「利き腕の瀉血が血流を促す」ジョージーにではなく取り巻きの学生たちに説明した。ニコラスにちらっと目を向ける。「利き腕は右かな」

ニコラスがそっけなくうなずいたところに誰かが手術器具を持って戻ってきた。「ですが、うまくいくとは――」

「よろしい」モンロー博士が続ける。「では、私が厳選した手術刀を見てほしい。選ぶ際に大事なのは――」

「だめだ」ニコラスはジョージーを引っぱり寄せた。

「ミスター・ロークズビー」博士が言う。「細君から離れるよう忠告する」

「いやです」

「ミスター・ロークズビー」モンロー博士が語気鋭く続けた。「念のため言っておくが、きみはまだ医師ではないだろう。しかも医師になるためには私の承認が必要となるのではないかね？　もう一度だけ言う。細君から離れたまえ」

ニコラスは怯まなかった。「いやです」あらためて言った。ジョージーを抱き寄せて立ちあがる。「妻を外に連れていきます」

「冷気にさらせば刺激を与えてしまう」モンロー博士が言う。「屋内にいさせるべきだ」

ニコラスは聞く耳を持たなかった。「道をあけてくれ」取り巻いている学生たちに言った。

「好ましくない考えだ」教授は警告した。

ニコラスは振り返りもしなかった。

「彼女が死んだら」モンロー博士が続けた。「きみのせいだぞ」

「きみは死なない」ニコラスはジョージーに声をかけて廊下を進みだした。

「どっちにしても、きょうのところは」ジョージーが弱々しい笑みを浮かべた。

ニコラスはやさしい笑みを返した。「そういう冗談は許しがたいが、きょうだけは、それだけ調子がよくなったしるしだと認めることにする」

ジョージーがうなずいた。息を吐いても、先ほどよりざらついた音はしなかった。

「きみを外に連れだすのが正しい選択ならいいんだが」

「人が多すぎたわよね」ジョージーは何度か呼吸を繰り返した。ゆっくりと息を吸おうと心がけているのが見てとれる。

「それにあの臭い」夫が正面玄関の扉を押し開くと同時にジョージーは言い添えた。

ニコラスもその臭いには気づいていた。「きみが吐いたのか？」

ジョージーは首を振った。「ジェイムソンよ」

「ジェイムソンが吐いたのか？」

「さっきの講義で。あの人は――」ジョージーは咳きこんだ。「すぐ気分が悪くなってしまうの」

「なんてことだ」ニコラスはつぶやいた。「医者になったら、そばに来させないようにしなければ」

もし医者になれたらだ。モンロー博士が先ほどの脅しを実行に移すかはわからない。あのような恨み言を口にする人物だとは思わなかったが、教授があれほど憤った姿もこれまで目にしたおぼえがない。

でも、そんなことにかまってはいられなかった。ともかく、いまは。ニコラスはジョージーを外に連れだした。街の空気はきれいとは言いがたいが、講堂の外の廊下で男の学生たちにぐるりと取り囲まれているよりは少なくとも眺めは断然いい。

ジョージーの頰もいっそう赤みがはっきり差してきた。

「もう二度とこんな恐ろしい思いはさせないでくれ」ニコラスの声はふるえていた。自分がこのようになるとは考えもしなかった。

ジョージーが手を伸ばして夫の頰に触れた。「ありがとう」

「血を抜かれずにすんだことにか?」

「わたしを信じてくれたことに」

木の下にある石造りのベンチに並んで腰かけ、ニコラスはおおやけの場では破廉恥と言われても仕方がないくらい妻をまだしっかりと抱き寄せていた。でもすぐに手放そうとは思えない。

「気分はどうかな?」

「よくなったわ。完全にではないけど、だいぶ」

「ふつうに戻るのにいつもはどれくらいかかる?」

ジョージーは困ったように軽く肩をすくめた。「よくわからないのよね。どう言えばいいのか」

ニコラスはうなずいた。それから、どうしても言わずにはいられなくなった。

「知ってのとおり、きみを愛してる」

ジョージーが穏やかに微笑んだ。「わたしもあなたを愛してる」

「毎日言うつもりだ」

「それはうれしいわね」

ニコラスは眉をひそめた。少しだけ。期待していた返答とはちょっと違った。「それで……？」

ジョージーは夫の手を唇に引き寄せて口づけた。「それで、わたしも毎日あなたにそう言うわ」

「それならよかった」

「考えてみると」ジョージーが迷いを振り払おうとしているとしか思えないようなしぐさで言った。「もう何年もまえからずっとあなたはわたしのすぐそばにいたのよね」急にいたずらっぽい目つきになって見やった。「フレディー・オークスに感謝しなければかしら？　そんなことを言うのも癪だけど」

「フレディー・オークス？」ニコラスは訊き返した。

「あの人のおかげでわたしたちは一緒になれた」

ニコラスは瞳だけで天を仰いだ。「あいつがいなくてもこうなってたさ。もうちょっと時間はかかったかもしれないが」

　ジョージーがゆっくりと安定した息を吐き、もうほとんど雑音が聞きとれないことにニコラスはほっとした。「みんなに見られてる」ジョージーがささやいた。

　ニコラスは建物のほうへ目を向けた。正面玄関の扉があけ放されていて、踏み段に級友が何人か立っている。

「もう大丈夫！」ジョージーが大きな声で言った。手を振ったが、そのせいで少し咳が出た。

「やめるんだ」ニコラスは叱った。

「みなさん心配してくれてるのよね。ご親切に」

「ご親切ではなく、お節介なんだ」

「仕方のないことよね？」

　仕方のないことだ。妻は医学生たちの目の前に倒れていた。彼らが関心を寄せずにいられるわけがない。

「どうしてここにいるんだ？」ニコラスは唐突に思いついて尋ねた。

「ミスター・マクダミドから署名してほしい書類がまだあると連絡があったの。わたしからあなたに伝えて、一緒にスコッツビーに帰れればと思ったのよ」

「書類のことは忘れて、いますぐ家に帰ろう」

「だめよ！　あなたが早く署名すれば、それだけ早く新居に引っ越せるんだもの」

「家は逃げな――」

「なるべく早く一緒にいられるように」ジョージーが遮ってきっぱりと言った。

ニコラスは一本の指で彼女の手を打った。「きみの言いぶんももっともだな。でもそれを終えたらすぐにスコッツビーへ帰ろう。それとぼくがミスター・マクダミドのところで署名をするあいだ、きみは馬車のなかで待っていてくれ。休んでいてほしい」

「わかったわ、旦那様」ジョージーはいつもとは違っていとも従順に微笑んで応じた。

「家に着いたら、さらに休む」ニコラスは諭した。

ジョージーが胸に手をあてた。「約束します」

「動きまわるのはいっさいだめだ」

ジョージーが眉を吊り上げた。「いっさい？」

ニコラスは唸った。いろいろとふたりで試したくて楽しみにしていたことはあるのだが。

「通りの向こうにジェイムソンがいる」ニコラスは言った。「ミスター・マクダミドの事務所に馬車をつけるよう頼んでおこう。あそこまでは歩けそうかな？」二日まえにも歩いた道のりだ。そう遠くはない。

ジョージーがうなずいた。「ゆっくり歩くなら、かえってよくなるんじゃないかしら」

ニコラスはジェイムソンに指示を出しに走り、すぐにジョージーのもとに戻ってきた。それから一緒に旧市街《オールドタウン》を歩きだした。

「ニコラス」

ニコラスは顔を向けた。

「愛してるわ」

ニコラスは笑った。「ぼくもきみを愛してる」

さらに何歩か進んでから、ジョージーがちょっと首をかしげて言った。「自分から先に言ってみたかったの」

「張り合ってるのか？」

「いいえ」ジョージーの声にはやや面白がっているような響きが含まれていた。「わたしも、ではなくて、ただ愛してると言いたかったの」

「なるほど。でもそういうことなら、きみを愛してる、それに、ぼ、く、も、きみを愛してる」

「張り合ってるのはどっちよ？」

「ぼくじゃないのは確かだな」

「あら、それなら、わたしはあなたを三倍愛してる」

「それは理屈が通るのか？」

「もちろん、通るでしょう」ジョージーがニコラスの肩に頭を寄りかからせた。一瞬だけ。その体勢のままでは一、二歩進むのがせいぜいだ。「あなたに関わることはなんでも理屈が通るのよ」

「それは信じがたい」

「わたしたちに関わることはなんでも理屈が通る」

それについては彼女の言うとおりだ。

「ジョージー？」

妻が目を向けた。

「ぼくはきみを愛してる」

ジョージーはにっこり笑った。「それなら、わたしはあなたを愛してる」

「きみも？」

「あたりまえよ」

ニコラスは笑った。それならうまくいく。

エピローグ

数年後

「こういうのは医者がすることなんじゃないのか？」

ジョージーは微笑んで、自分にもじゅうぶんできることなのだとミスター・ベイリーにわからせようとした。「わたしはロークズビー先生から傷の縫合をよく頼まれるんです」

それでもミスター・ベイリーは気がおさまらないらしかった。処置台から腕を引っこめようとするので、ジョージーが上手に綴じはじめていた小さな傷口が危うくまた開いてしまいそうだった。

「医者にやってもらいたい」と、ミスター・ベイリー。

ジョージーは息をついて、あらためて顔に笑みを貼りつけた。ニコラスにやってもらいたがる患者の気持ちも理解できる。夫は尊敬されているロークズビー医師で、自分はこの数年であらゆる知識を身につけたとはいえ、ただのロークズビー夫人であることに変わりはない。

ロークズビー夫人であることに満足している。心から。だけどこのようなときには、ミスター・ベイリーにきりっとした眼差しを突きつけて「わたしも医者なんです」と言えたならどんなにやりやすかっただろうかと思う。

ロークズビー医師夫妻。そうであればどうなっていたのだろう。哀しいかな、エディンバラ大学へ問い合わせてもいっこうに取り合ってもらえる見込みはなさそうだった。いつか女性も医学の学位を授けられる日がくるだろう。ジョージーはそう確信していた。でも、きっと自分が生きているあいだではない。

残念ながらそれについてもまた確信していた。

「ロークズビー先生！」夫を呼んだ。ニコラスは隣室でミスター・ベイリーの腕の裂傷よりもはるかに重症の患者の治療にあたっていた。

ニコラスがひょいと顔を覗かせた。「なにか問題でも？」

「ミスター・ベイリーがあなたに腕を縫ってほしいと」ジョージーは答えた。

「それはやめといたほうがいいな」ニコラスはミスター・ベイリーのほうに向かって言った。「妻はぼくよりもはるかに縫い針を使うのがうまい」

「だが、あなたは医者だ」

ジョージーには夫が患者にこれから言いそうなことはわかっていたので瞳をぐるりと動かした。このような状況は初めてではなく、ミスター・ベイリーのような男性を納得させるにはいつもの一手しかないとはいえ、それがまた腹立たしいやりとりとなる。

「彼女は女性だ、ミスター・ベイリー」ニコラスが仕方ないとでもいうような笑みを浮かべた。「針と糸を使うのは彼女たちのほうがうまいに決まっているのでは？」

「それは……」

「どんな具合か診せてくれ」

ミスター・ベイリーがニコラスに腕を見せた。ジョージーにまかせるのを渋っていたので縫合はまだたいして進んでいないが、五つの縫い目はまっすぐきれいで、ええ、ニコラスではここまでうまくは縫えないだろう。

「見事だ」ニコラスはジョージーにすばやくにっこり笑いかけてから、ミスター・ベイリーのほうに顔を戻した。「このきれいさを見てくれ。傷痕は残るにしても――それはやむをえないことなんだ――彼女の腕前のおかげで最小限ですむはずだ」

「でも痛い」ミスター・ベイリーが弱音を吐いた。

「それも、やむをえないことだな」ニコラスの声にとうとういらだちが滲みはじめた。「ウイスキーをちょっといかがかな？　楽になる場合もある」

ミスター・ベイリーがうなずき、渋々ながらもジョージーが縫いつづけることを受け入れた。

「きみは聖人だな」ニコラスは妻に耳打ちして、別室へ戻った。

ジョージーは返し文句を呑みこんで、なにくわぬ顔でミスター・ベイリーに向きなおった。

「再開してもよろしいですか？」

ミスター・ベイリーが処置台に腕を戻した。「見てるからな」と警告して。

「ぜひ」ジョージーはにこやかに応じた。この男性が血を見て卒倒するような人でないのはとても残念だ。そうであれば、どんなにやりやすかったことか。

二十分後、ジョージーは糸を玉留めして、自分が縫合したところをほれぼれと眺めた。すばらしい出来栄えだけれど、ミスター・ベイリーにそう言うわけにもいかない。だから一週間後くらいにまた来院してもらえれば、ロークズビー医師が診察して抜糸ができるかを判断してくれると伝えた。

ミスター・ベイリーを送りだし、ジョージーは手を拭いて仕事着を脱いだ。もう六時近くなので、ニコラスがバースで開いた小さな診療所の本日の診療はとうに終えてよい時間だ。エディンバラでの暮らしは楽しかったけれど、家族から離れすぎていた。バースもケントに近いとまでは言えないものの、ふたりともある程度の都会に住みたかったし、ここなら両家へ帰る道のりもそう遠くはない。

それに、ジョージーは実家と少し距離をおくほうが気楽であることにも気づいた。家族を愛しているし、愛されてもいるけれど、自分は有能な大人の女性として認められていない。母はジョージーが咳きこむたびにいまだ慌てふためいていた。

でもやはり、自分はここが好きなのだろう。ジョージーは診療所のなかを見まわした。自分がいるべき場所だから。

「毎晩寝るまえに三滴ずつ与えるように」ニコラスが患者を送りだす声が聞こえてきた。「それに説明したように湿布をするといい。三日でよくならないようなら、また診せてほしい」

「もしこの子がよくなりましたら？」女性が尋ねた。

「それならみんなで喜ぶだけのことだ」ニコラスが答えた。

ジョージーは微笑んだ。夫の力づけられる温かな顔が目に浮かぶ。ニコラスはほんとうにすばらしい医師だ。

すばらしい人。

玄関扉が閉まり、ニコラスが鍵を掛ける音がした。住まいは階上で、奥の階段から行き着けるようになっている。

「どうして笑ってるんだ？」ニコラスがドア口に現れて尋ねた。

「あなたよ」

「ぼく？　いいことだといいんだが」

「だってわたしは笑ってるのよ」

「たしかに。結びつけて考えられなくて悪かった」

ジョージーは小さな部屋のなかを夫のほうへ歩み寄り、爪先立ってキスをした。「ちょっと考えてたの。ここがわたしのいるべき場所だと。それにあなたは――」今度は先ほどと反対側の頰にキスをした。「――わたしが一緒にいるべき人だと」

「まさにぼくがきみに言いたかったことだ」ニコラスはささやいて、身をかがめた。

そして今度は彼がジョージーにキスをした。

訳者あとがき

本作は、ジュリア・クインによる英国を舞台とした大人気ヒストリカル・ロマンス・シリーズ〈ブリジャートン家〉の前世代を描く新シリーズ〈ロークズビー家〉の第四作となります。原題は〝*First Comes Scandal*〟。文字どおり、思いがけないスキャンダルによって評判を穢されてしまったブリジャートン子爵家令嬢のジョージーことジョージアナ、そして突如としてそのジョージーを救う役割を期待されることとなった伯爵家の末息子で幼なじみのニコラスの物語です。

時は一七九一年。ジョージーは当時の令嬢にはめずらしくロンドンの社交界に正式に登場《デビュー》しないまま、ケントの本邸で穏やかな暮らしを気ままに楽しんでいました。そんな折、借金に苦しむ男爵家の放蕩息子に都合のよい花嫁候補と目をつけられ、〝既成事実〟を作り上げようとするその男の策略により、たった一日だけ連れ去られてしまったことから、もう傷物の令嬢だと偽りの風評でたちまち貶められることに。もはや選べる道は、生涯独り身の老嬢となるのか、当のスキャンダルを引き起こした張本人である卑劣な男爵家の放蕩息子と結婚するかの二者択一しかない窮地に追い込まれます。

けれどもそこに、遠くエディンバラで医学を学んでいたはずの幼なじみのニコラスが突然帰郷したばかりか、ジョージーに自分とともに人生を歩むという第三の選択肢を提案します。とはいえ、当然ながらふたりは互いにこれまで一度も恋愛感情を抱いたことはなく、ジョージーにとってその提案は第三の選択肢というより、哀れみによる施しにしか思えませんでした。いっぽうのニコラスも、じつは両親から義務として半ば強引に説得されて提案しただけだったため、ジョージーにすんなり受け入れてもらえなければそれまでのことだと、ふたりの縁談は物別れに終わったかに見えました。

ところが、あの男爵家の放蕩息子が性懲りもなく深夜にブリジャートン家に忍びこもうと企てて、みずから招いた惨事をきっかけに、ジョージーとニコラスの関係に新たな変化が生じはじめ……。

ブリジャートン家のジョージーと隣家のロークズビー家のニコラスは、同シリーズのこれまでの三作にも主人公たちの妹や従妹、そして弟として登場しています。どちらも独自の考えを明確に持ちつつ、堅実で、ロンドンの華やかな社交界には関心がないという点では相通ずる人柄がそれとなく描写されていました。そんなふたりが、共通の知り合いでもある救いようのない放蕩男が引き起こしたスキャンダルにより、どんな運命のいたずらなのか、便宜結婚をお膳立てされてしまう羽目となります。もともと互いに間違いなく抱いていたはずの親愛の情が、いったいどのように本物の愛へと変化しうるのかが本書の読みどころです。本作でも、ジョージーの姉で第一作『恋のはじまりは屋根の上で』の主人公ビリーがロンドンで王妃（年代からすると米ネットフリックスのドラマにも登場しているシャーロット王妃）への謁見まえにべつの令嬢のドレスに〝火をつけてしまった〟事件が繰り返し語られていますが、兄や姉たちの恋愛を見てきた下のきょうだいたちが自分なりの幸せを模索する姿は〈ブリジャートン家〉シリーズとも重なり、そっと背中を押してあげたくなるような温かい感情をもたらしてくれます。

本作では、ニコラスがジョージーの兄エドモンドと親友であることから、ブリジャートン家の八人きょうだいを生みだした若き日のエドモンドとヴァイオレット夫妻の様子も垣間見えます。まだ少年ながらすでにかなり長男ぶったアンソニーに懸命に立ち向かうのは絵の上手な次男ベネディクト、さらに生まれたばかりでもう食欲旺盛なコリンの姿も微笑ましいかぎり。本作の執筆時にはすでにドラマの撮影が始まっていたため、著者ジュリア・クインはコリン役の俳優ルーク・ニュートンから赤ちゃんのときの写真を入手し、大いに想像力を掻き立てられたと実際の写真とともに公式ウェブサイトで明かしています。

著者の夫ポール・ポッティンジャー氏はコロナ禍でアメリカのメディアに数多く登場していたので、感染症の研究者で専門医でもあることはよく知られていますが、著者自身もハーバード大学で美術史を専攻後、医師を志した時期があり（イェール大学医学部入学と作家デビューが同時に決まり、作家の道へ）、そうした経緯が本作でジョージーが医学に深い関心を寄せる姿に投影されているようです。

今回の執筆に際して、著者が詳しく調べた歴史によれば、英国内のどの大学にも先駆けてエディンバラ大学の医学部に女性の入学が初めて認められたのは一八六九年で、このとき入学した女性七人は〝エディンバラ7〟として広く知られていたとのこと。ただし四年学んだ末に彼女たちには学位が認められなかったため、実際についに女性の医師が誕生したのは本作の物語のおよそ百年後にあたる一八九六年でした。ちなみに日本では、荻野吟子が一八八五年に医師の国家試験に合格し開業しているので、意外にも女性医師の正式な誕生は日本のほうが早かったことになります。

いつものように、ジュリア・クインが選んだ〝本作の曲〟をご紹介しておきます。

〝Sailing to Philadelphia〟マーク・ノップラー（とジェームス・テイラー）

トマス・ピンチョンの小説『メイスン&ディクスン』からインスピレーションを得て作られた楽曲。独立戦争まえにふたりの天文学者が新大陸に引いた境界線はのちにアメリカの北部と南部を分ける〝メイスン−ディクスン線〟となったが、わたしにはこの曲が時には恐ろしくもすばらしい冒険に出かける旅を連想させる。スコットランドへ向かうジョージーとニコラスのように。愛する人と手を携えて進む道は時に恐ろしくもやはりすばらしい冒険だ。つまりはそれだけ挑みがいのあるものということなのでは？

〝A Little Respect〟イレイジャー

そもそも本作はジョージーが敬意を抱いてほしいと望む物語というわけではないけれど、そのように望むのはしごく当然のこと。

〝Paper Rings〟 テイラー・スウィフト
キスをしてと繰り返されるところの歌詞が、いかにもジョージーがニコラスに言いそうなせりふ。それに、この曲で歌われているようなふたりならきっと重荷も幸せも分かち合う本物のカップルになれそうな気がするから、本作の主題にぴったり。
〝Saw Lightning〟 ベック
本作とはまるで関係がないけれど、とにかく大好きな曲で家族に呆れられるほど繰り返し聴いている。しかも聴いているといつも、どうかしちゃったのかと思われそうなほど踊りだしてしまう。踊るなら、それくらいじゃないと。

訳者も著者が選んだ曲は欠かさずチェックしています。でも本作の訳出中にかぎっては、女性もいつか医師になれる日が来る遠い未来に思いを馳せるジョージーの姿から、百年先を連想させる米津玄師の〝さよーならまたいつか！〟の歌声が頭のなかでずっと聴こえていました。

五月十六日よりＮｅｔｆｌｉｘでシーズン３が配信中のドラマ『ブリジャートン家』は、英語作品の全世界の視聴ランキングで二週連続の第一位に輝き、シーズン１と２も合わせて全作品が一度にトップテンに入る快挙を達成しています。ドラマの物語が進むにつれ原作が出版される国と地域もさらに増えているので（現在三十七言語に翻訳）、ジュリア・クインの新作もまた待ち遠しいかぎりです。

二〇二四年六月　村山美雪

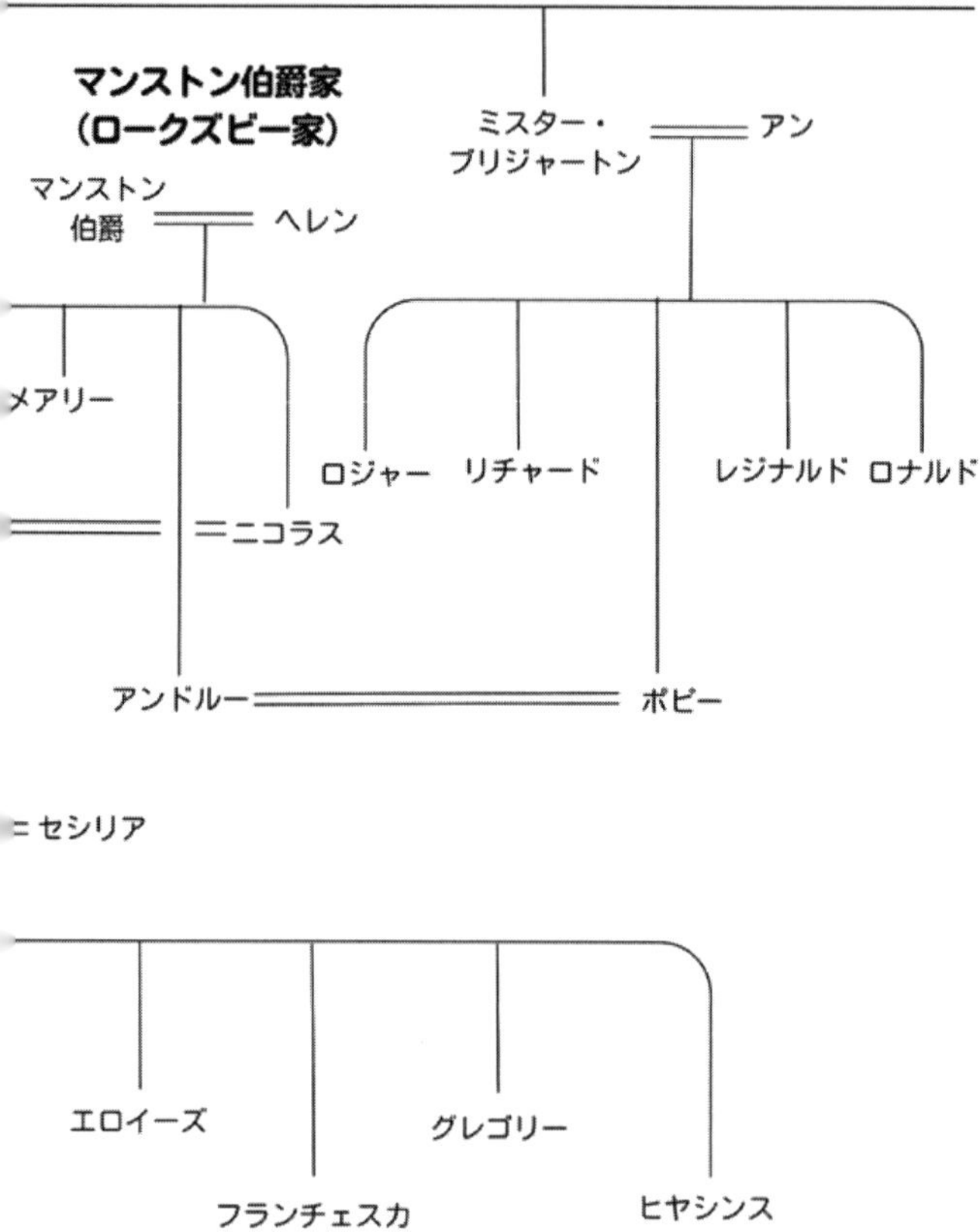

マンストン伯爵家
（ロークズビー家）
マンストン
伯爵
ヘレン
ミスター・
ブリジャートン
アン
メアリー
ロジャー
リチャード
レジナルド
ロナルド
ニコラス
アンドルー
ポピー
セシリア
エロイーズ
グレゴリー
フランチェスカ
ヒヤシンス

ROKESBYS SERIES
FAMILY TREE

ブリジャートン子爵家

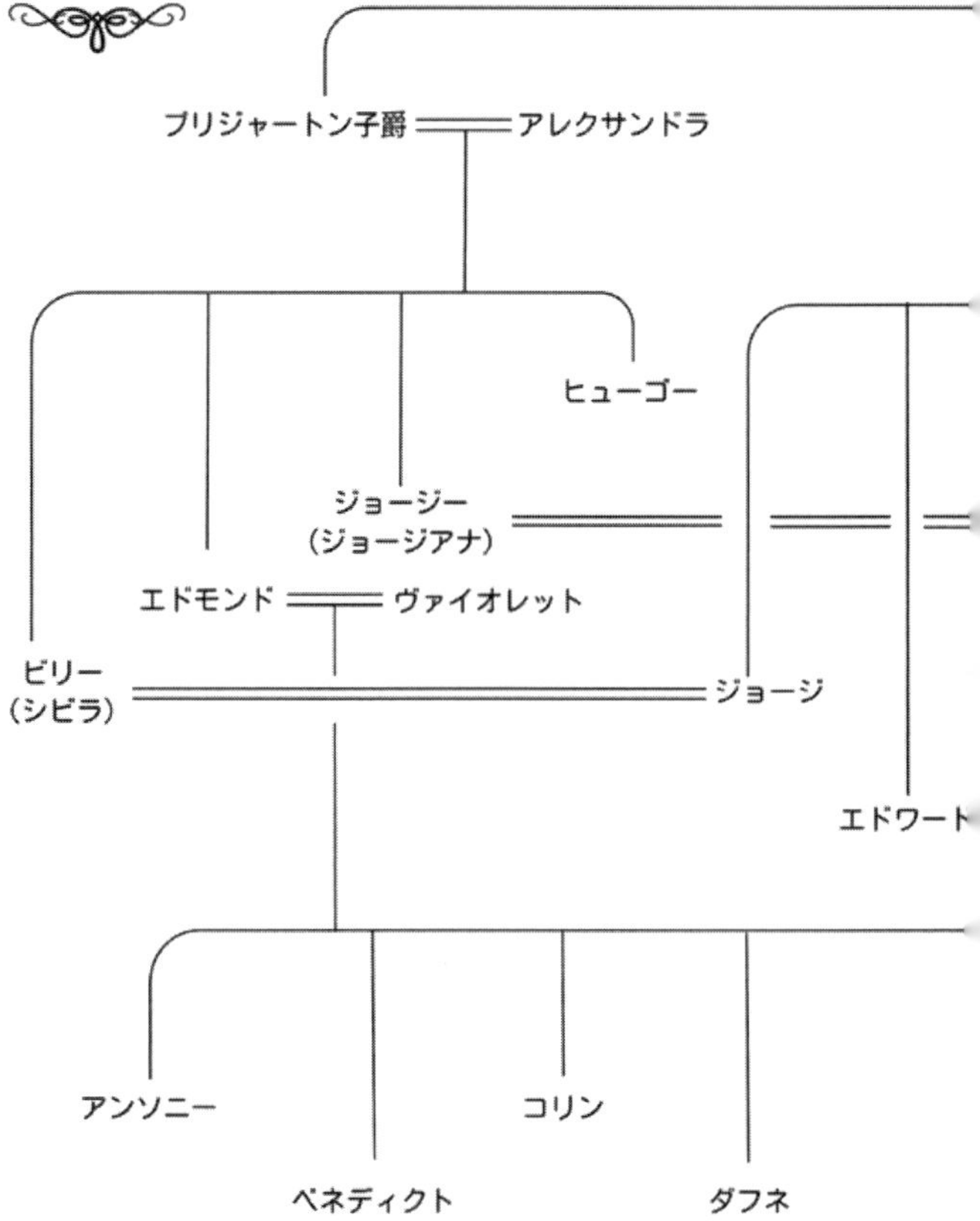

幼なじみの醜聞《スキャンダル》は結婚のはじまり
2024年7月17日　初版第一刷発行

著 ……………………………… ジュリア・クイン
訳 ………………………………… 村山美雪
カバーデザイン ………………… 小関加奈子
編集協力 …………………… アトリエ・ロマンス

発行 ………………………… 株式会社竹書房
〒102-0075 東京都千代田区三番町8-1
三番町東急ビル6F
email : info@takeshobo.co.jp
https://www.takeshobo.co.jp
印刷・製本 ………… TOPPANクロレ株式会社